光文社文庫

ダイイング・アイ

東野圭吾

KOBUNSHA

光 文 社

ダイイング・アイ

プロローグ

首筋に小さな水滴が一つ落ちたと思ったら、瞬く間に小雨に変わった。

岸中美菜絵《きしなかみなえ》は自転車のペダルを踏む足に力を込めた。自宅までは、まだ少し距離があった。一キロ強といったところか。

時刻は午前三時近くになっていた。まさか、こんな時間になってしまうとは、出かける時には夢にも思わなかった。

深見《ふかみ》家でのピアノのレッスンを終えたのは、いつものように十時ちょうどだった。だがその後、深見夫人にお茶の相手をさせられ、十一時近くまで応接間にある豪華なソファに腰を下ろしていた。それで済めばよかったのだが、いざ帰ろうとした時に、教え子である一人娘が突然厄介なことをいいだした。今度の発表会で弾く曲を変更したいというのだ。嫌いな相手が同じ曲を弾くと判明したかららしい。

そういう我が儘を窘《たしな》めるのが母親の務めだと思うが、それどころか彼女は娘と一緒になって懇願し始めた。仕方なく美菜絵は、選曲に付き合い、追加のレッスンを施すことにした。終った時には午前二時を過ぎていた。防音設備のない部屋だったら、間違いなく近所から苦情を受けていただろう。

おかげで美菜絵は、こんな夜中に自転車で走らねばならなくなってしまった。心配性の玲二《れいじ》は、きっと今も時計を睨んでいるに違いない。もちろん事情は電話で伝えてある。

「雨が降るかもしれないから、なるべく早く帰ってきたほうがいいよ」

電話に出た夫の声には、不機嫌さがありありと滲《にじ》んでいた。玲二は以前から、夜に美菜絵が出かけていくのが気に食わない様子だ。家事に差し障りがあるから、というような理由ではない。深見家のレッスンは八時からであり、美菜絵としては夕食を終え、時には後片づけも済ませてから家を出ても、ゆっくり間に合う。玲二は単純に、女一人が自転車で夜道を数キロ往復するという点を心配しているのだ。美菜絵自身が苦笑してしまうことだが、嫉妬深い彼は、世の中のすべての男性が二十九歳になる自分の妻を狙っていると思い込んでいるようだった。また、世の中の殆どの男が、時と場合が揃えば狼になると信じてもいた。

それでも玲二が妻に深見家へ行くことを認めているのは、少しでも家計を楽にしたいという彼女の意図を理解してくれたからだ。

玲二は一つだけ条件を出した。それは、深見家に行く時には決してスカートを穿かないこと、というものだった。スカートを穿いた女性が自転車のペダルをこぐ姿というのは、一部の男にとって極めて扇情的なものだ、というのが彼の言い分だった。

心配しすぎだと思ったが、玲二のいっていることもわからないではない。美菜絵たちのマンションと深見家を繋《つな》ぐ最短コースの道は人通りが少ない。おまけに途中には大きな公園があり、そこをねぐらにしているホームレスが路上を徘徊していたりして、美菜絵も恐怖を感じることがある。

今夜もその公園の脇を通る時には、彼女はペダルを踏む力を一層強くした。幸い路上に人影はなかった。

小雨から本降りに変わりつつあるようだ。首に当たる水滴の数が増している。ふだんは長い髪を下ろしている美菜絵だが、自転車に乗る時には、後ろでまとめ、ピンで留めている。濡れた首筋に風が当たり、全身に鳥肌が立った。今はもう十二月だ。

背後からエンジン音と共に光が近づいてきた。美菜絵は振り返らず、自転車を少し左に寄せた。この付近は、街灯が並んでいるので、車から自分の姿が見えないはずはないだろうと思った。

車は彼女のすぐ後ろまで来たところで一旦速度を緩め、彼女の自転車を完全に追い抜いたところで、またスピードアップした。黒っぽい色の乗用車だった。数十メートル先に見える信号が青になっているので、何とかあれが変わらないうちに交差点に入ってしまおうと考えているらしかった。

美菜絵が見ていると、黒っぽい色の車は、無事に青信号で交差点を通過した。間もなく信号は黄色に変わり、さらに赤になった。

道は緩やかな下り坂に変わっていた。しかもほんの少し右にカーブしている。美菜絵はペダルをこぐ足を止め、ブレーキ操作だけで自転車の速度を保った。慎重にハンドルの角度を保った。

交差点が近づくとブレーキをかけた。雨でフレームが濡れているせいか、ブレーキのきは、あまりよくなかった。

後ろからまた一台、車がやってきたらしく、ヘッドライトが近づいてきた。美菜絵は例によって振り返らない。自転車を少し左に寄せるだけだ。

おかしいな、と彼女は感じた。前方の信号はまだ赤だが、それにしてはヘッドライトの接近が速すぎると思ったからだ。

次の瞬間、彼女は自分が車のライトを浴びていることに気づいた。ちょうど自転車を完全に停止させようとしているところだった。

振り返ろうとした直後、美菜絵は全身に衝撃を受けていた。一瞬ふわりと浮く感覚があり、その次にはまた次なる激しい衝撃を感じていた。目に映るものすべてが、ぐるりと回転し、自分がどういう状態にいるのかわからなくなった。

何かが潰《つぶ》れるような音、急ブレーキの音が、雑多に混じり合って彼女の耳に届いた。後ろでまとめておいた髪が、ばらりと落ちる感触があった。

美菜絵は目を見開いた。何が起こったのかを、自分の目で見極めようとした。

その時それは、彼女のすぐ前にあった。

それ、とは車のバンパーだった。バンパーはまさに彼女の胴体にめりこもうとしていた。車は赤色をしていた。背の低い車だった。

音もなく、バンパーは彼女の身体を潰していった。肋骨がぽきぽきと折られ、胃袋や心臓も圧迫されていく。まるでスローモーション映像のように、ゆっくりとした現象だった。

車に潰されようとしている、と美菜絵は理解した。彼女の背後には何かの壁があり、それと車とでサンドウィッチにされかけているのだ。

彼女は声を出したかった。しかし出せなかった。抵抗しようとしたができなかった。背骨と腰の骨が、ぼきり、ぼきりと順番に折れた。

死んでいくのだ、と彼女は悟った。自分は今、死につつある。

彼女は、様々な映像を脳裏に映し出していた。幼い頃、母に手を引かれて近くの神社へ行ったことが思い出された。母はまだ若く、髪も黒々としていた。美菜絵は晴れ着を着ていた。途中で草履を履いた足が痛くなったといって泣くと、父がサンダルを買ってくれた。父も若かった。父は町の小さな電器屋の店主に過ぎなかったが、良心的な商売をすることと、アフターサービスがしっかりしているということで、客の評判はよかった。

小学生時代の親友だったナッちゃんは、今頃どうしているだろう。ナッちゃんとはいつも一緒だった。ピアノ教室も、二人揃って行った。発表会のために、二人で連弾にチャレンジしたこともある。だが一番楽しいのは、二人でタレントの話をしている時だった。彼女の家には、タレントのグラビアが載った雑誌がたくさんあり、その中からお気に入りのスターの写真を切り取ったりしていた。二人連名で、あるアイドルにファンレターを書いたこともある。

車がさらに彼女の身体を押し潰した。内臓が次々に破裂し始めた。血液、体液、そして未消化物等が混じったものが、辛うじて繋がっている食道を逆流していた。それは美菜絵の唇から溢れ出していた。

思考回路は殆ど停止しつつあった。美菜絵の頭脳は、彼女に最後の映像を見せるためだけに機能しているようだった。

その映像は高校時代のものに変わっていた。ずっとピアニストを目指してはきたが、自分の才能の限界を感じ始めていた。それよりも彼女には、新たにやりたいことが見つかっていた。それは演劇だった。友人に誘われて、ある劇団の稽古を見に行き、何か運命的なものを感じてしまったのだ。しかも、その劇団に所属する、一人の青年に心をひかれていた。国立大学を中退し、アルバイトをしながら役者を目指している青年だった。

クリスマスの夜、ろくな暖房器具もない彼のアパートで、美菜絵は初めてセックスを経験した。快感はないが、感動のある体験だった。男から、「愛している」という台詞《せりふ》を聞いたのも、生まれて初めてのことだった。

だが結局彼との仲は数か月しかもたなかった。彼が突然芝居をやめてしまったからだ。美菜絵には何の相談もなかった。彼が最後にいった言葉は、「世の中、そんなに甘くないから」というものだった。彼は美菜絵の前から姿を消した。

あの時には本気で死ぬことも考えた。死のうかどうしようか、死ぬとしたらどんな方法がいいだろう。毎日毎日そんなふうに悩み続けた。そんな悩みの中から、少しずつ立ち直っていった。

あれ以来、美菜絵は自分の死について真剣に考えたことはなかった。当分は縁のないものだと根拠もなく決めつけていた。

しかし――。

死が彼女から遠ざかったわけではなかった。死はいつも彼女の後ろに立っていて、いつ飛びかかろうかと待ちかまえていたのだ。

内臓が完全に潰され、腹の筋肉が背中と密着しそうになっていた。トマトを潰したように、破れた皮膚から肉や壊れた内臓が飛び出し、血は噴き出ていた。

いよいよすべてが終わるのだと美菜絵は自覚した。あと一秒の一億分の一でも時間が経てば、肉体の死と共に精神の死も訪れるに違いなかった。予期せぬ死。歓迎せぬ死。無意味な死。

失恋のショックから立ち直った美菜絵は、某楽器メーカーが開いているピアノ教室に講師として就職した。月に何度かは、イベント会場などに駆り出されることがあった。派手な衣装をつけて、人前で弾いていると、それなりに楽しい気持ちになれた。

岸中玲二と出会ったのも、そういう場所だった。彼はマネキンを作る会社で、デザインを担当していた。会場にいたのも、次のイベントに備えて下見をするためだった。

何度か顔を合わせるうちに話をするようになり、やがてそれが楽しくなった。ある日玲二のほうから食事に誘ってきた。

特に話術が巧みなわけでもなかったが、彼の話には不思議な魅力があった。どうということのない日常的な出来事でも、幼い少年が呟くように彼がぽつりぽつりと話すと、なぜか美菜絵には啓示に満ちて聞こえた。

出会ってから三年目の春に二人は結婚した。美菜絵は二十六歳、玲二は三十歳になっていた。

それから三年が経つ。

今の生活に、彼女は何の不満も、不安も、感じてはいなかった。子供がいないということで、他人からとやかくいわれることはあっても、それについて気にしたことは殆どなかった。玲二の愛があれば十分だと思っていたし、事実彼は三年前と変わらず、彼女を愛してくれている。無論、美菜絵も彼を愛していた。

永遠は無理としても、年老いてどちらか一方が死ぬまで、この幸せな時間が続けばいいと思っていた。大きな野望のようなものは何もなかった。

今夜も、玲二は美菜絵を待っているはずだった。彼女が元気に帰ってくることを、何よりも強く願っているに違いなかった。

そうだ、あたしは帰らなければならないのに——。

途絶えようとする意識の残り火が、激しい恨みへと変わっていった。幸せだった人生を、突然終わらされたことに対する恨みだった。

あとまだ何十年も続くはずだったのに、それをなぜ、誰が、こんなところで。

美菜絵の目は、真っ直ぐ前に向けられていた。彼女の身体を押し潰した車を運転している人間の顔に、だった。

許さない、恨み抜いてやる、たとえ肉体が滅びても——。

憎しみの最後の炎を燃やし、美菜絵は相手を睨み続けた。

ああ、だけど死にたくない。玲二さん、あたしを助けて。

死にたくない。

死にたく——。

I

その客は閉店の三十分前、つまり一時半ちょうどに入ってきた。他に客は残っておらず、二人いる女の子たちも帰っている。ママの千都子《ちづこ》が風邪で休んでいるので、店にいるのは雨村慎介《あめむらしんすけ》だけだ。じつは、そろそろ店じまいをしようかと考えていたところだった。

その男性客は、入ってくるとまず店内を見回した。黒い丸縁眼鏡のレンズが、天井のライトを浴びて光った。それから彼は、「まだいいですか」と慎介に尋ねてきた。本を読むように抑揚のない声だった。

「いいですよ」慎介は答えた。面倒臭いなとは思ったが、閉店時刻前に客を追い返したことが何かの拍子にママにばれたらまずい。

客はゆっくりとした動作でスツールに尻を載せ、店内を見回した。

慎介はおしぼりを出しながら、素早く男の身なりをチェックした。濃いグレーの上着は、安物ではなさそうだが、どう贔屓目《ひいきめ》に見ても二年前のデザインだった。中に着ているシャツも、きちんとアイロンをかけているようには見えない。ネクタイはなし、時計は国産。

髪はセットされておらず、まばらに生えている髭も、わざと伸ばしたものとは思えなかった。

「ご注文は？」慎介は訊いた。

客は慎介の背後にあるボトルの並んだ棚に目を向けてから、「どういうものがあるんですか」と尋ねてきた。

「一応、一通りありますよ。余程変わったものでなければ」

「あまりお酒の名前は知らなくてね」

「そうですか。じゃあ、ビールでも？」

「いや、あの、あれはあるかな。以前、飛行機の中で飲んだんだけど」

「飛行機？」

「ハワイに行く飛行機の中でね。いや、帰りの飛行機だったかな。クリームのような味がする、甘い酒なんだけど」

「ああ」慎介は頷《うなず》いて、後ろの棚の一番下に置いてあるボトルに手を伸ばした。「アイリッシュクリームじゃないですか」

客は少し表情を緩めた。「そういう名前だったような気がする」

「ちょっと入れてみましょうか」

慎介はロックグラスに三センチほど注ぎ、客の前に置いた。客はグラスを取ると、それを傾けたり振ったりしながら象牙色《ぞうげいろ》の液体を眺めていたが、やがて意を決したかのように、口元に近づけ、一口舐《な》めた。それからさらに味を確認するように、口の中で舌を動かしていた。

客は頷き、にっこりして慎介を見た。

「この酒だ。間違いない」

「よかった」

「何という名前だったかな」

「アイリッシュクリームです」

「覚えておこう」そういって客はまた酒を一舐めした。

奇妙な客だなと慎介は思った。ふだん、飲み屋に出入りしているようには見えない。ではなぜ今日に限って、たった一人でこんな店にやってきたのか。

さらにもう一つ、慎介としては気になることがあった。どこかで男の顔を見たことがあるような気がするのだ。どこだったか。

中肉中背、年齢は三十代半ばといったところか。今年三十になる慎介には、この年代の知り合いは多い。しかしその中の誰とも繋がりがありそうに思えなかった。

慎介は煙草を一本くわえ、店の名前が入ったライターで火をつけた。

「お客さん、この店は初めてですよね」

「うん」相変わらずグラスを眺めながら客は答えた。

「どなたかから、お聞きになったんですか」

「いや、何となくだよ。何となくふらふらと……ね」

「そうなんですか」

話が続かなくなった。気味が悪いな、と慎介は思った。早く帰ってくれればいい。やっぱり最初に断ればよかったかなと後悔し始めていた。

「ああ、やっぱり懐かしいな。この味だよ」アイリッシュクリームを半分ほど飲んだところで客がいった。

「ハワイへは、いつ行かれたんですか」慎介は訊いた。別に知りたいことでもなかったが、間が持てないからだ。

「四年ほど前になるかな」客は答えた。「新婚旅行でね」

「ああ、なるほど」

新婚旅行——自分には縁のない言葉だと慎介は思った。

流し台の横に置いてある時計を、ちらりと見た。一時四十五分になっていた。あと十五分経ったら、何とかしてこの客を追い出そうと考え始めた。

「結婚して四年なら、まだ新婚みたいなものですね」慎介はいった。だからあまり遅くなると奥さんがかわいそう、という具合に話を進めるつもりだった。

「そう思うかい？」だが客は真剣な顔つきで訊いてきた。

「違うんですか。自分はまだ独り身なので、わかりませんが」

「四年も経てば、いろいろなことがあるよ」客はグラスを目の高さまで持ち上げた。何かに思いを馳《は》せている顔に見えた。それから彼はグラスを置き、今度は慎介の顔をじっと見つめた。「本当に、思いもかけないこととかね」

「そうですか」慎介はこの話題から離れることにした。下手に触って、愚痴られてもかなわない。

無言の時間が流れた。いっそのこと、新手の客が現れてくれたらとも思ったが、そういう気配はまるでない。

「この仕事は、長くやってるんですか？」客のほうが訊いてきた。慎介が、そろそろ後片づけに入ろうかと思った時だった。

「水商売は長いですよ。もう十年近くになります」

「十年やれば、こういう店も持てるわけなんだ」

客の言葉に、慎介は苦笑した。

「ここは自分の店じゃないです。雇われているだけです」

「あ、そうなんだ。じゃあ、ずっとこの店で働いておられるわけ？」

「いえ、ここに来たのは去年なんです。それまでは銀座にいました」

「ふうん、銀座」客はアイリッシュクリームを飲み、小さく頷いた。「銀座なんて、全然縁がないな」

だろうな、と慎介は思った。

「たまにはいいですよ。あっちのほうも」

時計は午前一時五十五分になろうとしていた。慎介は洗い物を始めた。気持ちを察して客が立ち上がってくれればいいと念じた。

「こういう仕事は楽しいですか」また客が訊いてきた。

「好きですからね」慎介は答えた。「でも、いやなことも多いですよ」

「いやなことって、たとえば？　いやな客が来るとか？」

「まあそうです。ほかにもいろいろありますが」

給料が安いこと、ママの人使いが荒いこと――。

「そんな時はどうするの。つまり、いやな気持ちをどう処理するのかってことだけど」

「どうするもこうするもありません。早く忘れる。ただそれだけです」ガラスのタンブラーを磨きながら慎介は答えた。

「どうやって忘れるのかな」客はさらに質問してきた。

「別にマニュアルはないけど、自分の場合は、なるべく楽しいことを考えるようにします。気持ちが前向きになるようなことを」

「たとえば？」

「たとえば……そう、自分の店を持った時のことを想像するとかね」

「ああ、そうか。それが夢なんだ」

「まあ一応」食器を磨く手に、思わず力がこもった。

夢ではある。しかし、手が届かない夢ではない。それはもうすぐ目の前にぶらさがっていて、あとはちょっと手を伸ばしてやるだけでいいのだ。

客がアイリッシュクリームを飲み干し、空になったグラスを置いた。おかわりをいわれたら、閉店時刻だと告げようと慎介は決めていた。

「じつは、忘れたいことがあってね」客はいった。

妙に改まった口調だったので、慎介は手を止めて相手の顔を見た。すると客のほうも彼を見上げた。

「いや、忘れることなんかは絶対にできないようなことなんだけどね、少しでも気持ちを楽にさせたいと思っていたんだよ。そんなふうに考えながら、ぼんやり歩いていたら、何となくこの店の看板に目が留まってね。ほら、この店の名前、『茗荷《みょうが》』っていうでしょ？」

「ママの好物が茗荷でね」

「茗荷を食べ過ぎると物忘れが激しくなるっていう話があるでしょう。それでなんとなく

「この変な店名が役に立つこともあるんだなあ。感心した」慎介は首を捻《ひね》りながらいった。

「とにかく来てよかったよ」

客が立ち上がり、上着のポケットから財布を取り出した。慎介は大いに安堵した。

客は二時少し過ぎに帰っていった。慎介は後片づけをし、バーテンダー用のベストを脱いだ。明かりを消し、外に出て戸締まりをした。

『茗荷』はビルの三階にある。慎介はエレベータのボタンを押し、その扉が開くのを待った。

人の気配を後ろに感じたのは、エレベータが到着した時だった。扉が開こうとする直前、彼は振り向いた。

後ろには黒い影が立っていた。それが彼に襲いかかってきた。

その直後、頭に衝撃があったような気がした。だがそれを感じている余裕もなかった。

何かが自分の身に起こり、何かを自分は失おうとしている——彼に自覚できたのは、それだけだった。あとは深い闇が急速に彼の意識を包み込んでいった。

消えていく意識の中で、それでも彼は最後に見たもののことを考えていた。

あの黒い影は、さっきの客に間違いなかった。

2

すぐそばで蠅《はえ》が飛ぶような耳鳴りがしていた。ぼんやりとした視界の中に、白い棒が浮かんでいる。少しすると、目の焦点が合ってきた。白い棒の正体が、天井の蛍光灯だということに気づいた。

誰かが右手を握っている。さらに目の前に白い顔が現れた。眼鏡をかけた女だった。その女の顔は、すぐに視界から消えた。

ここはどこだろう、と雨村慎介は思った。自分は、一体何をしているのだ。

今度は何人かの顔が、彼の前に同時に現れた。誰もが彼を見下ろしている。寝かされているのだ、ということにようやく気づいた。消毒液の臭いが彼の鼻腔《びこう》を刺激した。

耳鳴りはやまなかった。首を動かそうとし、ひどい頭痛を感じた。頭を流れる血流に合わせて、じんじんじん、と痛みがリズムを刻んでいる。

とてつもなく多くの、しかも嫌な夢を見た後のような不快さがあった。もっとも、それらの夢のただ一つさえも覚えてはいなかった。

「気がつきましたか」慎介を覗き込んでいた顔の一つが訊いた。細い顔をした中年の男だった。

慎介は小さく頷いた。そうするだけでも頭痛がした。顔をしかめながら、今度は彼のほうから訊いてみた。「ここは？」

「病院だよ」

「病院？」

「まだあまり話さないほうがいい」男はいった。この時になって、慎介は相手が白衣を着ていることに気づいた。ほかの人間もそうだった。女は看護師の格好をしていた。

この後しばらく、半分眠り半分起きているような時間が流れた。医師と看護師が何やらせわしなく動き回っていたような覚えがあるが、何が行われているのか慎介には全くわからなかった。

自分がいつからここにいるのかを、何とか思い出そうとした。しかし運ばれた覚えもなければ、何らかの治療を受けた記憶もなかった。ただ、自分がひどく大きな怪我なり病気なりをしたらしいということは、点滴を受けていることや、頭部に包帯が巻かれているらしいということから察せられた。

「雨村さん、雨村さん」

彼の名前を呼ぶ声がしたので、慎介は瞼《まぶた》を開いた。

「気分はどうですか」医師が彼を見下ろしていった。

「頭が痛い」慎介はいった。

「ほかには？　吐き気がするとか？」

「そういうことはないかな。あとはまあ、わりと、いい感じです」

医師は頷いた。そばにいた看護師に何か耳打ちした。

「あの」慎介はいった。「一体何があったんですか」

「全然覚えてない？」医師が訊いてきた。

「ええ。なんか、わけがわからなくて」

医師は、また頷いた。その表情は、わけがわからなくても無理はないと語っているようだった。

「いろいろと事情がありそうですよ」医師はいった。第三者的な言い方だった。「しかしそのへんのところは、御家族から話を聞いたほうがいいでしょうね」

「家族？」慎介は訊き直した。彼の家族といえば、石川県に住んでいる両親と兄だけだった。彼等が上京しているということなのだろうか。

すると医師は、自分が小さないい間違いをしたことに気づいたようだ。

「奥さんというべきなのかな」

「奥さん？」そんなものは慎介にはいなかった。しかし医師が誰のことをいっているのかはわかった。「成美《なるみ》が来ているんですか」

「ずっと待っておられたんですよ。あなたが目を覚ますのをね」医師は看護師に目配せした。看護師は部屋から出ていった。

間もなく、ドアがノックされた。医師が返事すると、ドアが開いた。先程の看護師に続いて、村上《むらかみ》成美が入ってきた。成美はブルーのTシャツの上に白のパーカーを羽織っていた。近所へ買い物に行く時などに、彼女がよくする格好だった。

成美とは、二年ほど前から同棲している。慎介が銀座のバーで働いていた頃、客に連れられてやってきたホステスの一人だった。以前はデザイナーを目指して専門学校に通っていたという彼女も、今年で二十九になる。もっとも、店では二十四で通しているらしい。

「慎ちゃん」成美がベッドに駆け寄った。「大丈夫なの？」

慎介は首を小さく横に動かした。

「何が起きたのか、さっぱりわからない」

「雨村さんは、事件のことを覚えておられないようです」看護師がいった。

「あ、そうなんだ……」成美は慎介を見て眉を寄せた。

気をきかせたつもりなのか、医師と看護師は部屋を出ていった。ドアを閉める前に看護師は、「急に身体を起こしたりはしないでください」と釘を刺した。

二人きりになってから、成美は改めて慎介を見つめてきた。その目は風に揺れる水面のように潤んでいた。

「よかった」彼女は唇の間から声を漏らした。唇には口紅が塗られていなかった。そのせいか、あまり健康的な顔色ではなかった。「このまま慎ちゃん、目を覚まさないんじゃないかって心配しちゃった」

「なあ」殆ど素顔に近い成美の顔を見ながら慎介はいった。「一体何が起きたんだ。事件って、何なんだ。どうして俺はこんなところにいるんだ」

成美がまた眉を寄せた。その眉だけが、唯一の化粧の結果といえた。完全な素顔ならば、彼女には殆ど眉がない。

「本当に、何も覚えてないの?」

「ああ。覚えてない」

「慎ちゃんね」成美は唾を飲み、唇を舐めてから続けた。「殺されかけたんだよ」

「えっ……」

慎介は思わず息を止めていた。それと同時に、頭の後ろがずきりと痛んだ。

「二日前に、お店の帰りに」

「店?」

「『茗荷』だよ。あの店のすぐ外にエレベータがあるじゃない。あのそばで倒れてたのを、ほかの店の人が見つけてくれたの」

「エレベータ……」

ぼんやりとした映像が、彼の脳裏に浮かんできた。しかしそれはなかなかきっちりとした像になってくれなかった。度の合わない眼鏡をかけているようなもどかしさがある。

「発見が三十分遅かったら危なかったっていわれた。運がよかったんだよ」

「頭を……やられたのか」

「何かすごく硬いもので殴られたそうだよ。覚えてない？　発見した人の話だと、ものすごい量の血が出ていて、階段のほうまで流れてたって。トマトジュースみたいだったって」

その様子を慎介は想像した。それが自分の身に起こったというのが、にわかには信じられなかった。

だが頭を硬いもので殴られたということについては、漠然とだが記憶のかけらのようなものがあった。黒い影が背後から襲ってきたのを、かすかに覚えている。そうだ、あれはたしかにエレベータの前だった。影の正体は誰だったか――。

「ちょっと疲れてきた」慎介は顔をしかめていた。

「無理しないほうがいいよ」

成美は、慎介の身体にかけられた毛布の乱れを直した。

翌日、慎介の病室に二人の男が訪ねてきた。警視庁西麻布《にしあざぶ》警察署の刑事だった。十分だけ話を訊きたいということだった。ちょうど成美が果物を持ってやってきたところだったが、刑事たちは彼女を外させようとはしなかった。

「具合はどうですか」小塚《こづか》という刑事のほうが訊いてきた。顔は痩《や》せているが、肩幅の広いスーツを見事に着こなしていた。中小企業のやり手課長といった雰囲気がある。もう一人の若い榎木《えのき》刑事は、いかつい顔といい、短く刈った頭といい、どう見ても堅気には見えなかった。

「まだ少し頭痛がします。だいぶんましになりましたけど」ベッドに横たわったままで慎介は答えた。

「全くひどい目に遭いましたねえ」小塚は顔をしかめ、ゆっくりとかぶりを振りながらいった。同情しているところを見せたかったのかもしれないが、慎介の目には芝居臭く映った。

「かなりの大手術だったそうで」小塚は慎介と成美の顔を交互に見ながら訊いた。

「そうらしいですね」慎介はいった。

「頭の骨が折れてたんです」成美が答えた。彼女は刑事たちから少し離れたところに椅子を置いて、座っていた。「血の固まりが脳を圧迫してたって聞きました」

「それはひどい」刑事は口元を歪めた。「命拾いしましたね」

「さあ、とにかく何が起きたのかよく覚えてなくて、命拾いしたという実感もないんです」

「襲われた時のことを、よく覚えてないということですか」

「そうです」

「じゃあ、当然襲ってきた相手の顔も見ていないわけだ」

「ええ、まあ、はっきりとは見ていないんですけど……」

慎介の歯切れの悪い言い方に、当然刑事は興味を示した。

「はっきりとは見ていないが、何かは見たのですか」

「見間違いかもしれないんです。何か錯覚しているのかもしれないし」

「それは我々が判断します。あなたは、あなたの主観だけで話してくださって結構です。本当に錯覚や見間違いだと判明すれば、速やかに却下しますから」小塚刑事は妙に優しい口調でいった。

それなら、と慎介はあの夜やってきた奇妙な客のことを話した。店に来たのは初めてだったことや、アイリッシュクリームなどという変わった酒を注文したことなどだ。さらに最後にこう付け加えた。「俺を襲ったのは、あの客だったような気がするんです」

この発言に刑事たちは顔色を変えた。

「初めて来た客だといったね。全く知らない顔だったと」小塚が確認した。

ええ、と慎介は頷いた。じつは、どこかで会ったような気もしたのだが、それこそ勘違いかもしれないので口には出さないでおいた。

「もう一度、その客の特徴を話してもらえますか。なるべく詳しく」

「特徴といってもなあ……」

とりたてて目立ったところのない男だった。地味な服装、平凡な顔立ち、そして口調まで抑揚に乏しかった。唯一の特徴といえば、丸い縁の眼鏡をかけていたことぐらいか。

「丸眼鏡……ね」慎介の話を一通り聞き、小塚は鼻の横を小指で掻《か》いた。「その男性にもう一度会えば、わかりますか」

「たぶんわかると思います」

慎介の答えに、刑事は満足そうに頷いた。

「じつは通報があった際に、身許確認のため、あなたの所持品を調べさせていただいたのですが……ええと、どういったものだったかな」

「財布と鍵が一つ、それから……」榎木が手帳を見ながらいった。「チェック柄のハンカチが一枚、使いかけのポケットティッシュが一つ、といったところです」

「財布の中身は?」小塚が訊いた。

「現金が三万二千九百十三円。クレジットカードが二枚、銀行のキャッシュカード一枚、運転免許証、レンタルビデオ店の会員証、そば屋とコンビニのレシート、名刺が三枚。以上です」

小塚が慎介のほうを向いた。

「今、お聞きになったもの以外に、あの夜所持しておられたものはありますか」

つまり、盗まれたものはないか、という質問らしい。

「ないと思います。現金の額は、はっきり覚えてないけど、それぐらいしか入ってなかったと思います」

結構、というように小塚は顎《あご》を引き、足を組み直した。

「すると犯人は、なぜあなたを襲ったんでしょうね。金目あての、通りがかりの強盗でなかったとしたら」

「店の売り上げのほうを狙ったのかな」慎介はいった。「俺の持っている鍵で店を開けて……とか」

「店のほうの被害も調べてみました。しかし何も異状はなかったそうです。元々、さほど多くの現金は置いていないということでしたし」

『茗荷』に出入りしているのは常連客が多い。彼等は大抵ツケで払う。

「売り上げを狙ったのでなければ」慎介はかぶりを振った。「心当たりはありません。あの客が来たのは、本当にあの日が初めてだったんですから」

「最近、身の回りで何か変わったことはありませんか。妙な電話がかかってきたとか、郵便物が届いたとか」

「なかったと思いますけど」慎介は、隣で聞いている成美のほうに首を回した。「何かあったっけ？」

成美は黙って首を振った。

「あの夜は、雨村さんが一人で店に残っておられたそうですね。そういうことは、よくあるんですか」小塚が訊いてきた。

「時々あります。あの夜は、ママがお客さんと飲みに行っちゃった時なんかは、俺が後片づけをして帰ります。あの夜は、ママが風邪で休みだったんですけど」

「あなたが一人だということは、店の外からわかりますか」

「どうかな。ずっと見張っていたら、わかるかもしれないけど」

自分でそういってから、慎介は薄気味悪くなった。あの男は、どこかで見張っていたということなのだろうか。

この後小塚は、『茗荷』で起きた過去のトラブルなどについて二、三質問した後、椅子から腰を上げた。

「後で、似顔絵の担当者を寄越しますから、協力していただけますか」

「いいですよ」

ではお大事に、といって二人の刑事は帰っていった。

「犯人、早く捕まるといいね」成美がいった。

「ああ。だけど、案外こういうのが捕まらないんだよな」

「誰かに恨まれる覚えなんてないんでしょ？」

「ああ、ないよ」

ないはずだ、と慎介は自分に確認していた。

3

意識を取り戻してから二日目になると、友人や店の女の子たちが見舞いに来てくれた。エリという娘とは、慎介は一度だけ性交渉があった。酔っぱらった彼女を、部屋まで送っていった時、彼女のほうから挑発してきたので、それに応じただけだ。慎介としてはエリに特別な感情を殆ど持っていなかったし、今も持っていない。エリにしても、それをきっかけに慎介とどうにかなるつもりはないようだった。元々彼女には、気が合えば誰とでも寝るというところがあったのだ。それでもエリが病室にいる間は、突然成美が入ってきはしないかと気が気でなかった。成美は、自分の男の浮気を嗅ぎつけることに関して、動物的な能力を持っていた。

エリ以外にも、慎介はこれまでに多くの女性と関係を持ってきた。正確に数えたことはないし、名前を忘れてしまった相手も少なくない。もしかしたらそういう女性の一人が、今度のことに関わっているのではないかと考えてもみた。だがいくら考えても、思い当たることはなかった。どの相手とも、奇麗に別れてきたつもりだ。いやそれ以前に、切れにくいような相手には手を出さなかった。また、成美と同棲を始めて以来、関係を持ったのはエリだけで、それにしても半年近くも前のことだ。

女の子たちが帰ってから三十分ほどして、今度は『茗荷』のママである小野《おの》千都子が顔を見せた。彼女は黒のシャネルのスーツを着て、シャネルのサングラスをかけていた。さらに彼女の後ろから、江島光一《えじまこういち》が姿を現した。江島は以前慎介が働いていた、『シリウス』のオーナーだった。江島と千都子は、古くからの知り合いらしい。江島は光沢のあるグレイのスーツを着こなしていた。

「災難だったわねえ、もう大丈夫なの？」千都子が身体をくねらせ、くっきりと描かれた眉をひそめていった。

「何とか、生きてるよ」

「よかったわあ、大したことにならなくて。でも犯人、まだわからないんですって？　警察は何をしてるのかしらね」

「俺にはわかんないよ。それよりママ、俺たちの知らないところで、何かあくどい金貸しでもやってるんじゃないの？　俺、なんかそういうとばっちりを食ったという気がしてるんだけどな」

「何いってるのよ、そんなことあるわけないじゃないの」千都子は大げさに手を振って見せた。

「うちの店にも、昨日刑事が来たよ」江島がいった。「慎介がいた頃の評判なんかを訊いていった。素行の悪い者なんかは最初から雇わないと、びしっといっておいたよ。『茗荷』には、修業のために一時預けてあるだけだとね」

「本当に、一体誰がこんなことをしたのかしらねえ。慎ちゃん、あんた、亭主持ちの女にでも手を出したんじゃないの？　それで旦那に恨まれたなんていう話じゃないでしょうね」

「冗談いうなよ。慎介の慎は、慎重の慎という字を書くんだぜ」

慎介の言葉に二人が笑った時、ドアをノックする音が聞こえた。成美かなと思い、「どうぞ」と慎介は答えた。

だがドアを開けて入ってきたのは、成美ではなく、刑事の小塚と榎木だった。小塚は千都子たちを見て、ちょっと虚をつかれた顔をし、その後すぐに慎介のほうに目を向けた。

「今ちょっといいですか」小塚が慎介に尋ねてきた。

「いいですよ」そう答えてから慎介は千都子と江島を見た。「警察の人」

「じゃあ我々は失礼したほうがよさそうだ」江島が千都子のバッグを取り、彼女に渡した。

「そうね。それじゃ慎ちゃん、お大事にね。店のことは心配しなくていいから」

「ありがとう」

二人が出ていき、足音が完全に遠ざかってから、小塚は上着のポケットに手を入れ、何かを取り出してきた。「これをちょっと見てもらえるかな」刑事の口調は、前回よりもくだけたものになっていた。

それは一枚の写真だった。証明写真を拡大したもののようだ。男の顔が真っ直ぐ正面を向いている。

「その人物に見覚えはないかな」

写真を手にし、慎介は男の顔を見つめた。結論はすぐに出た。

「あの夜の客です」

「間違いない？」

「間違いないと思います。いや、絶対に間違いありません。この男です」

慎介はもう一度写真を見た。髪形は少し変わっているが、あの男の顔に違いなかった。精気の乏しい表情や虚ろな目も、あの夜に見たものだった。おまけにあの夜と同様、写真の顔も、顎に胡麻を散らしたような無精髭が生えていた。

背中を丸め、アイリッシュクリームを舐めていた姿が明瞭に蘇った。

「そうか。やっぱりね」ため息をつきながら、小塚は慎介の手から写真を受け取り、大事そうに元のポケットに戻した。

「犯人がわかったんですね。そいつは何者なんですか」慎介は訊いた。

小塚は慎介を見て、ちょっと眉根を寄せてから榎木のほうに顔を向けた。その表情は、犯人の正体を摑《つか》んだにしては、冴えなく見えた。何かを迷っているようでもあった。

やがて小塚は自分の手帳を広げた。

「名前はキシナカレイジ、住所は江東《こうとう》区木場《きば》×—×—×　サニーハウス二〇二号室……」

そこまで読み上げてから、小塚は手帳を広げて慎介のほうに見せた。岸中玲二、と書いてあった。「この人物に心当たりは？」

キシナカレイジ、と今度は慎介が口の中で反復する番だった。その名前の知り合いはいなかった。だが脳の中にある何かを刺激する名前であることはたしかだった。それが記憶の中の、どの引き出しに入っているものなのか、慎介は必死で考えようとした。だが思い出せなかった。どうやらその名前は、「雑多なもの」というラベルを貼った引き出しの奥底に紛れ込んでいるらしかった。

「聞いたことはあるような気がするんですが、思い出せません」ついにギブアップして彼はいった。

刑事は相変わらず冴えない顔つきで頷いた。なぜこれほど彼等が浮かない表情をしているのか、慎介は気になって仕方がなかった。

「今から二時間ほど前」腕時計を見ながら小塚はいった。「この男の死体が見つかった」

「えっ……」予期しない答えに、慎介は一瞬いうべき言葉を見失った。

「木場にある自分のマンションで死んでいた。死後四十八時間以上経過していると見られている」

「どうして死んだんですか。誰かに殺されたとか？」

「その可能性もゼロではないが」小塚は顎をこすった。「現時点では、自殺の可能性のほうが強い。岸中は自宅のベッドで死んでいた。一枚の写真を握りしめてね。だが立ち会った捜査員が驚いたのは、その身なりについてだった。岸中はきちんとスーツを着て、ネクタイまで締めていたんだ。傍らのテーブルの上に、職場の同僚と実家の家族にあてた遺書が残されていた」

「死因は何ですか」

「詳しいことは解剖の結果待ちだよ。たぶん毒を飲んだのだろうと思われているがね」

「毒？」

「何といったっけな」小塚が榎木に訊いた。

榎木が素早く手帳を開いた。

「パラフェニレンジアミン、通称パラミンです」

「聞いたことがないな」慎介は呟いた。

「カラー写真の現像なんかに使われる薬だよ。あとそれから毛髪染色料なんかにも含まれるらしい。そのパラミンの入った瓶が、岸中の部屋から見つかっている。仕事柄、容易に入手できる立場にあったようだ」

「仕事柄、というと?」

「岸中はマネキンを作る工房で働いていた。ああいうところでは、毛髪染色料が必要になることもあるらしい」

「へえ、マネキンをねえ……」

珍しい仕事もあるものだなと慎介は思った。たしかにそういう人間がいなければ、ショーウインドウが華やかに飾られることもないわけだ。

「だけど、よくその死んでいた男が俺を襲った犯人だとわかりましたね。何か手がかりでもあったんですか」

慎介がいうと、小塚はしげしげと彼の顔を見つめてきた。

「死体が見つかったのが先じゃない。逆だよ。君を襲った犯人じゃないかと思って、刑事が岸中を訪ねていき、死体を発見したんだ」

「えっ?」慎介は刑事の顔を見返した。「どうしてその男が怪しいと?」

小塚は低く唸《うな》った後、こう訊いた。

「本当に覚えがないのかい、岸中玲二という名前に」

「ありません……何者なんですか？」

小塚は腕組みをした。

「じゃあ岸中ミナエという名前ならどうだい。こっちも記憶にはないのかな？」

「岸中……ミナエ」何かが記憶の縁に引っかかろうとしていた。

「一年半前、あんたは車で人身事故を起こしているだろう」小塚が、やや乱暴な口調でいった。「江東区の清澄《きよすみ》庭園のそばで。その時、事故で亡くなったのが岸中ミナエさんだ」

「事故？　一年半前？」

この瞬間、突然慎介は思い出した。

そうだ、俺は事故を起こしたのだ。清澄庭園のそばで、女の人をはねた――。

「なんだ、忘れてたのか」軽蔑《けいべつ》したように小塚はいった。

忘れていた――たしかにそうだった。今の今まで、自分が事故を起こしたことなど思い出しもしなかった。自分が現在執行猶予中の身だということも、たった今気づいた。

岸中ミナエ。ミナエとはどういう字だったか。

慎介は事故当時のことを思い出そうとした。どういう事故を起こし、どんなふうにケリをつけたのかを回想しようとした。

ところが記憶の中のどこを探しても、それに関する情報は見当たらなかった。

この時、慎介は初めて気づいた。一年半前の事故、というラベルを貼った記憶の引き出しが、頭からすっぽりと抜け落ちているのだ。

4

医師は一枚の書類を見つめたまま、しばらく何もいわなかった。薄い眉は、わずかに寄せられている。その寄せ具合が、慎介は妙に気にかかった。彼は医師の表情を読み取ろうとしたが、メタルフレームの眼鏡のレンズには蛍光灯が反射して映っており、目を見ることはできなかった。

やがて医師は書類を机の上に置いた。白髪が少し混じった頭を搔いた。

「頭痛は、もうよくなったといったね」

「はい、それはすっかり」

「検査の結果を見るかぎりでは、どこにも異状は見当たらないからねえ。さほど心配することはないと思うよ」

「じゃあ、記憶のほうは……」

「うん」医師は少し首を傾《かし》げた。「脳が損傷を受けたとかじゃなく、精神的なショックが原因じゃないかな。記憶喪失の大部分が、じつはそうしたものだからね」

「時間が経てば治るというものでもないんですか」

「それは何ともいえないな」医師は腕組みをした。「まあ、あまり深刻に考えず、ふだん通りの生活を続けていればいいと思うがね。記憶が欠落しているといっても、ほんのわずかな部分だけなんでしょう?」

「ええ、まあ」

一年半前に起こしたはずの交通事故のことだけが、思い出せなくなっていた。もしかするとほかにも記憶の欠落はあるのかもしれないが、とりあえず今の慎介にとって最も重要な記憶はそれだけだった。

「だったら、それについては親しい人から話を聞いたりして情報を得ればいいんじゃないかな。そうすればとりあえず日常生活に支障はないわけだから。とにかく、気持ちをリラックスさせることだ。そうすれば、ふとした弾みで、失っていた記憶を取り戻せるかもしれない」

「わかりました」

脳外科の診察室を出た後、慎介は歩いて病室に戻った。入院して一週間が経っていた。まだ頭に包帯を巻いたままだが、身体を動かすのに何の不自由もない。心配された後遺症も、どうやらなさそうだった。

病室に戻ると、成美がベッドの上に大きなバッグを置き、慎介の荷物をまとめているところだった。

「どうだった？」

「別に問題ないってさ。しばらく激しい運動は控えたほうがいいそうだけど」

「じゃあ予定通り、このまま退院していいわけだね」

「ああ」

「よかった」成美は止めていた手を再び動かした。「慎ちゃんも早く着替えれば？」

「そうだな」

帰りに着るための服も、成美によってすでに用意されていた。パイプ椅子の上に、ストライプ柄のシャツとベージュのチノパンツが奇麗に畳んで置いてある。

慎介はパジャマのボタンを外しながら窓に近づいた。この部屋は三階だった。視線を下げると、病院の前を走っている車道が見える。片側二車線の道路上では、土砂を積んだトラックや薄汚れた白のバンや屋根に提灯形のランプをつけたタクシーが、信号待ちをしていた。

車か——。

慎介を襲った犯人が岸中玲二であることは、ほぼ間違いないようだった。岸中の部屋を調べていた捜査員が、彼の上着の内ポケットから、血の付着したモンキースパナを発見したからだった。その血は、慎介のものと完全に一致していた。さらにスパナには岸中の指紋が残っていた。

彼の自殺についても、疑いを差し挟む余地はないようだった。遺書の筆跡が彼のものであることは確認されていたし、死ぬ前に彼は新聞の配達をストップさせていた。電話を受けた販売店の女性店員の話によれば、しばらく旅行に行くから、といっていたらしい。

以上の話は、西麻布警察署の小塚から聞いた。小塚は、書類を仕上げたいからといって立ち寄った際に、詳しく説明してくれたのだ。慎介が殴打された事件は解決したし、岸中の自殺にも不審な点はなさそうだということで、話している間も小塚は余裕のある表情をしていた。

動機はやはり復讐ですかと尋ねた慎介に、小塚は何度か頷いてからいった。

「そう考えるべきだろうね。これまでに調べたかぎりでは、岸中は奥さんを心の底から愛していたらしい。奥さんを亡くしてからは、魂が抜けたようになってしまったそうだ。それまでは明るくて、人付き合いもよかったそうだが、すっかり陰気で無口な男になってしまったと職場の人間たちも証言している。何日間も、誰とも口をきかないなんてこともあったそうだよ。気味が悪かった、と正直な感想を漏らした同僚もいた」

「俺のことを、ずっと恨んでいたわけだ」

慎介の言葉を、小塚は否定しなかった。

「彼と親しかった人の話では、奥さんが亡くなった直後、殺したい、と漏らしていたそうだよ。何とかして恨みを晴らしたい、と」

「殺したい……ね」

この言葉は、慎介の心の奥底に沈んだ。

「ただ」刑事は付け加えた。「ここ二、三か月は比較的元気そうだった、と話している人もいる。時折どことなく浮き浮きした感じに見えることさえあったというんだ。どうやらふっきれたのかなと、その人は思っていたそうだが……」

「ふっきれてはいなかったんだ」

「そういうことだろうね。人間というのは、いかにも辛そうにしている時より、見た目には明るく振る舞っている時のほうが、その内側にある悲しみは深いというからねえ」刑事は慎介の目を見ながら、刑事らしくない文学的なことをいった。「問題は、なぜ一年以上経った今になって復讐を決意したのかということだが、それについてはまだよくわからない。ずっと気持ちを抑えていたが、とうとう我慢しきれずに爆発させてしまったということかもしれないが、それにしても何らかのきっかけがあったはずだからね」

「奥さんの一周忌が済んだから、とか」慎介は思いついたことをいってみた。

「そうかもしれない」

「自殺したのは、復讐を果たしたと思ったからですか」

「そうだろうな。司法解剖の結果、岸中玲二が自殺を図ったのは、君を襲った夜だと判明している。君の頭から流れる血を見て、間違いなく思いを遂げたと確信して、毒を飲んだんだろう」

「次の日の夕方まで待っていたら、思い直したかもしれないわけだ」慎介はいった。彼が襲われたことは、翌日の夕刊に小さく載ったのだ。「俺が生きていることを知って、今頃はあの世で悔しがっているだろうな」

「人間は死んだら終わりだよ。悔しいもくそもない」刑事は乾いた声でいった。

小塚とのやりとりを回想していると、後ろから声がした。「慎ちゃん、早く着替えないと風邪をひいちゃうよ」

振り返ると成美が両手を腰に当てて立っていた。

「何をぼんやりしてるの？」

「いや、何でもない」慎介はボタンを全部外し、パジャマを脱ぎ始めた。

入院費の精算を済ませると、二人で病院を出た。タイミングよくタクシーの空車が通りかかったので、成美が手を上げて止めた。

「門前仲町《もんぜんなかちょう》へ」彼女はいった。

「永代《えいたい》通りでいいですか」車を発進させながら年輩の運転手が尋ねてきた。

はい、と成美は答えた。

少し走ってから運転手が訊いてきた。「それ、交通事故ですか」

ルームミラーを通して、慎介の頭の包帯を見たらしい。

「まあね」慎介はいった。「自転車に乗ってて、車に引っかけられたんだ」

「へえ、そりゃあ災難だ。縫ったりしたんですか」

「十針」

「うわあ」運転手は頭を振った。「交通事故に遭うのが一番ばかばかしいものねえ。ついさっきまでぴんぴんしてた人間が、突然あの世に行っちまう。病気なら、本人も周りも多少覚悟を決められるものだが、事故だけは予測不能ですものねえ。特に交通事故は、自分がどんなに気をつけてても、向こうから当たってくるんじゃ避《よ》けようがない。といって、家から一歩も出ないわけにいかないものねえ。全く、怖い世の中ですよ。こんな商売してて、こういうことをいうのも変ですけど」

話好きな男だった。成美は、話題が話題だけに、はらはらした様子で時折慎介のほうを見た。やがて運転手の話は、国の行政に対する愚痴に変わった。交通事故の話よりはましだと思ったか、成美は適当に相槌《あいづち》を打っていた。

慎介は窓の外に目を向け、すれ違う車の流れを見つめていた。運転手の話は、さほど彼の神経を刺激しなかった。むしろ、交通事故と聞いてもあまり実感が湧《わ》いてこないことに対し、戸惑いを感じていた。

慎介は、襲われる直前のことを思い出していた。閉店間際に入ってきた岸中が、アイリッシュクリームを飲みながら、ぼそぼそと話したことなどだ。

じつは、忘れたいことがあってね。いや、忘れることなんかは絶対にできないようなことなんだけどね、少しでも気持ちを楽にさせたいと思っていたんだよ――背中を丸め、呟くようにいっていた言葉を慎介は思い出した。何を鬱陶《うっとう》しいことをいっているんだと思って聞いていたが、今考えると、明らかに慎介に対して発せられた台詞だった。忘れたいこととは妻の死に相違なく、少しでも気持ちを楽にするため、彼は妻の復讐を決意していたのだ。

タクシーは永代通りに入っていた。東京駅の横を通り、細長いビルの立ち並ぶオフィス街を通り抜けていく。やがて前方に橋が見えてきた。隅田川を渡る永代橋だ。

「運転手さん、悪いけど、ちょっと行き先変更だ。清澄庭園って、知っているかい？」慎介はいった。隣で成美が、驚いたように目を見開いたのがわかった。

「清澄庭園？　ええと、知ってはいますけど……」運転手は口ごもった。正確な位置が、咄嗟《とっさ》に思い出せないらしい。

「いいよ、俺が道順をいう。とりあえず、永代橋を渡ったら、すぐに左だ。そう、すぐに左の細い道に入ってくれ」

成美が慎介の顔を見つめ続けていた。彼はそれをわざと無視した。清澄庭園のすぐ脇でタクシーから降りた。庭園の中には、子供連れの主婦らしき女性の姿がちらほらあった。桜の蕾《つぼみ》が膨らみかけている。もう二週間もすれば、土日などは花見客でいっぱいになることだろう。

だが慎介は庭園には足を向けることなく、道路沿いに歩きだした。

「ちょっと慎ちゃん」成美が追いかけてきた。「どこへ行くの？」

「別にあてはないさ。このへんをぶらぶら歩いてみるだけだ」周囲を見回しながら慎介はいった。春の日差しがコンクリートの路面に反射して眩しい。思わず目を細めた。

「何のために？」成美は訊いた。その声には、苛立ちよりも怒りに近いものが含まれていた。

「俺が事故を起こしたのは、たしかこのあたりだったよな。だから歩いてみるんだ」

「どうして？」成美は目元を険しくした。「どうしてそんなことをしなくちゃいけないの」

慎介は両手をポケットに入れ、肩をすくめた。

「歩けば、何か思い出すかもしれないと思ってさ」

「事故のことを？」

「ああ」

成美は大きくため息をつき、頭をゆらゆら振った。

「思い出さなくたっていいじゃない。そんな悪いこと、無理に思い出すことないよ」

「いや、記憶の一部がすっぽり抜け落ちてるのって、案外気分の悪いものなんだぜ。嫌なら、成美は先に帰れ。そろそろ店に行く支度もしなきゃいけないんだろ？」慎介は腕時計を見た。四時を少し過ぎていた。彼女はシャワーを浴び、化粧をして、出かけていかねばならない。

「こんなところに、慎ちゃん一人を置いて帰れないよ。一つ間違えたら、死んじゃうぐらいの大怪我をしたくせに」

「もう平気だ。ああ、そうだ。荷物を持たせて悪かったな。俺が持つよ」慎介は片手を彼女のほうに差し出した。

「いいよ、あたしが持つ」成美は着替えの入った大きなバッグを、身体の後ろに隠した。

慎介は手をポケットに戻すと、彼女に背を向け、再び歩き始めた。それで諦めたのか、成美も黙ってついてきた。

片側一車線の道路が、幾分蛇行しながら南北に走っている。途中、小さな川を越えるところでは、ほかよりも少し高くなっていた。つまり道は、上下左右にうねっているわけだ。暗くなると、当然見通しは悪くなる。慎介は何度もこの道を車で通っているが、あまり危険だと思ったことはなかった。それが油断ということなのかなと考えた。

前方に信号機が見えてきた。交差しているのは、高速道路の出入り口に直結している道だ。

信号が青だったので、早く交差点に入りたくて、少しスピードを上げてしまったかもしれません――不意にそんな台詞が頭に浮かんだ。それは自分がいったことだということを、すぐに思い出した。

あれは、いつ誰にしゃべったことなのだろう。相手は警察官だったように思われた。すると現場検証の時か。あるいは、警察署で調書を取られている時か。

慎介は頭を振った。思い出せなかった。

さらに歩くと、左側に倉庫のような建物が現れた。その灰色の壁を見て、彼は足を止めた。

これだ、と思った。事故はこの前で起きたのだ。あの岸中美菜絵という女性は、この灰色の壁と車のバンパーに挟まれて死んだのだ。

自転車をこぐ女性の姿が、ぼんやりと脳裏に浮かんだ。その背後から近づく。直後に、悲鳴、衝撃、そして飛び散る血――。

なぜだ、と彼は思った。

自転車をこぐ女性の姿は、かすかだが記憶にある。つまり自転車を確認していながら、慎介はそれをよけられなかったことになる。なぜそんなことになったのか。

急いでいたということか。何をそんなに急いでいたのだろう。

慎介はこめかみを押さえた。おさまっていたはずの頭痛が、再び引き起こされつつある。思わず、顔をしかめた。

「慎ちゃんっ」

成美の声がしたと思った時には、すでに慎介は彼女に身体を支えられていた。道路に放置されたバッグが目に入った。成美がほうりだしたものらしい。

「大丈夫？」彼女は慎介の顔を下から覗き込んできた。

「大丈夫だ。だけど、少し疲れた」

「無理しちゃだめだよ」

ここで待ってて、といって成美は駆けだした。彼女は交差点まで出ると、すぐに大きく片手を上げた。タクシーがつかまったようだ。

慎介と成美が住んでいるマンションは、葛西橋《かさいばし》通りから一本入った道路に面して建っていた。地下鉄の駅までは歩いて十数分。その途中に富岡八幡宮《とみおかはちまんぐう》がある。五十平方メートルの１ＬＤＫで家賃十三万は、この地域では破格といえたが、建物のすぐ上を走る首都高速道路に目が行けば、その安さにも合点がいく。

ドアを開け、先に中に入った慎介は、部屋の様子が変わっていることにすぐ気づいた。まず家具の配置が違う。さらに、ひどい時には足の踏み場もないほど散らかっているのに、今日は部屋の隅々まで片づいていた。

室内に足を踏み入れ、慎介は方々を見回した。

「どういうことだ。ずいぶんと奇麗になっているじゃないか」

「自分の部屋じゃないみたい？」

「ああ」彼は頷いた。「すっかり見違えた」

「慎ちゃんがいなくて寂しいから、気を紛らわすために部屋の模様替えをしたの。結構大変だったんだから」

「だろうな」

掃除だけでなく、元来成美は家事全般が得意ではない。好きでもないのだろう。その彼女が、退屈しのぎにこれだけのことをするとは思えなかった。何しろ本棚の中まで整理されているのだ。慎介は気に入った雑誌を捨てずにとっておく習慣があるのだが、いちいち棚に入れるのが面倒になり、つい床に放置してしまう。それがしばらくすると雑誌の山になる。以前は、そんなふうにして出来た雑誌の山が五、六個あった。ところが今は、本棚の外に出ている雑誌類は一冊もなかった。

俺のためにしてくれたんだろう、と慎介は解釈した。病院から帰ってきた時に部屋の中が汚いと落ち着かないと思い、必死になって掃除をしたのだろう、と。そう思うと、成美のことが愛しくなった。

慎介は、掃き出し窓のそばに置かれた、二人掛けのソファに腰を下ろした。ガラステーブルの下に敷かれたカーペットも、安物ではあるが新しく変わっていた。テーブルの上には白い陶器の丸い灰皿が置いてあり、その上に開封していないセーラムライトと使い捨てライターが載っていた。

「気がきくじゃないか」彼は成美にいった。

「よく一週間以上も禁煙できたよね」といって彼女は笑った。「何だったら、そのままやめる？　入院をきっかけに、やめる人は多いっていうよ」

「そういう台詞は、自分がやめてからいえよな」慎介は箱に手を伸ばし、慎重に封を切って一本取り出した。くわえて火をつける時には、指先が少し震えた。

白い煙を、一新された部屋の空間に向かって吐き出した。「いい気分だ」

「あたし、シャワーを浴びてくるね」成美は服を脱ぎ始めた。

彼女が少しずつ肌を出していく様子を、慎介はセーラムライトを吸いながら眺めた。途中で彼の視線に気づいた彼女は、「いやあねえ、なにじろじろ見てんのよ」といって、靴下を投げつけてきた。

慎介は灰皿の中で煙草を揉《も》み消すと、立ち上がり、バスルームに向かいかけた成美の腕を摑《つか》んだ。彼女は少し驚いたようだが、抵抗せずに彼の動きに身を任せた。慎介は彼女の細い身体を抱くと、乳房に手を伸ばした。その膨らみは、痩せた身体つきにしては豊満といってよかった。彼は自分の股間が充実していくのを感じながら、右手で成美の乳房を揉んだ。掌《てのひら》の中で乳首が固くなっていくのがわかる。彼女はくすくす笑った。その口を、彼は唇で塞いだ。

その時、不意に一つの光景が瞼に蘇った。薄いネグリジェを纏《まと》った女が、彼の目の前に立っている。成美ではない。成美はネグリジェを着ない。ではあれは誰だったか。

慎介は成美の身体を離した。その手つきがやや乱暴だったからか、彼女は心外そうな顔をした。

「ああ、そうだ。由佳《ゆか》さんを送っていったんだ」

「えっ？」

「あの夜だ。由佳さんを家まで送っていって、その帰りに事故をやっちまったんだ。そうだったな」

由佳は『シリウス』によく来るホステスだ。あの夜、由佳は酔いつぶれてしまい、閉店時刻になっても起きあがろうとしなかった。そこで慎介が江島の車を借りて、送っていくことになったのだ。彼女の家は森下《もりした》で、銀座からだと慎介と方向が同じになる。

「そうだよ」成美は頷いていった。「もちろんあたしは見てないけど、慎ちゃんからそんなふうに聞いたよ」

「そういう話をした覚えはある」

「事故のこと、思い出したの？」成美が心配そうに見上げてきた。

「少しな。だけど……」慎介は、人差し指と親指で鼻梁《びりょう》を挟むように目頭を押さえ、ソファに戻った。また軽い頭痛が始まりかけた。「事故そのものの記憶はない。どうして俺は、あの道をあんなに飛ばしてたんだ。自転車に乗った女の人を見ていながら、当てちまったんだから、よっぽどあわててたってことだ。何をそんなに焦ってたのか、どうしてもわからない」

「本当に思い出せないの？」成美が訊いた。

「うん」慎介は彼女を見上げた。「なぜ急いでたか、俺は成美に話さなかったか？」

「早く帰りたかったからって、いってたように思うけど」

「ただそれだけの理由で、運転をミスっちまうほど飛ばすかな」

「それは……わかんない。あたしも、そんなに詳しくは聞いてないもの。示談のこととかで、あの頃は頭がいっぱいだったし」成美は上半身裸のまま、腕組みをした。その二の腕に、鳥肌が立っていた。

「風邪ひくぜ。シャワーを浴びてこいよ」

「あ、はい」成美は自分の腕をこすりながら、足早にバスルームに向かった。

慎介はセーラムライトの箱から、新たに一本を取り出して火をつけた。彼の股間は、すでに平常状態に戻っていた。

5

慎介が岸中玲二の住んでいたマンションへ行ったのは、退院から二日後のことだった。もっとも家を出る時には、そんなところに足を向ける気などなかった。昼食用にコンビニで弁当でも買おうと思い、自転車にまたがったのだ。成美は、客に誘われて午前三時までカラオケボックスで騒いでいたとかで、彼が家を出る時にはまだベッドの中で眠っていた。

最初に入ったコンビニで、気に入った弁当がなかったため、慎介は少し足を延ばした。日差しが柔らかく、風も穏やかだったので、ペダルをこぐには気持ちのいい午後といえた。彼は江東区内ならば、どこへ行くにも大抵自転車を使う。車は持っていない。

二軒目のコンビニで弁当と雑誌を買い、家に帰ろうとペダルを踏みかけたところで、その足を止めた。あるものが目に入ったからだ。

コンビニの隣は不動産屋だった。ガラス窓に、べたべたと物件の間取り図が貼ってある。彼の目を引いたのは、その中の一枚だった。

サニーハウス、という名前に聞き覚えがあった。小塚から聞いたのだ。岸中玲二の住所に、そのマンション名が入っていたはずだった。

たしか、木場といった——。

慎介は自分の記憶を辿《たど》っていた。番地までは覚えていない。しかし小塚から聞いた時、うちから近いなと思ったのだ。そして不動産屋の窓に貼られた物件紹介の紙には、江東区木場と明記してあった。

その広告には、マンション周辺の略地図も記してあった。それを見ているうちに慎介はふと、行ってみようか、と思ったのだ。自転車ならば、さほど遠くはない。

行ってどうするか、ということまでは考えていなかった。ただ、殺そうと思うほど自分を憎んだ男のことを少し知りたいと思った。マネキンメーカーに勤めていたということ以外、何も知らないのだ。

2DK、十二万五千円という文字を見てから、彼はペダルを踏み込んだ。

目的のマンションは、清洲橋《きよすばし》通り沿いにあるガソリンスタンドの裏に建っていた。四階建ての小さな建物で、くすんだ黄土色にしか見えない壁面は、以前はクリーム色と表現できるものだったのかもしれない。ガソリンスタンドの、高速ワックス洗車と書かれた看板の四角い影が、その壁に貼り付いていた。

慎介は自転車をマンションの前に止め、コンビニの袋を持って、正面玄関から中に入った。すぐ左に管理人室の窓があったが、今は誰もいなかった。

右側に郵便受けが並んでいたので、慎介はその前に立ち、ネームプレートを見ていった。殆どの部屋のプレートが白紙のままだった。だが二〇二号室のところには、『岸中』と書いたプレートが入っていた。管理人が取り外すのを忘れているのだろう。

四階建てということで予想していたことだが、このマンションにはエレベータがなかった。慎介は管理人室の隣にある薄暗い階段を上っていった。

なぜ岸中はこんなところに住んでいたのだろう、という疑問が湧いた。慎介は事故を起こした時のことは覚えていないが、その後の経過についてはほぼ記憶している。それによると、任意保険により、かなりの金が岸中玲二に支払われているはずなのだ。

二階に上がると、慎介は二〇二号室の前に立った。

あの男は、この部屋に住んでいたのか――。

岸中玲二が店に来た時のことを慎介は思い出した。黒い丸縁眼鏡、古びた洋服、無精髭。あの夜彼はこの部屋で身支度をし、慎介を殺すべく出発したのだ。上着にはモンキースパナが入っていた。

室内に人のいる気配はなかった。灰色のドアを見て、慎介は火葬炉の扉を連想した。岸中がこの部屋で自殺したと思うと、彼の恨みが依然としてこの扉の向こうに潜んでいるような気がした。

もういい、と慎介は思った。これで納得した。もう二度と、ここへは来ないでおこう。

彼が歩きかけた時だ。反対側から、一人の男が近づいてきた。顎に髭を生やした、五十歳ぐらいの男だった。頭に茶色のベレー帽をかぶり、手に紙袋を抱えている。

慎介は何となく嫌な予感がして、男と目を合わさないよう気をつけながらすれ違った。そのまま足早に階段に向かった。

「あ、ちょっと。ちょっとすみません」男が声をかけてきた。

慎介は足を止め、振り向いた。男は岸中の部屋の前で立ち止まっていた。

「岸中君の友達ですか」男は訊いてきた。

とぼけようか、と一瞬慎介は思った。だが岸中の部屋の前に立っていたところを、この男に見られているかもしれなかった。

「いや、友達ってわけじゃあ……」

「知り合い？」

「ええ、まあ」ニット帽をかぶってきてよかったと慎介は思った。それがなければ、頭の包帯を見て、この男は彼が何者かを察知したかもしれなかった。「岸中さんの……後輩なんです。学校の」

「後輩？　じゃあ君も美大出身？」

「美大？　そうじゃなくて……」

「ああ、高校のほうか」

「はあ」

「そうか」男は愛想笑いをしながら、慎介のほうに近づいてきた。「岸中君の御遺族に会う機会ってのは、ある？」

「いえ、たぶんないと思いますけど」

「あ、そう」男は困惑した顔に戻り、自分が持っている紙袋に目を落とした。「じゃあ、どうしようかなあ。困っちゃったなあ」

男は明らかに、慎介に質問してもらいたがっていた。どうかしたんですか、と。それをきっかけに、何かを相談しようとしていた。だから関わり合いになりたくないならば、無言で立ち去るのが最良の選択だった。もちろん慎介は、厄介な問題を男と共有する気などなかった。しかし、岸中玲二のことを少しでも知りたいという思いは、彼が自覚している以上に大きかった。

「どうしたんですか」彼は訊いていた。

予想通り、男の顔に愛想笑いが蘇った。

「じつは私、岸中君と同じ会社の人間なんだけどね、彼の荷物が職場に残っていたものだから、届けに来たというわけなんだよ。管理人さんに預けるつもりだったんだけど、どうやらこのマンションは、めったに管理人さんが来ないみたいだね」

「そうなんですか」

「困っちゃったなあ、どうしようかなあ」男は頭を掻き、岸中の部屋を振り返ったり、持っている紙袋を見たりした。「ドアの前に置いていくわけにもいかないしねえ」

「会社って、マネキンの？」小塚の話を思い出して慎介は訊いた。

「そうそう。岸中君から聞いてる？」男は、少しうれしそうな顔をした。「彼と一緒にね、顔を描いてたんだ」

「顔？」

「マネキンの顔だよ」男は紙袋の中から一冊のパンフレットを取り出し、表紙が見えるように慎介のほうに差し出した。「これ、私が描いたんだ」

パンフレットの表紙には、マネキンの首だけが写っていた。白い肌の上に、眉、唇、そして瞳が繊細なタッチで描かれている。髪が黒いことや、目が少し細く描かれているのは、日本人をイメージしているからかもしれない。

「奇麗ですね」慎介はいった。正直な感想だった。

「自信作だから」男はパンフレットをしまった。

「そういうのは、描く人によって違ってくるものなんですか。たとえば表情とか」

「そりゃあ、全然違うよ。各自それぞれに好みがあるしね。同じ人間が描いても、その時の気分によって違ったりもする」

「……岸中さんは、どういう顔を描く人だったんですか」

「彼は個性派だな。単に整った顔を描こうとするんじゃなく、少し癖を出して、見る人によって好みが分かれるようなのを描いてた。まあそういうやり方は、顧客からはあまり歓迎されないんだけどね」男は紙袋の中を探り始めた。やがて彼が出してきたのは一冊のファイルだった。「これ、岸中君の作品なんだ」

慎介はファイルを受け取って開いた。中には写真がファイリングされていた。いずれも女性のマネキンの顔だった。欧米人をイメージしたもの、黒人、東洋人、いろいろある。表情らしきものは殆どないのだが、その瞳には、人間以上の深みがあった。それを見つめていると、彼女たちのメッセージが伝わってくるようだった。

これは一つの芸術だ、と慎介は思った。小さな感動に似たものさえ、彼は覚えていた。

「弱ったなあ。どうしたらいいかなあ」男は同じような台詞を繰り返した。「せっかくの作品だから捨てるのも辛いし、といって会社に置いておくわけにもいかないからねえ。何しろ、ほら、彼はああいう状況で死んじゃったわけだから」

「ファイルはほかにもあるんですか」慎介は訊いた。

「ええと、ファイルはあと二冊だね。一冊は子供の顔で、もう一冊はマネキンの全身を写したものだ。あとは彼の絵描きの道具とか、スリッパとかだけど……」紙袋の中を覗きながら男はいった。

「じゃあ、俺が預かっておきましょうか？」

「いいですよ。いつ岸中さんの御遺族に渡せるかはわからないですけど」

「えっ、いいのかね」

「ああ、それは別にいいんじゃないかな。急ぐことはないと思うよ。とにかく、ほら、会社に置いておくわけにいかないものだから。じゃあ、そうしてもらおうかなあ。そうしてもらえると、とても助かるんだよねえ」男は慎介の気が変わるのをおそれたか、すぐに紙袋を差し出してきた。

慎介はそれを受け取った。「失礼ですけど、お名前は？」

「おっと忘れていた」男は上着のポケットから名刺を出してきた。

名刺によると、男の名前は高橋祐二《たかはしゆうじ》といった。MKマネキン株式会社意匠設計部意匠主任という肩書きが付いている。会社の住所は江東区東陽《とうよう》になっていた。自分の家の近くにマネキン製造会社があるということを、慎介は初めて知った。

「ええと、おたくは？」高橋が尋ねてきた。

「あ、すみません。今、名刺を持ってないんです」慎介は急いで偽名を考えた。咄嗟に口から出たのは、『茗荷』のママの名字だった。「小野といいます」

高橋はシャープペンシルを出してきて、さらに連絡先を訊いてきた。慎介は、実在するかどうかもわからない架空の住所と電話番号をいった。高橋は特に怪しむこともなく、それらを自分の名刺の裏にメモした。

「いやあ、助かった。これで肩の荷が下りたよ」メモを終えると、高橋は階段を下り始めた。慎介も紙袋を持って、後に続いた。

「会社は大騒ぎでしょうね」高橋の背中に向かって慎介はいった。「ああいう事件が起きたわけだから」

「まあねえ、びっくりはしたよねえ」

「岸中さんとは、かなり親しくしておられたんですか」

「どうかなあ。まあ、狭い部屋で毎日二人だけで仕事をしていたわけだから、会社では私が一番親しかったといってもいいかもしれないな」

「あの事件の前、岸中さんの様子に何か変わったところはあったんですか」

慎介が訊くと、高橋は立ち止まって振り向き、興味深そうに彼の顔を眺めた。

「刑事みたいなことを訊くんだねえ。それと同じ質問をされたよ」

「あ、いや別に……」

「変わったところがあったといえばあった。なかったといえばなかった。そうとしかいえないな」高橋はいった。「彼が変わったのは、やっぱり奥さんが亡くなった時からだ。それ以来、ずっとおかしかった。陰気に、ふさぎこんでいることが多くなった。だけど、それがもう彼のいつもの状態と考えれば、事件を起こす前に特に様子がおかしかったということはない。いってる意味がわかるかい？」

「わかります」慎介は頷いた。

「彼はかわいそうな男だと思うよ。心底奥さんに惚れていたからねえ」そういいながら高橋はマンションを出た。道の反対側に路上駐車してあるセダンが彼の車らしく、ポケットから鍵を出しながら近づいていった。「君に会えて助かったよ。ぐずぐずしていたら、駐車違反を取られちゃうから」

「これ、たしかにお預かりします」紙袋を掲げて慎介はいった。

「よろしく頼むよ。ああ、そうだ」高橋は運転席のドアを開けかけたところで、手の動きを止めた。「さっきのファイルだがね、女のマネキンの顔ばかりを集めたやつ」

「はい」

「一番最後の頁《ページ》に、ウエディングドレスのベールをつけたマネキンの写真が貼ってある。それの顔をよく見てみるといい」

「何かあるんですか」

「あるよ」高橋は真剣な顔で頷いた。「岸中君が、奥さんに似せて描いた顔だ」

えっ、と慎介は声を漏らしていた。

「よく似ている。マネキンとしての出来映えも素晴らしい。一見に値する」そういうと高橋は軽く手を上げ、車に乗り込んだ。

「どうしてこんなもの貰ってくるのよ」テーブルの上でファイルを開きながら成美はいった。慎介がマンションに帰ると彼女が起きてテレビを見ていたので、事の成りゆきを手短に説明したのだ。

「だからいってるだろ、何となくだって」

「何となく、自分を殺そうとした男の持ち物が欲しくなったわけ？」

「ほかの物なら、特に欲しいとは思わなかったさ。ただそれを見ているうちに、ちょっと興味が湧いたんだ」

「変なの」

「いやなら、見なきゃあいいだろ」

「いやだなんていってないよ。ただ、こんなのを貰ってくるのが変だっていってるだけじゃない。——へえ、中国人顔のマネキンなんてあるんだ。全然知らなかった」

慎介は窓際に立ち、煙草をくわえて火をつけた。下の細い道路を、一台の車がものすごい勢いで通っていった。この道が、ある幹線道路の抜け道になっていることは、地元のドライバーなら大抵知っている。

気をつけろよ、その先の信号のない交差点は事故多発ゾーンだぜ——慎介は心の中で呟いた。耳をすませたが、車が急ブレーキを踏む音も、出会い頭にぶつかる音もしなかった。運のいいやつめ、と毒づいた。

なぜ岸中の所持品が欲しくなったのか、慎介は自分でもよくわからなかった。マネキンの写真にひかれたことはたしかにあるが、それだけではない。やはり、自分を殺そうとした男のことが知りたいから、としかいいようがなかった。具体的にいうなら、岸中の自分に対する憎しみがどの程度のものだったかを確認したい、ということになる。

彼が煙草の灰を灰皿に落とそうとした時だった。マネキンの写真を見ていた成美が、突然ひっと息を吸い、ばたんとファイルを閉じた。彼女は口元を手で覆い、怯えたような目で慎介を見つめた。

「どうしたんだ？」彼は訊いた。

成美は細い指でファイルを指差した。

「なんだか、すごく怖い写真があったの」

「怖い写真？　マネキンじゃないのか」

「マネキンよ。だけどそのマネキンの顔だけ、なんだかとても怖かった」寒気を感じたのか、成美は自分の身体を手でさすった。「一番最後の写真よ、花嫁の格好をしているんだけど……」

「最後の？」

高橋の言葉を思い出した。だが慎介は彼から聞いた話を、成美にはしていなかった。

彼はファイルを手に取った。その岸中玲二が妻に似せて描いたというマネキンの顔を、彼はまだ見ていなかった。

「あたしに見せないでね」成美が顔をそむけた。「なんだか、落ち込んできちゃった。すごくマイナーな気分……」

大げさな、と思いながら、慎介は最後の頁に手をかけた。だがそれを開く時、不吉な風のようなものが、ふっと胸の奥をかすめた。

彼は頁を開いた。同時に、女の顔が目に飛び込んできた。

ぎくり、とした。

それはマネキンとは思えぬ出来映えだった。単に美しいだけではない。一人の女の顔が、そこにはあった。他のマネキンにはない、生の気配が漂っていた。しかし同時にそれは死の気配でもあった。慎介は目をそらすことができなかった。象牙色の肌、完璧なカーブを描いた眉、何かを囁きかけそうな唇、意志を感じさせる鼻梁、そして——。

慎介は気づいた。このマネキンの顔には、もう一つ大きな違いがあった。他のマネキンはいずれも虚空を見つめているが、このマネキンだけは違っていた。

この女は……俺を見ている——。

そう思った時だ。写真の中のマネキンの瞳が、わずかに動いたような気がした。慎介はあわててファイルを閉じた。

「慎ちゃん?」成美が心配そうに声をかけてきた。

だが慎介は返事をする余裕がなかった。胸が痛いほど、心臓の鼓動が激しい。全身から汗が噴き出しているが、背中は寒かった。手足も氷のように冷たくなっていた。

「もう、そんな写真、捨てなよ」成美が苛立った口調でいった。

慎介はしばらく何も答えられなかった。

6

退院して五日目の月曜から、慎介は仕事を始めることにした。初日はあまり混んでほしくないと思ったが、こういう時にかぎってグループ客が訪れたりして、殆ど休む暇がなかった。ママの千都子は、口では慎介に同情しているが、繁盛を歓迎しないはずがなかった。

何組かの客が帰り、ようやく一息つけた頃、『シリウス』の江島光一がやってきた。珍しいことだった。

「今日から現場復帰だと聞いたんで、激励に来た」江島はカウンターの席についた。肩幅の広い体格に、ベージュのスーツがよく似合っている。

「いろいろと御心配をおかけしました」

「それはいいんだけどさ」江島は少し身を乗り出した。「ちらっと聞いたんだが、記憶が飛んでるところがあるそうだな」

千都子から聞いたのだなと慎介は思った。無論千都子にも、記憶が抜け落ちていることなど話していない。千都子はたぶん成美から聞いたのだ。全く女というやつは、と舌打ちしたい気分だった。

「少しだけですけどね」

じつは江島には、このことで話をしたいと思っていた。

「どういうことを覚えてないんだ」

「それが、例の事故のことなんですよ。例の交通事故」

「ほう」江島は慎介の顔を見つめた。「何も覚えてないのか」

「それが、断片的には覚えてるんです。事故の後、保険会社の人間と打ち合わせをしたこととか、警察で調書を取られたこととか。ところが、肝心の事故のことを思い出そうとすると、頭の中に霧がかかったみたいに記憶が曖昧《あいまい》になるんです。いろいろな情景がジグソーパズルみたいに浮かんではくるけれど、一向に一つの絵にならないという感じです」

「それはもどかしそうだな。いらいらするだろう」

「自分の脳味噌を取り出したいぐらいです」

慎介の冗談に、江島は大口を開けて笑った。笑ったついでにウォッカライムを飲んだ。

「まあいいじゃないか。あの事故は慎介にとってもアンラッキーだった。元々、忘れられるものなら忘れたほうがいい種類の思い出だ。失恋と違って、永久に美化されることがないからな。記憶が吹っ飛んだのなら、それはそれで幸いと考えたほうがいいんじゃないか」江島はいった。笑顔から真面目な顔に戻っていた。

「そんなふうにも思うんですけど、やっぱり何だかしっくりしなくてね。納得できないことも多いし」

「どういうことが納得できないんだ」

「いろいろとです。どうしてあの道をあんなに急いで走ったのかとか、なぜ前方の自転車に気づいていながら当ててしまったのか、とか」

慎介の言葉に、江島は意外そうな顔をした。「自転車に気づいてたって?」

「はい」

「そういう記憶はあるのかい? つまり、自転車を見たという記憶は」

「ええ。女の人が夜道をふらふらと運転している姿を、後ろから見た覚えはあるんです」

「ふうん……」江島は眉間に皺を寄せ、慎介の後方の棚に目を向けながら酒を飲んでいた。

やがて目を慎介に戻した。「事故を起こした当時の話では、単にスピードの出しすぎということだった。でもそうか、自転車に乗った相手の姿を見てはいたのか。しかし、スピードを出しすぎていると、相手を確認した時点では、すでによけきれないということもあるからな。そのケースだったということだろう」

江島の話を聞いても、慎介は釈然としなかった。彼は昔、友人が交通事故を起こすのを目の当たりにしたことがある。それ以来、かなり慎重に運転するようになったのだ。それがなぜあの夜にかぎって、羽目を外してしまったのか。

「まあ、警察に行って、あの時に担当した警官に会えば、どういう状況だったのか教えてもらえると思うんですけどね」

慎介がいうと、江島は顔をしかめて手を振った。

「そんなつまらないことはやめておけ。事故のことなんか思い出したって、一文の得にもならんじゃないか。そんなことより、もっとほかに考えなければならないことがたくさんあるだろう？　たとえば将来のこととか」

「将来？」

「いつか独立するんだろう？　そういってたじゃないか」

「ああ、それはまあできればいいと」

「なんだ、ずいぶんとのんびりしてるんだなあ」江島は苦笑してグラスを傾けた。

将来――。

そのことを、ずいぶん長い間考えなかったような気がした。今回の事件が起きてからは、一度も脳裏を横切らなかった。以前は、もっと頻繁に考えていたはずなのだ。店探しをそろそろ始めようかと考えたこともある。予算を立て、どれだけの売り上げがあればいいかを計算した。

予算？

何かが胸に引っかかった。だがそれが何か、わからなかった。そこで彼は、予算についてもう少し考えてみることにした。現在自分にはどれだけの蓄えがあり、銀行からどれだけ借りればいいか――。

その時、またしても彼の頭の中で混乱が生じた。自分がどれだけの金を持っているのか、うまく思い出せなかったからだ。銀行預金はいくら残っていただろう。定期にした分はあっただろうか。

「おい、どうしたんだ。気分でも悪いのか」江島が声をかけてきた。

「いや、なんでもないです」慎介はかぶりを振り、洗ったグラスを磨き始めた。だが胸の中には、得体の知れない暗い雲が広がりつつあった。

入り口のドアが静かに開いたのは、その時だった。慎介は反射的に目を向けた。時刻は十二時近い。この時間に現れそうな常連客の顔が、数人浮かんだ。

だがドアを開けて入ってきたのは、そのいずれでもなかった。慎介の全く知らない人物だった。ママも女の子たちも客も江島も、その人物を見て、いっとき沈黙した。

見知らぬ客は女だった。年齢は三十歳前に見えた。髪は短く、葬儀の帰りででもあるのか、黒いビロードのワンピースを着ていた。手には黒いレースの手袋をはめている。

女は足を踏み入れると、店内を見回すこともなく、まるで最初から決めていたように、カウンターの一番端に向かって歩いた。彼女がスツールに腰かけるまでの間、誰も口を開かなかった。

「いらっしゃいませ」慎介が声をかけた。「何になさいますか」

女が顔を上げ、彼を見つめた。その瞬間、慎介の体内で、何かが弾けた。

俺はこの女に溺《おぼ》れる――そう直感した。

7

黒い服の女は、一時間ほど店にいた。その間に彼女はブランデーを三杯飲んだ。約二十分に一杯というペースは、まるでストップウォッチで計っているかのように一定していた。また飲むしぐさも、最初から最後まで殆ど変わりがなかった。グラスに手を伸ばす。軽く持ち上げ、グラスの中の液体を数秒間眺める。そのまますっとグラスの縁《へり》を唇に触れさせる。酒が口の中に流し込まれる。その間だけ彼女は目を閉じている。やがて細い喉がかすかに動く。彼女はグラスを唇から離し、小さく吐息をつく——見事にこの繰り返しだった。

慎介は他の客の相手をしている時も、彼女のことを気にし続けていた。いや、どうやらそれは彼だけではないようだった。彼女が入ってきた時、まだカウンター席に座っていた江島は、愛用の万年筆でコースターに何か書くと、黙って慎介のほうに押し出した。慎介は素早くそれを手に取った。

知っている客か——コースターにはそう書かれていた。慎介はそのコースターを手の中で握りながら、江島に向かって小さくかぶりを振った。江島は怪訝《けげん》そうにした。だが無論彼は、見知らぬ女性客に対して露骨に好奇な目を向けるようなことはしなかった。

千都子も、謎めいた女のことが気になっていたようだ。一度だけカウンターのほうに来ると、「どこの方か知ってる?」と小声で尋ねてきた。ここでも慎介は首を振るしかなかった。男の客なら巧みに身分を聞き出す術《すべ》を備えているママも、喪服を着た女が相手では、少々勝手が違うようだった。

最初の二十分の間に彼女が発した言葉は、「ヘネシーをくださる?」と、「もう一杯いただけるかしら」の二言だけだった。細く華奢《きゃしゃ》な身体つきのわりには低い声だった。フルートの低い音を聞いたような余韻が、慎介の鼓膜には残った。

彼女が二杯目を飲み干した時、またそのフルートのような声を聞けることを慎介は期待した。だが彼女は何もいわず、彼に向かって空のグラスを掲げただけだった。その代わりに、微笑みが彼に向けられた。それは妖しいとしか表現のしようがない表情だった。やや茶色みを帯びた虹彩《こうさい》の中心にある瞳は、寸分のずれもなく彼の目を捉えていた。わずかに開かれた唇の隙間からは、濃厚な花の香りの吐息が漏れてきそうな気配があった。

「同じものでいいですか」慎介は訊いた。声が少し震えてしまった。

女は黙って小さく頷いた。店内の乏しい明かりが彼女の顔を斜めから照らしている。陶器のように白く、滑らかな肌だった。

彼女から何か話しかけてくれることを慎介は期待した。こういう店に一人で来る客は、大抵話し相手を欲しがっているものなのだ。だがおそらくこの女はそんなことはしないだろうと慎介は思った。この女は、こうして一人で酒を飲みたいからここに来たのだ。ただしこの女には、一人で酒を飲みたがる人間特有の、孤独感や寂寥感《せきりょうかん》といったものがなかった。薄暗い照明が作る薄い闇に、黒い衣装と共に静かに溶け込んでいるのが、彼女にとっては快適なように見えた。

三杯目の酒を飲み干したところで彼女は時計を見た。細い手首に巻かれた、細くて黒いベルトのついた時計だった。慎介はつられたようにその手を見た。そこには黒いレースの手袋がはめられたままだった。

時刻は一時少し前だった。客はほかにテーブル席に二人いた。中堅サラリーマンといった雰囲気の二人組だった。彼等も店に来てしばらくは、カウンター席の女に関心を示していたようだが、今では千都子を交えて競馬の話に没頭していた。

「ごちそうさま」女が三つ目の言葉を発した。

「お帰りですか」慎介は訊いた。

女は小さく頷いた。その時にも、彼女は彼の顔をじっと見つめた。慎介は真正面からその視線を受けとめようとしたが、心の奥を見透かされそうな迫力に圧《お》され、目をそらしてしまった。

料金を記した紙を慎介が差し出すと、女は黒いハンドバッグに手を入れ、中から古びた焦げ茶色の財布を出してきた。革の表面がこすれたようになっている。その財布だけが彼女の雰囲気にそぐわなくて、慎介は少し意外な気がした。

代金を支払い財布をしまうと、女はスツールから下りた。そして入ってきた時と同様、他には一切目を向けず、ドアのほうへ歩き始めた。

「ありがとうございました」彼女の背中に慎介は声をかけた。

女が出ていってから、すぐに千都子がやってきた。

「誰、あの人？　気味の悪い客ねえ」慎介の耳元で彼女はいった。

「前に、誰かに連れられて来たことがあるんじゃないのかな」

「ないわよ。あれば覚えてるわよ。慎ちゃん、あんた何か話をしなかったの？」

「しなかった。何だか話しかけにくくってさ」

「喪服なんか着ているんだものねえ。一体何者かしら」女が出ていったドアのほうを見て、千都子は首を捻っていた。

二時になると残っていた客を追い出し、慎介たちは店を閉めた。アルバイトの女の子たちは終電前に帰るので、後片づけは慎介の仕事だ。千都子は一足先に店を出る。少し離れたところに停めてある車を取りに行くためだ。

片づけを済ませると、慎介は店を出て、ドアに鍵をかけた。埃《ほこり》っぽい空気が廊下に澱《よど》んでいる。夜の世界だな、と彼は思った。またここへ戻ってきたのだ。

エレベータの前に立ち、ボタンを押した。一人でこうして立っていると、やはりあの夜のことを思い出さずにはいられなかった。音もなく背後に忍び寄ってきた黒い人影。振り下ろされた凶器。衝撃。痛みを感じる前に、意識が遠のいていく感覚。

その時どこかで物音がした。慎介はぎくりとし、後ろを振り返った。しかしそこに人影はなかった。やがて複数の人間の笑い声や話し声が、階段のほうから聞こえてきた。上の階にある店から客が出てきたのだろう。慎介はほっと息を吐いた。気がつくと全身に鳥肌が立っていた。そのくせ腋《わき》の下には汗をかいている。

エレベータが到着し、扉が静かに開いた。誰も乗っていないことを祈ったが、男が一人乗っていた。口のまわりに髭を生やした、三十過ぎと思われる小柄な男だ。

知らない人間と密室で二人きりになるのは気が進まなかったが、乗らないわけにはいかなかった。慎介は乗り込むと、すぐに『閉』のボタンを押した。男に背中を向けたくなかったので、壁にもたれる格好で階数表示ランプを見つめた。一階に着くまでの十数秒が、恐ろしく長く感じられた。つい身体が硬くなってしまうのを慎介は自覚した。

もちろん髭の男は何もしなかった。急いでいたのか、エレベータを降りた後は、足早に慎介を追い抜いていった。男の後ろ姿を見送りながら、慎介はため息をつき、小さく首を振った。

ビルの前でぼんやりと立っていると、クラクションの乾いた音がした。慎介は音のしたほうに顔を向けた。濃紺のＢＭＷが道路沿いに止まっている。運転席に千都子の白い顔が見えた。

慎介は通り過ぎる車に気をつけながら助手席側に回り、ドアを開けて素早く乗り込んだ。車の中は千都子のつけている香水の匂いが満ちていた。

「久しぶりだから、片づけに手間取っちゃったよ」

「お疲れさま。身体のほうは大丈夫？　頭は痛くない？」

「大丈夫。もう何ともないよ」

「よかった。今日は忙しかったから、少し心配だったの」千都子はエンジンをかけ、ＢＭＷをゆっくりと発進させた。

千都子は月島にある高級マンションで一人暮らしをしている。慎介とは方向が同じだ。

だから大抵の場合、彼を部屋の前まで送ってくれるのだ。それができない時には、彼にタクシー代を渡さねばならない。その費用を考えると、千都子としては、多少の遠回りなど苦にならないようだった。

ＢＭＷが加速を始めた時だった。何気なく外を眺めていた慎介は、思わず「あっ」と小さく声を漏らした。

「どうしたの？」千都子が訊いてきた。

「いや」彼はすぐに首を振った。「大したことじゃない。知っている人に似た人がいたんだ」

「止まってみる？」

「いや、いいんだ。たぶん人違いだ」

「そう？」千都子は、一旦緩めたアクセルを、再び強く踏み込んだ。

慎介は加速感を背中に感じながら、後ろを振り返りたい気持ちを抑えていた。先程彼の目が捉えたのは、道端に佇《たたず》んでいた一人の女だった。ちらりと一瞬見えただけだったが、裾の長い黒のワンピースといい短い髪といい、さっきまで『茗荷』にいた例の女に間違いないように思われた。しかも女は彼のほうを向いていたのだ。まるで、このＢＭＷの助手席に彼が乗っているのを知っていて、その彼を見送っているようだった。

あの女は、あんなところで何をしていたのだろう。なぜ自分のことを見つめていたのか。

そもそもあの女は何者なのだろう。

いくつかの疑問が、いっとき彼の思考を支配した。だがやがて、空虚な気分がそれらを押し流していった。あれはたぶん人違いだ。あの女が店を出てから、ずいぶん時間が経つ。その間彼女があそこでじっとしていたとは考えられない。黒い服を着た女など、いくらでもいる。髪の短い女も。そしてあの立っていた女は、俺のことなど見ていない。もっと遠くの何かを見ていたか、特に何も見ていないがたまたま顔がこちらを向いていただけのことだ――。

「何か気になるみたいね。さっき見かけた人のこと？　やっぱり、止まったほうがよかったんじゃないの？」いくつかの信号機を越えたところで千都子がいった。

「別に気にしてないよ。ちょっと眠くなっただけだ」

「そう。夜遅くまで起きてるのは久しぶりだものね」早く寝させてあげようという親切心からか、千都子は心持ち車の速度をあげた。

慎介は軽く瞼を閉じながら、なぜ千都子に、あの黒い服を着た気味の悪い女がいたんだと正直にいえないのかを考えた。しかし答えは見つからなかった。

少し経ってから千都子が訊いてきた。

「しばらく休んでみてどう？　やっぱり夜の商売のほうが向いてると思う？」

「さあ、どうかな。あまり考えなかったけど」

「これを機に、昼間の仕事につこうとは思わなかったの？」

「思わなかったな。俺にできることなんか、ほかに何もなさそうだし」

「そんなことないでしょ。まだ若いんだから」

「もう三十だぜ」

「まだ三十でしょ。可能性なんか、いくらでもあるじゃない。だけど時間がたっぷり残ってるわけでもないから、何かするんなら早いほうがいいわね」

「何もしないよ」

いずれは独立して自分の店を持ちたいという夢のことを、慎介は千都子には話していなかった。もっと準備が整ってからのほうがいいと考えていたからだ。

しかしその準備とはどういうものだったのか、慎介はまるで思い出せなくなっていた。具体的な計画を立てていたのか、単に空想を抱いていただけなのかもわからなかった。

「慎ちゃんは、そろそろ銀座に戻りたいと思っているんじゃないの」千都子がさらに尋ねてきた。「こっちに来て、もう一年以上経つし」

「そんなふうには思ってないよ。ママのところで引き取ってもらって、ありがたいと思ってる」

「礼なんかいいわよ。こっちだって助かってるんだから」千都子は、わりと強い口調でいった。

慎介が『茗荷』で働くようになったのは、刑事裁判の判決が下りた直後からだった。判決は、懲役二年、執行猶予三年というものだった。だから実質的にはそれまでと変わらぬ生活を続けられるはずだったが、江島が手配して、千都子の店に一時預けられることになったのだ。そのほうが周りに対して慎介が不必要に気を遣わなくても済むだろうという配慮と、事故のことを知っている『シリウス』の常連客の目を気にした計算が、江島の頭にはあったようだ。

千都子は車を、慎介が住むマンションのすぐ前につけてくれた。彼は礼をいって降り、BMWのテールランプがすっかり見えなくなるまで道端に立っていた。

成美はまだ帰っておらず、慎介が部屋のドアを開けた時には室内は真っ暗だった。成美が働いている店は十二時半で閉店だが、ホステス仲間と食事に行ったりすることもあるので、彼よりも帰りが遅くなることは珍しくなかった。時には客に付き合わされて、ほかの店に飲みに行ったり、カラオケボックスで歌ってくることもある。夜の仕事をしているかぎりはそういうこともやむをえないと思うので、慎介もいちいち問いつめるようなことはしない。

彼は明かりをつけると、洗面所に入ってうがいをした。さらに熱い湯で顔を洗う。そしてタオルで顔を拭き、鏡に映った自分の姿を見た時だった。突然、奇妙な感覚が慎介を襲った。彼は思わず顔を歪《ゆが》めていた。

それはいわゆるデジャ・ビュと呼ばれるものに似ていた。以前にもこれと同じ場面に遭遇したことがある、という既視感だ。しかしいうまでもなく、彼がこの洗面所で顔を洗うのは今夜が初めてではなかった。仕事を終えて帰ったら、まず顔を洗う。それはここ何年も続いている習慣のはずだった。その意味で、これはデジャ・ビュとはいえないはずだった。本来のそれは、全く未体験であるはずの状況に対して感じるものだ。

慎介は鏡を見ながら、自分の顔をこすったり、髪を触ったりした。だがこの既視感の正体はわからなかった。やがてそんな奇妙な感覚も薄れ、鏡にはただぼんやりと立っている彼自身の姿だけが残った。

久しぶりに働いたせいだ、と彼は考えることにした。喪服の女のことといい、今夜の自分は本当にどうかしている——。

洗面所を出て、スウェットに着替えた。テレビをつけ、冷蔵庫から缶ビールを取り出した。ポテトサラダの残りがあったので、それも出した。

だが缶ビールのプルタブを引く前に思い出したことがあって、小さなリビングボードの引き出しを開けた。そこに銀行の通帳を入れてあったはずだからだ。ところが三つある引き出しのどこにも、通帳は入っていなかった。ただしどの引き出しも、以前に比べると格段にきれいに片づいている。どうやら成美が掃除をした時に、場所を移し変えたようだ。

リビングボードの引き出しの中でなければ、通帳はどこにあるのか。慎介は部屋の中央に立って考えた。どう見ても、貴重品をしまえるような場所はなかった。家具らしきものといえば、リビングボードとベッドのほかには、食器棚とソファ、それから下着を入れるための小さな整理棚があるぐらいだ。主な衣類は殆ど押入に入っている。押入の下の段には収納ケースが並んでおり、上の段には衣類を数十着吊せるハンガーかけが入っているのだ。どちらも通信販売で買ったものだった。

どこを探そうかと考えた時、玄関の鍵が外される音がした。ドアが開き、成美の声がした。「慎ちゃん、ただいま」

おかえり、と慎介はいった。

「何してるの？　そんなところに立って」部屋に入ってくると、成美は訊いた。彼女はモスグリーンのスーツを着ていた。去年の春、買った服だ。

「通帳を探しているんだ」

「通帳……どうして？」

「気になることがあってさ。どこにあるんだ。出してくれないか」

「何なの、気になることって」

「後から話すよ。とにかく、今すぐ見たいんだ」

突然おかしなことをいいだしたと思ったのか、成美はひどく不安そうな顔をした。しかしそれ以上は何も訊かず、和室に入っていって、押入の襖《ふすま》を開けた。洋服を吊してある手前に救急箱が置いてある。彼女はそれを開けた。通帳はその中に入っていた。

はい、といって成美は通帳を差し出した。

「どうしてそんなところに入れたんだ」

「何となく……ほかに思いつかなかったから。こういう大事なものは、あまりわかりやすいところに入れちゃいけないっていうじゃない」

「救急箱の中だって、泥棒には見つかるさ」

慎介は自分の通帳を開いた。そこに並んでいる数字を見て、彼は思わず笑った。自嘲《じちょう》の笑いだった。

「どうしたの？」成美が訊いてきた。

「泥棒の心配なんかする必要ないと思ってさ」慎介は記帳されたページを開いて、彼女に見せた。「見ろよ、この数字。近頃じゃ中学生だって、もう少し貯金してるぜ」

「仕方ないじゃない。いろいろとお金はいるんだし」

「成美のほうはどうだ。もう少し、まとまった金があるのかい」

「あたしも似たようなものだよ。うちの店、そんなに給料よくないもの」

慎介は肩をすくめ、通帳を救急箱にほうりこんだ。

「何だっていうの？　急に貯金のことなんかいいだして」成美は少し怒った声を出した。

慎介はため息をついた。

「自分のことがわからねえんだよ」

えっ、と彼女は眉を寄せた。「どういう意味？」

「なあ、成美」慎介はいった。「俺、どうするつもりだったのかな」

「どうするって？」

「この先のことだよ。どうする気だったんだろう。こんなに貯金も何もないくせに、独立して店を持つことなんか考えてたんだぜ。一体何を考えてたんだろう」

「いつか自分の店を持ちたいっていうことは、あたしにも話してたけど……」

「金はどうするつもりだっていってた？　何か当てがあるといってたのか」

慎介の質問に、成美は不安と怯えの混じったような目をした。改めて彼の記憶障害を認識し、深刻な気分になったのかもしれなかった。

「お金は……そのうちに貯めるっていってた」

「貯める？　そんなことをいってた人間が、あんな貧相な通帳しか持ってないのか」

「だから、これからは節約しなきゃって、二人でいってたじゃない」

「節約……」慎介は頭を振った。節約などという言葉自体、意識するのは久しぶりのような気がした。本当に自分はそんなことをいっていたのかと思った。

いつの間にか彼はしゃがみこんでいた。その彼の肩に、成美は手を置いた。

「ねえ、そんなこともうどうでもいいじゃない。将来どうするつもりだったかを忘れちゃったんなら、これからもう一度考え直せば済むことじゃない」
慎介は彼女の手を軽く握った。その手は少し湿っていて、冷たかった。

8

バーテンダーになろう、と昔から考えていたわけではなかった。むしろ水商売に対しては偏見を持っていた。本来は別の道を目指していた人間が、挫折《ざせつ》し、行き場をなくした結果、仕方なく足を踏み入れていくところ、というイメージを持っていた。慎介が東京に出て来た頃の話だ。

彼は石川県の金沢で生まれた。父親は地元の信用金庫に勤めていた。母親はかつて中学の非常勤講師をしていたらしいが、慎介の記憶の中に彼女のそういう姿はない。

家は犀川《さいかわ》のそばの寺町《てらまち》というところにあった。その名が示すとおり寺がたくさんある町だ。小さな土産物屋の向かいに、彼等の住む木造家屋はひっそりと建っていた。

慎介には五つ年上の兄がいた。紡績工場に勤めるサラリーマンだ。五年前に結婚し、四歳と一歳になる子供がいる。兄夫妻と子供、そして両親を含めた六人が、今もあの古い家に住んでいるはずだった。

慎介が上京したのは十八の時だ。東京の私立大学に合格したからだった。というより、上京したかったから、わざわざその大学を受けたのだ。社会学部という選択にも、深い根拠などなかった。彼はほかにも東京の大学を受験していたが、文学部、商学部、情報学部という具合に、学部はばらばらだった。要するに東京の大学であれば、どこでもよかったのだ。

したがって上京してからの具体的な目標にしても何もなかった。都会に行きさえすれば何かが見つかるような気がしていた。地方の町に住む少年にとって東京は、チャンスの芽が無数に生えている場所だった。そのどれか一つでも育てあげることができれば、成功者への道が開けるものと確信していた。じつはそのチャンスの芽を見つけだすことに非凡な能力が必要だということには、その時点では全く気づいていなかった。

慎介の東京行きについて、両親は反対しなかった。長男が地元の国立大学を出て、さらに地元の会社に就職していたから、自分たちの老後についてはとりあえず一安心という心境だったのだろう。また両親は、長男に比べて出来の悪い次男の扱いに困ってもいたようだ。弟に兄と同じ大学に入れる学力がないことは承知していたし、近くの二流大学に通わせたところで将来が保証されるわけでもないと考えていたふしもある。

東京に行かせたほうが、とりあえず食べていくことには困らないのではないか——両親が自分を送り出した気持ちは、大方こんなところだろうと慎介は踏んでいた。六畳に満たない1Kの部屋が、最初の城だった。そこから大きく羽ばたいていけるものと信じていた。何でもできる、チャレンジできると、まさに期待に胸を膨らませていた。

だがそんなふうに夢を抱いていたのは、ごくわずかな間だけだった。一年の終わり頃になると、彼は何の野望も持たなくなっていた。上京した直後、まず具体的な目標を見つける、ということを当面の課題にしていたが、そんな宿題を自分に課したこと自体、思い出すことが少なくなっていた。むしろ忘れようとさえしていた。それを思い出せば、自らの不甲斐なさを認識することになるからだ。

言い訳を探すならば、余裕がなさすぎた。仕送りだけでは家賃と授業料で殆ど消えてしまう。どうしてもアルバイトをせざるをえなくなる。すると新たな人間関係が生じたりして、付き合いで余分に金が必要になる。つまり遊ぶ金が欲しくなる。それを稼ぐためにアルバイトを増やす。悪循環の見本のようなものだ。

もちろんこれは言い訳にすぎなかった。彼よりも恵まれておらず、彼よりも努力している学生は、周りにいくらでもいた。同じアパートに住んでいたSは、近くの定食屋で顔を合わせるうちに親しくなった男だが、深夜、道路工事のバイトをしていた。夜明け前に自転車で帰ってくると泥のように四時間ほど眠り、起きたら午後からの講義に間に合うよう出ていく、という生活を二年あまりも続けた。さらに仕事に行くまでの間、部屋で勉強をしていた。いつも無精髭を顔中に生やしていたSは、「この世で最も価値のあるものは時間や」というのを口癖にしていた。

「考えてみろや、金があったら何でもできるというけど、失《うしの》うた時間を取り戻すことはでけへん。どんな金持ちでも、若い頃に戻ることは不可能やろ？　その点、時間さえ無限にあったら何でもできる。人間が文明を築けたのも、金の力やのうて時間の力やからな。ところが悲しいことに、一人の人間が持ってる時間には限りがある。しかも若い頃の一時間と歳とってからの一時間では価値が違う。俺は今自分が持ってる時間を一秒でも無駄に使うのが死ぬほど嫌なんや」

Sの専攻が建築工学で、卒業研究のテーマが『都市型三層道路網の開発』だったということを、慎介は彼と会わなくなって三年ほど経ってから聞いた。深夜のバイトも、単なる金稼ぎではなかったということだ。

しかし慎介にSの真似などできなかった。これもまた言い訳にすぎないのだが、彼はSと違い、大学で教わることに爪の先ほどの興味も持てなくなっていた。元々関心があって選んだ専攻ではないから、知識欲というものも全くなかった。

二年生の終わり頃になると、慎介は殆ど大学に行かなくなった。その頃働いていた六本木のバーが、一日のうち最も長くいる場所になった。六〇年代をモチーフにしたその店には、ビートルズやプレスリーのレコードが揃っていた。客があまり来ない日などは、慎介はそれらのレコードを次々に古いプレーヤーにかけて過ごした。

　時間を無駄に使っているという自覚がなかったわけではない。早く何か見つけなければ、という焦りは常にあった。だがどうすれば見つけられるのかがわからなかった。それ以前に、見つけるとはどういうことなのかが、よく理解できていなかった。それはある日郵便配達人が届けてくれるように、自分の目の前に突然現れるものだと錯覚していた。

　大学を中退する気はなかった。すでに何人かの知り合いが大学を去っていたが、彼等には一応自分なりの深い考えというものがあり、それを貫くためにやむをえずやめたということのようだった。いうまでもないことだが、慎介にそれほどの考えはなかった。覚悟も決意も、何らかの目標があって初めて成立するものだ。

　しかし結果的に彼は大学をやめた。中退する気はなくても、講義に出ず、試験も受けなければ進級はできない。そして進級できなければ卒業も不可能であり、その状態が続けば自動的に除籍される。彼の退学とは、そういうものだった。

　金沢の両親には、しばらく隠していた。同級生たちが就職する頃になると、「自分はしばらくフリーターをする」と宣言し、家にも帰らなかった。

　本当のことがばれたのは二十三歳の時だ。大学から実家のほうに何かの問い合わせがあったのだ。怒り狂って両親が上京してきた。今ならまだ間に合うから大学に行けという意味のことを、父親は顔を真っ赤にしていった。母親は横で泣いていた。

慎介は部屋を飛び出し、二日帰らなかった。三日目に戻ってみると、机の上にメモが置いてあり、そこには、『何かあったら連絡するように　身体には気をつけろ』と雑な文字で書いてあった。

慎介が江島光一と会ったのは、それから少ししてからだった。慎介が働いていた六本木のバーが店を閉めることになったため、急いで求人広告を調べたところ、『シリウス』の名前があったのだ。彼の気をひいたのは銀座という二文字だった。どうせ酒場で働くなら日本一の土地で、と思った。

オーナーの江島が、自ら慎介の面接を行った。彼の醸《かも》し出す雰囲気に、慎介は圧倒されていた。しぐさの一つ一つ、言葉の一言一言に、洗練された深い味わいのようなものがあった。大人の男とはこういう人間のことをいうのだと慎介は思った。

江島は彼に『シリウス』のユニホームを着させてみて、「形になっている」という理由で採用に踏み切った。その時の江島はこんなふうにもいった。

「どんなに柔軟そうな人間でも、形にこだわるものが三つある。一つは風呂の入りかた、一つはトイレの後の尻のふき方、そしてもう一つが酒の飲み方だ」

慎介は感心して頷き、覚えておきます、と妙にしゃちほこばっていった。

それから六年間、『シリウス』にいた。あの事故さえなければ、まだいたはずだ。

この間に様々なことを学んだ。具体的にいえば水商売の面白さだ。さらに学生時代にはとうとう持てなかった野望を、密かに抱くようになった。いつかは自分も店を持ちたい、というものだった。

しかしそれはさほど具体的なものではなかった。そんなことを現実的に考える段階ではないと自覚してもいた。学ぶべきことは、まだまだたくさんある。それに何より、資金が必要だった。

それが事故を起こす前までの、慎介の考えのはずだった。

ところが今は、何かが違っている。

俺はこの一年間、どんなふうに生きてきたんだろうと慎介は思った。一つ一つの行動については覚えている。だがその時の自分の思いを振り返ろうとする時、灰色のベールが記憶のスクリーンを覆ってしまうのだった。そしてそのベールは、どうやら想像以上に分厚いようだった。

9

喪服の女が再び『茗荷』を訪れたのは、ちょうど一週間後のことだった。時刻は一時を少し過ぎていた。この夜は客が少なかった。奥のテーブルで男性客が一人、千都子相手にぼそぼそと何かしゃべっているだけだった。

女は音もなく入ってきた。いや、おそらくドアを開けた音はしたはずだが、慎介の耳には入らなかったのだ。ちょうど彼がボトルの並んだ棚に向かっている時ではあった。だがそれにしても、かすかな気配すら感じなかったのは不思議としかいいようがなかった。仮に音を聞き逃したとしても、ドアの動きや入ってきた客の姿などがボトルや棚のガラスに映るはずだった。ところがこの時には、そうした変化は全くなかったのだ。

だから慎介が振り向き、カウンターの向こうに例の女が静かに立っているのを見た時、彼は思わず声をあげそうになった。同時に心臓が大きく跳ねた。

女は背筋をぴんと伸ばした姿勢で立ち、慎介の目をじっと見つめていた。その姿はまるで、彼に何かを告げに来た使者のようだった。実際彼はこの瞬間軽い錯覚に陥り、彼女が何か語りだすのを待っていた。それはおそらく数秒間のことであったろうが、彼にはひどく長く感じられた。

その沈黙の数秒後、慎介は口を開かなければならないのは自分のほうだということを思い出した。

「いらっしゃいませ」彼はいった。風邪をひいた時のように嗄《しわが》れた声が出た。

女は目を伏せ、前と同じようにスツールに腰を下ろした。

「前と同じものをいただける？」例のフルートを連想させる声だ。

「ヘネシーですね」

慎介の問いに女は小さく頷いた。

彼は女に背中を向け、ボトルに手を伸ばした。グラスに酒を注ぎながら、女の言葉について考えを巡らせた。前と同じものを、と彼女はいった。つまり彼女は、一週間前に自分がこの店に来たことを、目の前のバーテンダーが覚えているはずだと思ったわけだ。

もちろんそれは客商売をする者にとっては当然のことだ。たとえば成美なども、一度来た客の顔と名前は決して忘れないといっている。万一名前を忘れてしまった場合でも、余程のことがないかぎり改めて尋ねるようなことはしないという。誰かにこっそり訊くか、話をしながら懸命に思い出す努力をするのだそうだ。それでもだめな場合は、「そういえばこの前、名刺をいただいてなかったんだけど」と、最後の手段を出す。自分のことが忘れられていたと思ったら、その客は今後決して足を向けてはくれないからだ。

だが一度来ただけの客が、自分を覚えているはずだと確信しているというのは、慎介としては少し考えにくいことだった。

何かを試されているのかな、と彼は思った。しかし見ず知らずのバーテンを試すことにどういう意味があるのか、想像もつかなかった。

慎介は女の前にブランデーグラスを置いた。ありがとう、と彼女がいった。小さな声だったが、彼にははっきりと聞こえた。しかも彼女は例の妖しい微笑みを浮かべていた。彼もつられて微笑み返した。

ふと横を見ると、千都子が彼等を見ていた。正確にいえば、女性客を見つめていた。一緒にいる客の話に相槌を打っているが、明らかに意識は別のところにあった。千都子は慎介のほうに顔を向けた。何者か探りなさい、と、その顔は訴えていた。

慎介は、千都子の考えを察知した。この女が商売敵《がたき》ではないかと警戒しているのだ。新たに店を出そうとする者が、以前からその地で商売をしている店の偵察をするというのは、どの業界でもあることだ。

慎介はチョコレートを盛った小皿を出しながら、改めて女の姿を観察した。今日は喪服ではなかった。この前と同じような丈の長いワンピースだが、色は黒ではなく濃い紫色だった。そして今夜は手袋をしていなかった。

さらにもう一つ、先日と違っている点があることに慎介は気づいた。それは髪の長さだった。耳が完全に出るほど短かったはずだが、今夜は半分ほど隠れているのだ。たったの一週間でそれほど伸びるはずがないから、たぶんヘアスタイルを微妙に変えたのだろう。そのヘアスタイルのせいか、表情も先週より幾分柔らかく見えた。

彼女がどういう人間であるかを探るには、話をするのが一番手っ取り早い。しかし最初の言葉が思いつかなかった。だが何をどんなふうにいってみても、軽くあしらわれそうな気がした。あの神秘的ともいえる笑みを浮かべ、必要最小限の言葉を短く発した後は、それ以上の会話を一切遮断する雰囲気を全身から発しそうに思われた。

慎介は客の応対が苦手ではなかった。むしろ、『シリウス』にいた頃から得意なほうだったといえるだろう。しかしこの女に対しては、攻め方が全くわからなかった。これまでに接してきたどの女ともタイプが違って見えた。

何も話しかけられぬまま二十分ほどが過ぎた。すると先週と同様、彼女はそれぐらいの時間で一杯目のブランデーを飲み干していた。空になったブランデーグラスを掌で包み、彼女は意味ありげな眼差しで慎介を見た。

「同じものでいいですか」彼は訊いた。すでに手はヘネシーのボトルに伸びている。

だが彼女は頷かなかった。グラスを掌の中で弄《もてあそ》びながらこう訊いてきた。「何かほかのお酒にしようかしら」

慎介はどきりとした。不意をつかれた気分だった。

「どういったものがお好みですか」平静を装って彼は尋ねた。

彼女はブランデーグラスを持ったまま、もう一方の手で頬杖をついた。

「お酒の名前はあまり知らないの。何か作ってくださる?」

彼女がカクテルのことをいっているということは、すぐに理解できた。慎介はなぜかひどく緊張した。何を作るかで、彼女に何らかの採点をされるような気がしたからだった。

酒の名前はあまり知らないというが、それが真実だとはかぎらない。

「少し甘いものにしましょうか」

「そうね。うん、悪くないわね」

「ベースはブランデーでいいですか」

「あなたに任せる」

慎介は少し考えてから、冷蔵庫を開けた。フレッシュクリームが目に入った。

銀座の『シリウス』は、カクテルを自慢にしている店でもあった。オーナーの江島光一自身、元は名の通ったバーテンダーであり、本当に信頼している者にしかシェイカーは振らせない。慎介は信頼されている一人だった。

だが『茗荷』に来て一年あまり、まともなカクテルを作る機会はぐっと減った。殆どなくなったといってもいい。たまにアルバイトの女の子たちにせがまれて、それらしきものを作ってみる程度だ。大部分の客は、ここは連れてきたホステスを口説く場所にすぎないと思っている。

そんな状況だったから、作れるカクテルの種類にはかぎりがあった。材料を常備しておく余裕がないのだ。

それでもクレームドカカオとフレッシュクリームがあったので、ブランデーと共にシェイクした。勘が鈍らないよう時々練習してきたのだが、シェイカーを振る手つきがぎごちないことが自分でもわかった。

シェイカーの中身をカクテルグラスに注ぎ、ナツメグをふった。その時になって女が手元を見つめていたことに慎介は気づいた。しかしバーテンダーの手つきを楽しんでいる目ではなかった。バクテリアを観察している学者のように冷めた目をしていた。

彼はカクテルグラスを女の前に置いた。「どうぞ」

女はすぐには手を伸ばさず、しばらくグラスを上から眺めていた。あと数秒間そうしていたなら、「カクテルは早くお召し上がりになったほうがいいですよ」と慎介はいってみるつもりだった。カクテルは温度を楽しむ飲み物でもあるのだ。

だがやがて女はカクテルグラスを手にした。そして目の高さまで持ち上げると、酒の粘性をたしかめるように少し揺らし、そのまま口元に運んでいった。

濡れたように光る唇に、カクテルグラスの縁が押し当てられた。薄茶色のとろりとした液体が、唇の中に流れ込んでいく。女は薄く瞼を閉じていた。店内の淡い光が、その顔に陰影を作っている。その光景は淫靡《いんび》としかいいようのないものだった。慎介は液体が彼女の舌の上を伝い、喉の奥に流れていく様《さま》を頭に描いた。その想像は、彼に性的な刺激をもたらした。彼は自分が勃起する気配を感じていた。女が液体を飲み込む時、細い喉が小さく上下した。その瞬間、彼の鼓動は速まった。

女は、ふうーっと長い息を吐いた。触れたなら熱く感じられそうな吐息だった。瞼は開かれていたが、目はどこか虚ろだった。

その目が徐々に焦点を結んでいった。慎介と視線が合致した。

「いかがですか」彼は訊いた。

「おいしい。何という名前のお酒？」

「アレキサンダーといいます」慎介は答えた。「大変有名なカクテルです」

「アレキサンダー？　ギリシャを支配した大王の？」

「いえ」慎介は苦笑して首を振った。「英国国王のエドワード七世と結婚したアレキサンドラ王妃にちなんでいるようです。二人の婚礼に献上されたとか」

女は満足そうに頷いた。慎介がカクテルの由来を淀みなく説明したからか、そのエピソードが気に入ったからかはわからなかった。

彼女は再びグラスを持ち上げた。そしてごくりと、もう一口飲んだ。その途端、白かった彼女の頬に、さあっと赤みがさした。まるでエアブラシで、ピンクの塗料を薄く吹きかけたようだった。

「おいしい、本当に」改めて彼女はいった。

「そうですか。お口に合ったのならよかった」

「アレキサンダーね。覚えておかなきゃ」彼女は、大切な打ち明け話をするかの如く声をひそめた。

「飲み過ぎには御注意を」思い出したことがあり、慎介はいった。「『酒とバラの日々』という映画を御存じですか」

「タイトルだけは」相変わらず低く落とした声で彼女は答えた。

「あの映画の中で、主人公がお酒の飲めない妻に飲ませたのがこのカクテルです。その結果、どうなったと思いますか」

女は小さく首を横に動かした。

「病みつきになった彼女は、やがてアル中になってしまうんです」

女の唇が、きれいな形に開かれたまま一瞬停止した。それから彼女は一つ大きく頷いたと思うと、そのままカクテルグラスを口に運んだ。そしてかなり残っていた酒を、一気に飲み干した。

いかにも熱そうな息が、慎介に向かって吐き出された。無論、わざとではなかっただろう。だが甘みを含んだ吐息は、かすかに慎介の鼻孔を刺激した。瞬間、五感が麻痺するような感覚を彼は味わった。

「もう一杯、お願い」女はいった。

承知しました、と慎介は答えた。

結局この二杯目のアレキサンダーが、この夜彼女が『茗荷』で飲んだ最後の酒になった。カクテルグラスを空にすると、「帰るわ」といって突然立ち上がったのだ。頰はピンクがかっていたが、さほど酔っているようには見えなかった。

代金を受け取ると、慎介はカウンターから出て、入り口のドアを彼女のために開けてやった。彼女は背中を真っ直ぐに伸ばした姿勢で、彼の前を通った。

「これからどちらかへ?」慎介は彼女の細い背中を見ながら訊いた。

彼女はエレベータに向かいかけていた足を止め、振り向いた。

「どうしてそんなことを訊くの?」彼女は顔をわずかに傾けた。

慎介は返すべき言葉がうまく見つからなかった。行き先を尋ねたことに、深い意味はなかった。いや、全くないわけではなかったが、今ここで口にできる内容でもなかった。何となくあなたのことが気になるからといったら、この女はどんな反応を示しただろう。

「いや、その、もう一軒ぐらい行かれるのかもしれないと思って」質問の答えになっていないと彼は自覚した。

女はかすかに頰を緩めた。彼の狼狽《ろうばい》を楽しんでいるようでもあった。

「そうね。行くかもしれないし、行かないかもしれない」

慎介は切り返す術が見つからなかった。気の利いた台詞で応えたいところだったが、何も頭に思い浮かばないのだ。俺はいつからこんなに鈍い男になってしまったんだろうと焦りを覚えた。

動揺をごまかすため、彼は彼女を追い越して、エレベータのボタンを押した。ちょうどこの階で止まっていたので、すぐに扉が開いた。

ありがとう、といいながら彼女はエレベータに乗り込んだ。

「またいらしてください」

慎介がいうと、女は何かに触発されたように目を見開いて彼の顔を見た。それから彼女は操作パネルに手を伸ばした。扉が閉じないから、『開』ボタンを押しているのだろう。

「カクテル、本当においしかった。ごちそうさま」ひそめた声で彼女はいった。

「ありがとうございます」慎介は頭を下げた。

「今度来た時には、また別のお酒を作っていただける?」

女の言葉に、慎介は胸のつかえがおりるような快感を覚えた。彼女はまた来るつもりではいるらしい。

「準備しておきます」

「おやすみなさい」女の手が操作パネルから離れた。扉が静かに閉じていく。慎介は彼女の顔を見た。二人の視線が空中で合致した。

ずきん、と鈍い痛みを彼は胸に感じた。何かが心の中を通過していったような感覚だった。その余韻は、扉が閉じて彼女の姿が見えなくなった後も、しばらく残った。

店に戻ると、カウンターのそばで千都子が立っていた。残っていた客は、トイレに入っているらしい。

「何者か、わかった？」小声で千都子は訊いてきた。やはり慎介たちのことを、ずっと気にしていたらしい。

慎介は下唇を突き出し、肩をすくめて首を振った。なぜか、わざと仏頂面をしてしまっている。

「結構、話をしていたみたいだけど」

「カクテルの話を少しね」

「カクテル？」千都子の目が光ったように見えた。「お酒に詳しそうだった？」

「さあ」慎介はポケットに手を入れ、首を捻って見せた。「そうは見えなかった。演技かもしれないけど」

「そう……」千都子は浮かない顔つきだった。あの女のことを、好意的には受けとめていないようだ。「慎ちゃん、今度またあの人が来たら、もうちょっと何か聞き出してよ」

「客のことを根ほり葉ほり訊くのは、こういう店じゃエチケット違反でしょ」

「例外だってあるわよ。だってあの人、怪しすぎるもの」

「ふうん。まあ、何とかやってみる」

トイレの中から水の流れる音が聞こえた。ほどなく最後の客が手を拭きながら現れた。

素早く千都子がおしぼりを差し出す。その顔には、営業用の愛想笑いが戻っていた。

慎介はカウンターの中に戻り、あの女が置いていったグラスを洗い始めた。頭の中では、次に彼女に飲ませてみたいカクテルのレシピが、いくつも浮かんでいた。

10

古びたビルの九階に『シリウス』はあった。ビルの表に目立った看板は出ていない。エレベータホールまで来て、はじめて『天狼星は九階』と書かれたプレートを見つけることができる。なぜこれが天狼星と中国名で書かれているのかは、誰も知らない。オーナーの江島でさえ、「理由は忘れた」といっている。しかし慎介は、たぶん客を選びたいという江島の意志の表れだろうと踏んでいる。実際『シリウス』は、古くからの常連客によって支えられてきた。

相変わらず動きの鈍いエレベータで九階まで上がり、薄暗い廊下を歩いた。ここをこうして歩くのは久しぶりだ。懐かしさと、ここへ通っていた頃の記憶を十分には取り戻せていない苛立たしさが、慎介の胸中で交錯した。

廊下の突き当たりに木製のドアがあった。『SIRIUS』とここには英語のプレートが貼られていた。中から客たちの話し声が聞こえる。把手《とって》を引く時、慎介は軽い緊張を覚えた。

ドアを開けると、カウンターの中の岡部義幸《おかべよしゆき》が真っ先に慎介を見た。営業用の笑顔が、軽い驚きの表情に変わった。しかし次には別の種類の笑みが唇に浮かべられていた。そのまま岡部は小さく頷いた。その笑みとしぐさは、慎介を安心させた。

十五人が座れる止まり木には、八人の客が適度に間隔を開けながら座っていた。二つ並んで空いているところがあったので、慎介はそのうちの一方に腰を下ろした。

岡部が真っ直ぐに見つめてきた。さあ何を注文する、といった目だ。少し痩せたのか、以前よりも顎が尖《とが》って見えた。それにより、精悍《せいかん》さが増したようだ。

「スティンガーを」慎介はいった。岡部は小さく頷いた。気合いの入った顔つきだ。

他の客たちに気づかれない程度のさりげなさで、店内を見回した。この店はやはりテーブル席に値打ちがある。いずれの席も革張りの肘掛け椅子とソファで構成され、四、五人がゆったりと座れる。大きなテーブルは、料理をたっぷり載せても狭い感じがしない。そんなテーブル席が八組ある。壁には世界各国のボトルが並べられている。隅にはグランドピアノが置かれ、時には江島の古い友人であるピアニストが、懐かしいジャズを奏でてくれる。以前客の一人が、「この店にいると日活映画を思い出す」といったことがあった。慎介は小林《こばやし》旭《あきら》も宍戸《しし ど》錠《じょう》も、映画で見たことはなかったが、何となくその気持ちはわかった。

テーブル席は三分の一ほどが塞がっていた。初老の男ばかりの四人組、ホステスを二人連れた中年二人組、そしてどう見ても訳あり風のカップルが一組というところだ。四人組の声が少々大きいが、店の雰囲気が壊れるほどではない。

時刻は夜中の二時近い。それでいてこれだけ客が入っているのは大したものだと慎介は思った。

岡部がシェイクを始めた。無駄に力が入らず、だからこそ動きが鋭い。シェイカーの中身をグラスに注ぐ手つきにも、切れ味がある。

慎介の前にグラスが置かれた。中の液体は微妙な琥珀色《こはくいろ》に仕上がっていた。

岡部に向かってちょっと掲げるしぐさをし、慎介はカクテルを口に含んだ。ホワイトペパーミントが、舌をぴりりと刺激する。スティンガー――刺すもの、と名付けられている所以《ゆえん》だ。

慎介は岡部に向かって小さく頷いた。岡部は肩をすくめて見せた。

「今日は、あっちの店は？」彼が訊いてきた。

「客が来そうにないから早じまいさ」

「ふうん。まあ、そういう日もあるだろうな。で、久しぶりに古巣を覗こうって気になったわけか」

「そんなところだ」慎介はグラスを口元に運んだ。この酒は彼女の口には合わないかな、と思った。

今夜『茗荷』が閑古鳥だったのは本当だが、早じまいをしたわけではなかった。人と会う約束があるのでといって、慎介だけが早引けさせてもらったのだ。

じつは人と会う約束などはない。『シリウス』で、本物のカクテルを何杯か味わうのが目的だった。最近あまりまともなものを飲んでいないため、舌が鈍麻《どんま》しているような気がしていたのだ。また、彼女にどんなカクテルを飲ませるかを研究するという目的もあった。

二度会っただけだが、あの女のことが気になって仕方がなかった。店でグラスを洗っていても、酔客の愚痴を聞いている時も、入り口のほうにばかり目を向けてしまう。いつかの夜のように、音もなく彼女が入ってくるのではないかと思うのだ。

「今度来た時には、また別のお酒を作っていただける？」彼女は慎介にそういった。今度、とはいつのことだろうか。それまでに材料を揃えておかなければならない。舌の感覚も取り戻しておかなければならない。

「今日は江島さんは？」慎介は岡部に尋ねた。

「コンクールの打ち合わせで赤坂のほうに行ってる。そろそろ帰ってくるんじゃないか」

岡部がそういった時、入り口のドアの開く音がした。岡部がそちらのほうを見て、いらっしゃいませ、と笑顔でいった。慎介も反射的に目を向けた。

入ってきたのは見たことのある女だった。少し目尻の下がった目と、ぽってりとした唇が印象的だ。由佳という名前だけは覚えていた。彼女は白い薄手のコートをボーイに預けた。コートの下には身体のラインがくっきりと出るブルーのワンピースを着ていた。

「ドライマティーニ」カウンターの一番端に座り、彼女は岡部にいった。他の客には一瞥もしなかった。当然慎介がいることにも気づいていない様子だ。そのくせ悠然と脚を組む動作は、明らかに周りの視線を意識したものだった。

由佳の働いている店がどこにあるのか、慎介はよく知らない。だがそこそこに一流の店らしいということは髪形を見ればわかる。プロの美容師に毎日腕をふるってもらわなければ、形を保つのは難しいだろう。

慎介がこの店にいた頃から、彼女は時々飲みに来ていた。稀《まれ》に客と一緒のこともあったが、大抵は一人だった。一人でカクテルを二杯ほど飲み、バーテン相手に株と音楽の話をして帰っていくのだ。

「ホステスにもいろいろいるけれど、ああいうストレスの解消方法もあるんだねえ」江島が感心したようにいっていたことがある。

慎介の頭に、一つの場面が蘇ってきた。一年半前の夜、その何時間か後には例の事故を起こしてしまう夜のことだ。

あの夜も由佳は一人で飲んでいた。ドライマティーニ——そうだった。あの夜も彼女はそれを注文したのだ。慎介が作ったカクテルだ。

だが彼女が飲んだのはそれだけではなかった。その後も別のカクテルを注文し、次々に飲み干していった。まるで喧嘩腰のような飲み方だった。「もっと強いお酒をちょうだい」そんなふうにいわれたことを慎介は覚えている。もちろん彼は、どんどんアルコール分を下げていった。最後には殆どジュースに等しいものを彼女は飲んでいた。

それでも彼女は酔いつぶれた。たぶん酔いつぶれるのが最初からの目的でもあったのだろう。何か余程嫌なことがあったに違いない。ただ彼女はそのことについては、酔っていながらも決して口には出さなかった。彼女がプロだからだろうと慎介は解釈した。

カウンターに突っ伏して動かなくなってしまった由佳の姿——そこまでは比較的鮮明に慎介の記憶に残っている。

問題はその後だ。結果的に慎介が由佳を部屋まで送り、その帰りに事故を起こしてしまったわけだが、細かい経緯に関する記憶が極めて曖昧だ。たとえば、彼女を送ったのなら当然二人きりで車に乗っていたはずなのだが、そのシーンが少しも蘇ってこない。助手席に座っている彼女の姿というのが、どうしても思い描けないのだ。単に忘れているだけだとは思えない。それ以前の記憶と、鮮明度に差がありすぎるのだ。

慎介は岡部にいった。「ジンアンドビターを作ってくれるかい」

岡部は黙って頷いた。慎介が通を気取っていると誤解したかもしれない。だが慎介の狙いは、苦味によって自分の脳細胞を刺激することにあった。

岡部は細長いリキュールグラスを回しながら、内側にアロマチックビターズを塗ってい く。それが終わると底に溜まった分を捨て、そこに冷やしたジンを注いでいった。十分に冷やされていることは、そのとろみで窺えた。

グラスを受け取ると、慎介は息を整えてから一口飲んだ。ほどよい苦味が口中に広がっていく。全身の細胞が覚醒していくようだった。

「いいね」慎介はいった。岡部は片方の頰だけで笑った。

慎介はグラスをいったんカウンターテーブルの上に置き、スツールから下りた。そして由佳に近づいていった。

誰かがそばに立ったことに気づいていないはずはなかったが、由佳は前を向いたまま煙草を吸い続けていた。その横顔は、男が興味本位で気安く話しかけることを、頑強に拒絶していた。

「御無沙汰しています」慎介はいった。

由佳は指先に煙草を挟んだまま、億劫《おっくう》そうに首を回した。自分の店にいる時には絶対に見せないであろう能面のような顔が、慎介のほうに向けられた。

が、その目が彼の顔を捉えるや、突然能面に表情が現れた。目を見張り、唇も小さく開いた。

「あなた……」

「雨村です。あの時はどうも」慎介は軽く頭を下げた。

「あなた、この店、辞めたんじゃなかったの？」

「とりあえずはね。今日は、ちょっと遊びに来たんです」

「ふうん……」

「ここ、いいですか」由佳の隣の席が空いていたので、慎介は指さして訊いた。

「いいけど……」

「じゃあ、ちょっと失礼して」彼は自分の席からグラスを持ってくると、由佳の隣に腰を落ち着けた。「じつは由佳さんに教えていただきたいことがあるんです」

途端に由佳は警戒の色を見せた。「どんなこと？」

「あの夜のことです」慎介は周りを見回し、聞き耳を立てていそうな人間のいないことを確認した。「俺が事故を起こしちゃった夜のことです」

「あたしは何も知らないわよ」

「でも、あの夜、俺が由佳さんを部屋まで送ったんでしたよね。で、その後事故を起こした。そうでしたよね」

だが由佳は何もいわず、気味悪そうな顔で慎介を見返した。

「すみません。由佳さんは知らないと思いますけど、俺、ついこの間ちょっとした事故に遭って、記憶喪失気味なんです。それでこうして、いろんな人にいろんなことを尋ねているんです」

　由佳は少し眉を寄せた。

「それらしいことは江島さんからも聞いたけど……交通事故のことも、すっかり忘れちゃったの？」

「すっかりじゃないけど、何というか、細かいところが曖昧なんです。江島さんなんかは、いやな思い出だから無理して思い出す必要はないっていうんだけど、俺としては何だか気持ちが悪くてね」

「あたしなんかに訊いても意味ないじゃない。今あなたがいったように、あたしは送ってもらっただけなんだから」由佳は慎介から目をそらした。

「それはわかっています。だから、俺が由佳さんをマンションまで送っていった時のことを教えてほしいんです」

「何を教えるの？」

「何でもいいです。俺が運転しながら話したこととか、車に乗っている間に印象に残ったこととか……」

　由佳はドライマティーニを飲み干してから慎介のほうを向いた。

「あたしはあの時酔いつぶれてたわけだわよね？　だから送ってくれたんだよね。そんな人間が、送ってもらってる間のことなんか覚えてるわけないでしょ」

「それはそうだと思うけど、何か一つぐらい覚えてることがないかなと思って」

「ない。何も覚えてない」由佳は再びカウンターの内側を向いてかぶりを振った。

「じゃあ後日談というやつでもいいです。たとえば俺の事故絡みで、由佳さんのところへも警察が行ったはずなんです。その時にどんな話をしたか覚えてませんか」

「覚えてない。あたしが覚えてるのは、次の日すごく頭が痛かったことと、化粧もとらず着替えもせずにベッドで眠りこんでたってことだけ。あたしを送ったせいであんたが事故っちゃったわけだから、すごく申し訳ないとは思うけど、こればっかりはどうしようもないよ」

「じゃあ――」

「ごめんなさい。客と待ち合わせてるから」突然由佳はバッグを手に、スツールから下りた。ごちそうさま、とカウンターの中の岡部に声をかけた。

あとは引き止める暇もなかった。彼女は支払いを済ませると、すぐにボーイにコートを持ってこさせ、それを羽織らずに出ていった。

慎介は半ば唖然《あぜん》として見送るしかなかった。そんな彼に岡部が声をかけてきた。

「何を怒らせてるんだよ」

「知らないよ。俺は事故の夜のことを教えてくれといっただけだ」

「事故の夜？」

「あ、いや。何でもない」慎介は手を振った。記憶喪失のことは、関係のない人間にはなるべく話さないでおこうと決めていた。

ジンアンドビターが少しぬるくなっていた。慎介はそれを一気に喉に流し込んだ。先程よりも、一層苦味が強く感じられた。

11

慎介が門前仲町のマンションに帰った時、時計の針は二時三十分を指していた。成美はまだ帰っていなかった。客に誘われてカラオケにでも行っているのだろう。

ひどい空腹を覚えていた。胃袋が鈍く痛いほどだった。ろくに何も食べず、カクテルばかりを飲んだせいに違いなかった。

しかし収穫はあった、と彼は満足していた。彼女――あの謎の女に飲ませてみたい酒のレシピを、いくつか思いついた。忘れないうちにメモしておこうと、筆記用具を探した。

ところが紙もボールペンもすぐには見つからなかった。入院中に成美が部屋を模様替えしてしまったので、どこに何があるのか、さっぱりわからなくなってしまっているのだ。

家事嫌いのくせに、よくこんなに徹底した模様替えができたものだと、慎介は感心を通り越して呆れてしまった。

引き出しという引き出しを探し回り、ようやくメモ帳と黒のボールペンを見つけだした。どちらも何かの景品かおまけで貰ったものだった。そのことに気づき、慎介は一人で苦笑した。大人二人が暮らしていて、たったこれだけの筆記用具しかないとは、何という情けない話だと思った。筆記用具にかぎらない。とにかく、一般家庭には必ずあるはずのものが彼等の部屋にはないということは、ざらなのだった。

メモを終えると彼は鍋で湯を沸かし、インスタントラーメンを作り始めた。深夜にこうして夜食を作っていると、六畳一間のアパートにいた頃を思い出す。大学に入る時に借りたそのアパートに、彼は成美と同棲を始めるまで住んでいたのだ。

現在彼等が住んでいる部屋には、元々成美が一人で住んでいた。二年前、そこへ慎介が転がり込んできた格好だ。だから少々狭いのも当然なのだ。

慎介が成美と親しくなったきっかけは、ある日の夕方に彼女が一人で『シリウス』にやってきたことだった。彼女はその前夜に客と一緒に来ていたのだが、その時店に手袋を忘れたらしい。慎介は店内を探し回ってみた。ところが手袋は見つからなかった。

成美は諦めて帰ったが、その夜の十二時頃になって見つかった。ソファの隙間に落ちているのを客が拾ったのだ。慎介は彼女から聞いていた店に電話し、そのことを伝えた。すると彼女は、帰りに寄るから取っておいてくれといった。

それで慎介は『シリウス』の閉店後も一人で待っていたのだが、成美はなかなか現れなかった。店に電話してみても、当然誰も出なかった。

ようやく彼女が現れたのは、夜中の三時を過ぎてからだった。慎介は帰る支度をしていた。

「ああ、よかった。もう帰っちゃってると思った」彼女は慎介の顔を見て、安堵の笑顔を浮かべた。

「帰ろうと思っていたところですよ」慎介は答えた。声が尖るのが自分でもわかった。

「ごめんなさい。しつっこい客がいて、どうしても放してくれなかったの。これでも一所懸命逃げてきたのよ。気になって仕方がなかったんだけど……怒ってる？」

「あまり機嫌がいいとはいえませんね」

「わあ、どうしよう」

「冗談です。はいこれ」慎介は手袋を差し出した。

それを見て成美は胸の前で手を合わせ、よかったあ、といった。

「そんなにいいものじゃないけど、気に入ってたんだ。あたしって手が小さいから、めったにぴったりくる手袋が見つからないのよね」

「それに間違いないですね」

「うん、間違いない。ありがとう」成美は手袋をコートのポケットに入れると、慎介を見上げた。「ねえ、何かおごらせてよ。お礼したいから」

「いいですよ、そんなの」

「それじゃあたしの気が済まないもん。こんなに待たせちゃったし。そうだ。ねえ、フカヒレラーメン好き？」

「フカヒレラーメン？　まあ好きですけど」

「じゃあ、それ食べにいこう。おいしい店があるんだ」彼女は慎介の服の袖をぐいぐいと引っ張った。

朝五時まで営業しているという中華料理店で、慎介は成美と向き合ってフカヒレラーメンを食べた。彼女は銀座にあるラーメン屋の店名を次々にあげ、あの店は高いだけで不味《まず》いとか、スープはおいしいが具が少ないというようなことを、延々としゃべり続けていた。そしてしゃべる合間にラーメンを啜《すす》った。

その様子を見ながら、こういう疲れない女となら一緒にいても悪くないかもしれない、と思った。彼はそれまでに数多くの女性と付き合っていたが、セックスをする時以外は一緒にはいたくない、といつも思っていたのだ。

どうやら成美のほうも、この時すでに彼に好意を持っていたようだ。休日に改めて会いたいという意味のことを慎介がいうと、いいわよ、と即座にオーケーした。もっとも、好意を持っていなければ、たとえラーメン一杯でも御馳走しようという気にはならなかっただろうが。

その次の土曜日に二人はデートし、その夜には慎介は成美の部屋に足を踏み入れていた。ベッドの中で彼女は何度か、「誤解しないでね。あたしはいつもこんなに簡単に寝たりしないんだから」といった。

俺もだよ、と慎介もいった。もちろんそれは真実ではなかった。成美にしても本当のことをいっているかどうかはわからないと思った。どちらでもいいというのが慎介の本音だった。長く付き合う気など、この時点ではあまりなかったからだ。

ところが結局、同棲することになってしまった。特に運命的な出会いを感じたわけではないし、どこを強烈に好きだというわけでもないのだが、いつの間にか成美は慎介にとって小さくない存在になっていった。面倒くさいから一緒に暮らすか——最初にこう提案したのは慎介のほうだった。

インスタントラーメンを作ると、それを食べながらビデオを見た。夜は毎日出かけているので、ドラマもニュースも録画しておかねばならない。だがそれを見るのが寝る前の楽しみでもあった。

NHKのニュース番組が、昼間に高速道路上で大きな事故があったことを伝えていた。トレーラーが無理な追い越しをかけようとして横の車線を走っていた車にぶつかり、なおかつハンドルをきりそこねて分離帯に突っ込んだ、というものだった。おかげで反対車線にまで影響が出たらしい。死亡者が五名出ていた。トレーラーの運転手は無事のようだ。

いっそのこと運転手も死んじまってたほうがよかったかもしれないな――画面を見ながら慎介は思った。五人を死なせてしまっては、もはや償いようがないだろう。

もっとも、たとえ死んだのが一人であっても、完全に償うことなどできないのだがと慎介は自分の犯した罪のことを考えた。

なぜ事故なんかを起こしてしまったんだろう――。

あの夜のことを、何とかくっきりと思い出したかった。だが依然として映像には霞がかかっている。由佳を送っていったことも、その後急いで帰ろうとしたことも、わずかな記憶の断片としてしか残っていなかった。ネグリジェ姿の由佳を残し、何をあんなにあわてていたのか。

ネグリジェ？

何かが頭に引っかかった。やがてすぐに、ついさっき由佳本人から聞いた話を思い出していた。

「あたしが覚えてるのは、次の日すごく頭が痛かったことと、化粧もとらず着替えもせずにベッドで眠りこんでたってことだけ」たしかに彼女はこういった。

着替えもしていなかったのなら、あの夜慎介が彼女のネグリジェ姿を見ているはずがなかった。それなのに見た覚えがあるのか。ほかの時に見たのを、あの夜見たと錯覚しているのか。

慎介は一人かぶりを振った。

よく考えてみたら、彼が由佳のネグリジェ姿を見たということ自体おかしいのだ。部屋まで送り届けたとして、そして彼女が自力でベッドまで歩けないほどに泥酔していたとしても、慎介が彼女の服を脱がせてネグリジェに着替えさせることなどありえない。また由佳がそれほど酔っていなかったのだとしたら、彼は彼女を部屋まで送り届けたらすぐに帰っただろう。彼女がネグリジェに着替えるのを待っている必要などない。第一、彼女が彼にそんな姿を見せるはずがない。

慎介は一瞬、もしかしたらあの夜自分は由佳とセックスしたのだろうかと思った、それならば彼女のネグリジェ姿を見てもおかしくはないからだ。しかし記憶の中にあるワンシーンは、それにしては奇妙なものだった。慎介は彼女の部屋の玄関に立ち、ネグリジェ姿の彼女と向き合っているのだ。彼女は何かひどく険しい顔をしていた。あれはセックスした相手を見送る女のものではなかった。

少し頭が痛くなってきた。慎介はビデオを早送りし、録画しておいたバラエティ番組を再生した。

12

予約しておいた番組を一通り見た頃には、午前五時近くになっていた。成美はまだ帰ってこない。

少し遅いな、と慎介は思った。

口うるさくいうつもりはないが、あまり遅すぎるとやはり心配になってくる。彼は自分の携帯電話を取り、彼女の番号にかけてみた。

ところが電話は繋がらなかった。留守番電話サービスに切り替わってしまったのだ。電源を切っているとは思えないから、電波の届かないところにいるらしい。

このメッセージを聞いたら電話してくれ、と吹き込んで、彼は電話を切った。夜の仕事をしている女を恋人に持つ以上、帰りが遅いことに対して一々神経を使っていたら身体がもたない。これでもうしばらくは気にしないでおこうと決めた。

慎介が自分の携帯電話を充電器にセットし直そうとした時だった。成美のドレッサーの上に妙なものが載っていることに気づいた。彼はそれを手に取った。

それはドライバーだった。先端はプラスの形状をしている。かなり大きなネジを締めるのに使うもので、ずっしりとした重みが掌に伝わってくる。見たところ、新しいもののようだった。

なぜこんなものがあるんだろう、と彼は思った。筆記用具さえまともに揃っていない家なのだ。ドライバーなどあるはずがない。慎介は全く見覚えがなかったから、成美がどこかから持ってきたということになる。あまりに新しいので、買ったのかなとも思ったが、彼女がこんなものを買う光景というのを想像できなかった。

慎介はドライバーを持ったまま、少し室内を歩き回った。買ったにせよ借りたにせよ、こんなものがある以上は、どこかに使用したのか、あるいは使用するつもりだということになる。どこかのネジが緩んでいたのかなと思ったのだ。

だがどこを見ても、それらしき箇所は見つからなかった。もしかしたら鍋かフライパンの把手でも緩んだのかなと思い、キッチンの調理器具類を調べてもみたが、そもそもドライバーに合うようなプラスネジを使っている部分がなかった。

慎介は諦めてドライバーを元の場所に戻しておいた。気になるが、成美が帰ってくればわかることだ。

午前五時を回るとさすがに少し眠くなってきた。彼は欠伸《あくび》を一つして、洗面所に向かった。

翌日の正午過ぎ、目覚まし時計の電子音で慎介は起こされた。いつもの習慣で、そのままベッドの縁に腰掛け、しばらく両目の目頭を指先で押さえた。とりあえず意識は目覚めたが、脳の大部分と肉体は眠ったままという状態だ。今日は何日の何曜日で、どういう予定になっているのか、ということを少しずつ思い出していく。二十日だったか、二十一日だったか。郵便局に行く用事はあったか。コンビニは？　銀行はどうだ。どこかから宅配便が着く予定はなかったか。

特に予定がないことを確認し、彼は両目から手を離した。

「成美、昼飯はどうする？」後ろを振り返りながら彼はいった。いつもならすぐそこに、成美の化粧を落とした顔があるはずだからだ。

だが彼女の姿はなかった。パジャマ代わりのＴシャツが、枕の横で丸められていた。

慎介は立ち上がり、室内の様子を眺めながら玄関の靴を見に行った。彼女が帰ってきた形跡はなかった。

彼は、携帯電話の留守電やメールをチェックしてみた。しかしどちらにも成美からのメッセージは入っていなかった。

慎介は再び彼女の携帯電話にかけてみた。だが状況は昨夜と同じだった。

風で木の枝葉がざわざわと揺れるように、突然胸騒ぎがし始めた。

成美と同じ店で働いているホステス仲間の電話番号を知ろうとし、慎介は名刺やアドレス帳の類を探してみた。しかし見つからなかった。考えてみれば、成美がそんなふうにして知人の連絡先を整理しているはずがなかった。彼女はそういったものはすべて携帯電話に記憶させているのだ。

慎介は改めて目覚まし時計に目をやった。午後零時二十三分。こんな時間まで帰らなかったことは、これまでに一度もない。

店の客と意気投合して、ホテルにでもしけこんだかと疑ってもみた。しかしそれならば無断で外泊したりはせず、とりあえず電話をかけてきて、何らかの言い訳をでっちあげるのではないかという気がした。それに慎介は、一応成美のことを信用してはいた。尻の軽い女ではないとも思っている。

もう一度携帯電話にかけてみる。しかし聞こえてくるのは合成音声による案内だけだ。留守番電話サービスにおつなぎいたします――。

慎介は、誰か成美の居場所を知っていそうな人間がいないか考えてみた。しかし彼女の口から知人の話を聞いたことはあっても、そういった連中に連絡を取る方法を、彼は持っていなかった。

結局店に確かめるしかないのだという結論に達し、彼はシャワーを浴びることにした。その間、万一電話がかかってきたらいけないと思い、バスルームのドアの横に携帯電話を置いた。しかし彼が髪や身体を洗っている間も、それは鳴らなかった。

午後五時になると、慎介は部屋を出た。その前に成美が働いている『コリー』に電話してみたが、まだ誰も出勤していないらしく、コールサインが鳴っているだけだった。『茗荷』に着いて準備をしている間も、彼は落ち着かなかった。単に成美が自分の意思で無断外泊しただけだとは思えなかった。何かよくないことが起きているような気がして仕方がなかった。とにかく何らかの情報が欲しい。

その最初の情報を得られたのは、七時を過ぎてからだった。彼は『コリー』に電話し、「成美さんいますか」と訊いてみた。彼女は本名で店に出ている。

「ええっと、まだ出てきてないようなんです。いつもなら、そろそろ来る頃なんですが」

やはり店にも現れていないらしい。

「じゃあトモミさんはいますか」

「はい。少々お待ちください」男は愛想よくいった。

慎介はトモミには何度か会ったことがあった。成美と一緒に客に連れられて、『シリウス』へ来ることが多かったからだ。成美が一番親しくしているホステス仲間で、慎介とのことも彼女には話してあると聞いていた。

「はい、お待たせしました」明るい声が電話から聞こえてきた。トモミの、どこかタヌキに似た表情が思い出された。

「トモミさん、あの、俺、雨村だけど」

慎介がいうと、一拍置いてから、「ああら、しばらく。お元気？」と明朗な声のままで彼女はいった。客からかかってきた電話だと、周りに思わせるためだろう。彼女は続けて低い声で、「成美ちゃんならまだ来てないよ」といった。

「それはわかってる。あいつ、ゆうべは家に帰らなかったんだ」

「えっ、うそ」

「本当なんだ。携帯に何度かけても繋がらないし、連絡がとれなくて困ってるんだ。それでトモミさんが何か知らないかと思ってさ」

「ちょっと待って。それおかしいよ」

「おかしい？」

「うん。だって――」声が突然途切れた。トモミが誰かにお愛想をいっているのが、かすかに聞こえてくる。そばを客が通ったのかもしれない。少ししてから、「ごめんなさい」と彼女の声が聞こえた。「雨村ちゃん、それおかしいよ。成美ちゃん、昨日は店を休んだんだよ」

「えっ」今度は慎介が驚く番だった。「本当かい？」

「うん。昨日の夕方ママのところに電話があって、風邪をひいちゃったから休ませてほしいっていったらしいよ」

「風邪？」

そんなはずはない。昨日慎介がマンションを出る時には、彼女はぴんぴんしていた。ドレッサーに向かい、化粧を始めてもいた。だが実際には、あれから電話して、店を休みたいといったことになる。

おかしいな、と彼は呟いた。

「ねえ、ごめんなさい。あたし、あんまり長く話してられないんだけど。お客さんも来ちゃったし」トモミが困ったような声を出した。

「ああ、ごめん。じゃあ携帯の番号を教えてもらえないかな。あとで詳しいことを教えてほしいから」

「いいよ。じゃあいうね。〇八〇の――」

トモミがいった番号を、慎介はそばのメモ帳に書き込んだ。

「何時頃なら電話してもいいかな」

「三時ぐらいなら大丈夫だと思うけど」

「オーケー。じゃあそれぐらいの時間にかけるよ」そういって慎介は電話を切った。

何がどうなっているのか、全くわからなかった。トモミの話が事実なら、成美は一体昨夜どこへ出かけたのか。風邪をひいたというのは、無論嘘だろう。

彼女が慎介に対しても嘘をついていたという点に、彼は拘《こだわ》っていた。店をサボるのは別に構わない。だがなぜ隠したのか。

やはり男だな、と彼は結論づけた。慎介に隠れて、しかも店を休んでまで出かけていく用事となると、それしか考えられなかった。

心配する気持ちが半分ほどに減っていた。いや半分以下かもしれない。昨夜からずっと気にし続けていたことが馬鹿馬鹿しく思えてきた。何とか居場所を摑もうと躍起になっていた頃、成美は別の男の腕に抱かれていたかもしれないのだ。

ただ未だに何の連絡もなく、『コリー』にも現れていないという点は気になっていた。相手の男が昔の恋人なのか、最近になっていい仲になった男なのかは不明だが、恋のために状況判断ができなくなるほど成美は子供ではないはずだった。

まあしかし、何ともいえないけどな――慎介はグラスを磨きながら、傍からはわからない程度に薄く笑った。恋は盲目というじゃないか。その素敵な彼と一緒にいる時間が楽しすぎて、何もかも忘れてしまっているのかもしれない。仕事のことも、俺のことも――。

入り口のドアが開き、常連の男性客が入ってきた。

「これはどうも、オオハシさん。お久しぶりです」慎介はいつも以上に張った声で挨拶していた。

午前二時半頃、いつものように千都子に送ってもらい、慎介は部屋に帰った。もしかしたら成美が帰っているかもしれないと思ったが、ドアを開けると室内は真っ暗だった。明かりをつけてみても、成美が一旦戻ってきた形跡は見当たらなかった。

慎介の胸の中で、またしても不安な気持ちのほうが少し大きくなった。いくら何でも、こんなに何の連絡もないのは変だと思った。

ソファに腰掛け、トモミから教わった番号にかけてみた。着信音が三回鳴って、電話が繋がった。「はい」と彼女の声がした。

「もしもし、雨村だけど」

「ああ。電話を待ってたの。やっぱり成美ちゃん、帰ってない?」

「うん。店にも現れなかったのか」

「ママはカンカンだったけど、行方不明だってことはまだいってない。雨村ちゃんとのこと、ママにはまだ話してないからさ」

「うん、そのへんは任せるよ。それよりさ、何か心当たりないかな。成美が行きそうなところとか」

「それ、あたしもいろいろと考えてみたんだけど、あんまり思いつかないんだよね。ホステス仲間で彼女を泊めてやるほど親しい人間となると、あたしぐらいしかいないと思うし、まさか千葉の実家に帰ったとは思えないし」

「実家のセンは俺もないと思う」

成美の実家は君津《きみつ》市だと慎介は聞いていた。ただし両親はすでに他界し、実家は親戚が使っているという話だった。両親が次々に亡くなったのは、彼女が十八歳で上京してからのことだったらしい。父親の葬儀以来、親戚とは交流がないと彼女はいっていた。

「男はどうだろう」慎介はいった。

「男？」

「俺のほかに男がいたんじゃないか、という意味だけどさ」

「ああ」トモミは合点したようだ。「それはないと思うけどなあ」

「本当かい。俺のことなら、別に気を遣わなくたっていいぜ。男と女ってのは、そういうものだと諦めてるからさ」

「隠してるわけじゃないよ。雨村ちゃんはうちの客じゃないんだから、繋ぎ留めておく必要なんかないもん。本当に成美ちゃんは、雨村ちゃん一本だと思うんだ。ほかに男がいるかどうかなんて、あたしたちみたいにずっと一緒にいれば、何となくわかるものだよ」

「だけど男じゃないんだったら、成美はどうして俺に隠れて出かけたりしたんだ」

「それはわからないけどさ……」少し黙り込んでから、トモミはぽつりといった。「ねえ、警察に届けたほうがいいんじゃない？」

「捜索願いかい？」

「うん」

「それは俺も考えてはいるけどさ」

「絶対届けたほうがいいよ。こんなのおかしいもの」そういってからトモミは少し声を低くして続けた。「一つ雨村ちゃんに訊きたいことがあるんだけど」

「何だ」

「成美ちゃん、近々お店をやめるつもりだったの？」

「えっ？　いや、そんな話は全然聞いてないけど」

「ふうん……やっぱり」

「やめるとかいってたのかい。成美のやつ」

「うん。人に使われるのも疲れたから、そろそろ勝負をかけようかと思ってるんだ、というような意味のこと」

「その勝負って、どういう意味なんだ。自分で店を出すということかい」

「わかんない。そうじゃないのかな」

「だけど……」そんな金どこにあるんだといいかけて慎介は言葉を呑み込んだ。資金もないのに夢だけを口にしていたとなると、この間までの自分と同じだと気づいた。

「ねえ」トモミはいった。「届けたほうがいいよ」

「そうだな」慎介は呟いた。

13

翌日の昼になっても、やはり成美は帰ってこなかった。慎介は軽く食事を済ませた後、タクシーを使って深川《ふかがわ》警察署に出向いた。

一階の受付で、同居人が行方不明なのだがといってみた。少し待たされた後、制服を着た中年の警官が、こちらへどうぞといった。

小さな机を挟んで慎介は警官と向き合って座り、事情をなるべく詳しく説明した。警官は成美の身体的な特徴などを細かく尋ねてきた。それらの質問に答えているうちに、成美のことを探してもらえるわけではないのだということに慎介は気づいた。どこかで変死体が見つかった際に、その身元確認の材料として、今こうして答えている内容が参考にされるだけなのだ。つまり警察が成美を見つける時というのは、彼女がすでにこの世にいない時ということになる。

「わかりました。何か手がかりになるようなことがありましたら、すぐに連絡します。本日はどうもごくろうさまでした」警官は愛想よくいったが、どうかこの連中によって成美が見つけられることはありませんようにと慎介は内心祈った。

警察署の玄関を出た時だった。目の前に止まっていたパトカーから、一人の警官が降りてきた。三十代半ばに見える、がっしりとした体格の男だ。ヘルメットをとった顔を見て、慎介は足を止めた。見覚えがあった。

その気配に気づいたか、相手のほうも彼を見た。だがすぐには何も思い出さなかったようで、一旦は目をそらした。だが次の瞬間には、彼も立ち止まっていた。

「ああ、あんた」警官はいった。「清澄で事故を起こした人だったね」

「覚えてましたか」

「うん、まあね。あれ、わりと特殊なケースだったから。それより今日は何？　また何かやっちゃったの？」

「いえ、じつは知り合いが行方不明になっちゃって、そのことで届けを……」

「へええ、そりゃあ大変だ。女の人？」

「はい」

「歳はいくつ？」

「二十九です」

「ふうん、二十九か……」警官は浮かない顔つきで頷いた。若い女が行方不明になった時には生きて見つからないことが多い、という不吉な経験則でもあるのかもしれないと慎介は思った。

「あんたは今、何をしてるの？　あの時はたしか、バーテンさんだとかいってたね」

警官は慎介のことをよく覚えているようだ。

「今も同じようなことをやってます」

「そうか。車は乗ってないね」

「乗ってません」

「うん、それがいいよ。事故が怖いってことは、十分にわかっただろ」

「ええ……」

「じゃあまた」そういうと警官は慎介の肩をぽんと叩き、玄関に向かって歩きだした。

慎介も一旦は足を前に踏み出しかけた。だがすぐに彼は振り返っていた。

「すみません」警官の背中に声をかけた。

警官は立ち止まり、振り返った。その怪訝そうな顔に向かって慎介は訊いた。

「特殊なケースって、どういうことですか？」


交通課の横には、小さな机が辛うじて入る程度の小部屋がいくつか並んでいる。慎介はその中の一つに通されていた。ここに入るのは、一昨年事故をした時以来だ。その時の記憶は何となく残っていた。

「こういう言い方をしちゃあ悪いかもしれないけど、変わった記憶喪失もあるもんだねえ。事故のことだけを忘れてるなんてさ」警官の秋山《あきやま》は不思議そうな顔をしていった。

「自分でもそう思います」

「それはある意味では幸せなことであり、ある意味では罪なことだね。事故のことを忘れられるのは幸せだろうけれど、それでは遺族がたまらないよ」

「それは……わかります」

岸中玲二の暗い顔を慎介は思い出した。いやなことがあった時、気持ちをどうやって整理するのか、と彼は訊いた。どうするもこうするもなく、ただ早く忘れようとするだけだ、慎介はそう答えた。

あの台詞が彼の殺意を決定づけたのかもしれないと慎介は思った。

「ええと、それで事故のことだけどね」秋山は慎介の前で書類を開いた。そこには現場見取図が描かれていた。片側三車線の太い道路が東西に走っており、片側一車線の細い道路が交差している。そして事故地点は細い道路上であり、交差点のすぐ手前の地点だった。

「被害者はこの細い道を、南に向かって走ってたわけだ。交差点を越えて、もう少し行ったところに自宅があったからだ。で、あんたは、その少し後ろから走ってきた」秋山は図面の道路上を指先でなぞった。「車種はシルバーのベンツだった。このへんまではどう？覚えてない？」

「いわれると、何となくそうだったような気はします」

「何となく……ね」秋山は慎介の顔をしげしげと見つめた。あんな事故を起こしておいて何となくはないだろう、といいたそうな顔をしていた。

「すみません」慎介は謝った。

「まあ仕方がないけどさ。しかもその記憶喪失の原因を作っちゃったのが遺族だというんじゃ、誰が悪いんだか、よくわからなくなる」警官は図面に目を戻した。「この細い道は制限速度が時速三十キロということになっている。一応あんたは、制限速度を守っていたと主張している」

「でも本当は守ってなかったんですか」

「わからない」秋山はいった。「スリップ痕《こん》は残ってたけど、何キロ出していたのかはよくわからなかった。以前はかなり正確に割り出せたんだけど、近頃ではスリップ痕はあてにならなくなってきている」

「どうしてですか」

「技術革新のおかげだよ。アンチロックブレーキがついた車の場合、速度とスリップ痕の関係が、従来のデータと全く違うんだ」

「ああ……」

なるほど、と慎介は思った。凍結した道路でもタイヤのスリップを極力抑えるのがアンチロックブレーキだ。ふつうのブレーキを使った場合と、様々な点で数字が異なるのは当然と思われた。

「とにかくあんたは自転車の後ろを走っていた。時速三十キロを守っていたとしても、いずれは自転車に追いついてしまう。あんたは自転車を追い越そうとした」図面上を秋山の指が動いた。「その直前、どうやら自転車は道の中央よりに少しふらついたらしい。被害者が後方から接近してくるベンツの存在に気づいていたかどうかは不明だ。ヘッドライトがついていただろうから、おそらく気づいていたとは思う。その場合、ふつう道の左端に寄ろうとするものだが、車を意識するあまりに自転車のハンドル操作が狂い、かえって危険な方向にふらつくというのも、実際にはよくあることだ」

「その結果、俺は自転車に追突してしまったわけですね」

「そういうことだ」秋山は頷いた。「自転車は左側に飛ばされ、あんたの運転する車は右側車線に大きくはみだした。よけようとしてハンドルを切ったせいだろう」

「それで被害者は……頭でも打ったんですか」慎介は尋ねた。今の説明を聞いたかぎりでは、死亡事故になるような印象は受けなかった。被害者が亡くなったのだとしたら、余程打ち所が悪かったのだろうと思ったのだ。

だが秋山は首を振った。

「いや、この時点ではさほどの傷は負っていなかったと思う。あくまでも推論だがね」

「さほどの傷はって……でも亡くなったんでしょう？」

慎介がいうと、秋山は眉を寄せた。そしてふう一っとため息をついた。

「本当に覚えてないのかい？」

「ええ」慎介は答えた。

秋山は図面を指していった。

「被害者が亡くなったのは、この事故の後だよ」

「あと？」

「そう。ここへ第二の車が突っ込んできたんだ」

14

『シリウス』のドアを開けて中に入ると、白いジャケットの後ろ姿が真っ先に目に飛び込んできた。そのジャケットの主はドアの音を聞いて振り向き、やや意表をつかれたような顔を見せた後、頬を緩めた。

「やあ、これはこれは」江島は軽く両手を広げた。「当店の味が懐かしくなって来てくれたのかな」

慎介も笑みを浮かべ、江島に近づいていった。その途中、カウンターにいる岡部義幸に向かって小さく手を上げた。岡部は頷いた。

慎介は江島のすぐ近くまで行き、他の客の様子を窺った。六時過ぎでは、まだこの店に客は殆どいない。カウンターに二人、テーブル席にやはり二人座っているだけだ。

「ちょっとお聞きしたいことがあるんですけど、今いいですか」慎介は小声で訊いた。

「何に関することかな」江島も声を落として尋ねてきた。

「事故のことです」慎介は答えた。「例の、俺が起こした事故のことです」

江島はかすかに眉を寄せ、戸惑いの色を見せた。明らかに気乗りがしない様子だった。

「立ち話で済みそうなことか」

「いえ」

「そうか」江島はため息をつき、頷いた。慎介の肩に手を載せた。「それではまあ、座って話を聞こうか」

江島に促され、慎介は一番奥のテーブルについた。ソファの座り心地は抜群だった。ここに座ったのは何年ぶりだろうと慎介はふと考えた。前にここで働いていた時でも、ソファに腰を下ろすことはまずなかったからだ。

「じつは昨日、警察に行ってきたんです。用件は全然別のことだったんですけど、たまたま交通課の秋山という人に会いました。俺が事故をやった時、担当した人です」

「うん。それで？」江島は煙草の箱を取り出し、中から一本抜いて口にくわえた。そしてカルティエのライターで火をつける。

「記憶喪失気味だという事情を話して、事故の内容について、詳しく教えてもらいました。秋山さんは、不思議そうな顔をしてましたけどね」

慎介の言葉を聞き、江島は小さく頭を振った。

「今更そんなことを教わる必要なんかないと思うんだがね」

「でも今のままでは気持ちが悪いですから」

「それはまあ、わかるがね。で、それを聞いてどうしたのかな」

「驚きました」慎介は率直にいった。「ああいう事故だとは思わなかったから」

「ああいう事故？」

「俺、自分が轢《ひ》き殺したんだとばかり思っていたんです。そういう単純な事故だと。ところが聞いてみるとそうじゃなかった。あの岸中っていう女の人に直接致命傷を与えたのは、もう一台の車だったんですね。つまり、事故に関わっていたのは、二台の車だったんだ」

「そういうふうに私も聞いているよ。詳しいことは知らんがね」江島は、今頃そんなことで興奮している慎介のほうがおかしいといわんばかりに、ゆったりと煙草を吸いながらいった。

「俺、全然覚えてなかったものですから」

秋山巡査部長の話を整理すると、事故の状況は次のようになる。

まず問題の道路を、岸中美菜絵が自転車で南下していた。そこへ後方からベンツがやってくる。このベンツを運転していたのが慎介だ。

ベンツがどれだけの速度を出していたのかは不明である。しかし、「すぐ先の交差点の信号が赤に変わりそうで急いでいた」と慎介が供述していることから、三十キロの制限速度を幾分オーバーしていたのではないかと推測できた。ただし事故直後、慎介は制限速度は守っていたと主張しており、真偽のほどは定かでない。現在の彼は、その点については記憶が欠落しており、何ともいえない。

やがてベンツは岸中美菜絵の運転する自転車に、後方から追突した。当たったのはベンツのバンパーの左角だ。

追突された自転車はバランスを崩し、前に放り出されるような形で転倒した。乗っていた岸中美菜絵の身体は、進行方向に対して左側にある建物の壁まで飛ばされた。その時の彼女の体勢は、壁に背中を押しつけられたような格好だった。

一方ベンツのほうは、自転車に当たった後、急激に進路を変え、対向車線にはみだした。運転手である慎介が、反射的に急ハンドルを切ったらしい。

そこへ第二の車が反対側からやってきた。車種は赤のフェラーリだ。

この車もかなりスピードを出していたと思われる。突然目の前で起こった事故に対して全く対応できず、ベンツをよけるのが精一杯だった。ブレーキは当然踏んでいるが、速度は落ちきらなかった。

その結果フェラーリは右側にある建物に向かって突っ込んでいった。ただしその建物の前には、岸中美菜絵の身体があった。フェラーリの運転手は懸命に最悪の事態を避けようとしたが、いかんせん時間がなさすぎた。

全身打撲と内臓破裂、それが岸中美菜絵の直接の死因である。

「自分でもずるいと思うけど、詳しい話を聞いて、少し気が楽になったというのが正直なところです」慎介はいった。「俺が追突した段階では、まだそれほど重傷ではなかったと思うし、もう一台の車のほうにも落ち度がなかったとはいえませんからね。もちろん俺が安全運転をしていれば岸中という女性が死ななくて済んだということは、充分に自覚しているんですけど」

「交通事故というのは運だよ」江島はそういって白い煙を吐いた。「年間どれだけの人間が交通事故で死んでいると思う？　一万人だ。助かったが怪我はしたという人間は、その何倍もいるだろう。そして事故にはならなかったが、一つ間違えば事故になっていたというケースは、さらにその何倍もあるはずだ。その場合は結局運が良かったわけだが、本人はそのことに気づいていない。おそらく現在生きている人間の殆どが、そういう幸運に何度か助けられてきたといえるんじゃないか。逆に、運転をする人間で、これまで人身事故を起こさなかったという人間も、やはりそういう意味で幸運が続いてきただけなのかもしれない。私のようにな。慎介はただ運が悪かっただけなんだ。だからもうあまり考えるな」

慎介はうつむいた。江島のいっていることはわかるし、おかげで気持ちが楽にもなる。しかし考えるなというのは無理な注文だった。

彼は顔を上げた。

「じつは江島さんにお願いがあるんです」

「どんなことだ」

「俺には弁護士の先生がついていたんでしたよね。湯口《ゆぐち》先生……でしたっけ」

「そう、湯口さんだ。そのことは覚えてるのか」

「忘れていました。でも警察でいわれて思い出したんです」

湯口弁護士は江島の親しい知人だ。『シリウス』にも何度か飲みに来たのを、慎介は記憶していた。慎介が比較的軽い罪で済んだのは、その弁護士の力によるものといえるだろう。

「湯口先生に教えてもらいたいことがあるんです」

「何だ？」

「もう一台の車のほうを運転していた人の身元です」

江島の右眉がぴくりと動いた。口元も微妙に歪んだ。

「何のために?」

「知っておきたいんです。警察では教えてくれませんでした。でも湯口先生なら御存じですよね」

「さあ、それはどうかな……」

「何なら俺が自分で訊いてもいいんです。湯口先生の連絡先さえ教えていただければ」

江島は短くなった煙草を灰皿の中でもみ消した。

「慎介、もういいんじゃないか。今さら事故のことを詳しく知って、どうなるというものでもないだろう。それより将来のことを考えたほうがいい」

「考えてますよ」慎介はいった、そして少し笑って見せた。「それとこれとは別です」

「いつまでも過去にこだわってちゃ、先が見えてこないといってるんだ」

「こだわるつもりはありません。ただ正確に知りたいだけです。湯口先生の連絡先を教えていただけますか」

「仕方がないな」江島はため息をついた。「わかったよ。後で先生に電話をして訊いておこう」

「すみません」慎介は頭を下げた。

「そのかわり」江島はちらりと周りを見回した後、声を低くしていった。「私以外の人間に、事故の話をするのはもうやめるんだ。誰もが君のように一年以上も前のことを思い出したいわけじゃない」

何のことをいわれているのかわからず、慎介は江島の顔を見て瞬きした。すると江島はいった。「由佳さんに何か根ほり葉ほり尋ねただろ？」

ああ、と慎介は合点した。先日ここへ来た時のことだ。なぜ江島が知っているのか。由佳本人が苦情をいったのかもしれない。岡部義幸が報告したことも考えられる。

「約束してくれるな」江島は慎介の目を見ていった。

「……はい」慎介は頷いていった。この場では、こう答えるしかなかった。

慎介は腕時計を見て腰を浮かせた。

「時間をとらせてすみませんでした。俺はこれで失礼します」

「何か一杯飲んでいったらどうだ。岡部に作らせるが」

「いえ、今でももうかなり遅刻だから」腕時計を指して慎介はいった。

「そうか。じゃあ、今度またゆっくりな」江島も立ち上がった。

江島は慎介をエレベータの前まで送ってくれた。

「ところで成美ちゃんは元気かい？　病院で会ったきりだけど」

「ええ、まあ……元気ですよ」慎介は曖昧に答えた。避けたい話題だった。

だが江島は、そんな彼の内心をすぐに表情から読み取ったようだ。

「なんだ、どうした。何かあったのか」

「いや、別に何もないですよ。あの……江島さんはもう店に戻ってください。ここで結構ですから」

エレベータのドアが開いた。慎介は素早く乗り込み、『1』を押した。

「じゃあ、湯口さんには連絡しとくから」江島はいった。

「すみません。お願いします」慎介は頭を下げた。同時に左手で、『閉』のボタンを押していた。

15

『茗荷』は珍しく早い時間から混んでいた。おかげで慎介は遅刻したことについて、千都子からちくちくと嫌味をいわれることになった。

「女は信用できねえからなあ」慎介から一番近いテーブル席にいる客が、大きな声でいった。サラリーマン風の男で、丸い顔に比べて少し小さすぎるように見える眼鏡が、鼻の上で微妙に傾いていた。

「どうしてですか。だって奥さんのことは信用してるでしょ?」アルバイトのエリが、口を尖らせて訊いている。

「信用してるわけじゃないよ。いくら何でも、あれが浮気をするのは無理だろうと思ってるだけだ」

「『あれ』っていう言い方はよくないですよ。どうして男の人って、奥さんのことをすぐにそんなふうにいうんですかあ」エリがたしなめる口調でいう。

「いいんだよ。あれはあれで。もしあれのことを欲しいっていう男がいるなら、俺なんか喜んであげちゃうもんね」サラリーマン風の男は、連れの男にいった。「そうだ。おまえ、あれを欲しくないか。ただでやるぜ」

「いらねえよ。俺だって家に帰りゃ、怖い顔したのが一人いるんだ。おばさんばっかり二人も抱えてどうするんだよ」連れの男がそういって笑った。

慎介はグラスを洗いながら、彼等のやりとりを聞いていた。成美のことが頭に浮かぶ。彼女は依然として行方不明だ。電話もないし、店にも出ていないらしい。どうやら本格的な失踪ということになりそうだった。

だが慎介は、あまり考えないようにしている。それは、成美が行方をくらました理由が、どうやら彼女自身の意思によるものらしいと思われるからだった。その根拠は二つある。

まず一つ目の根拠は、成美は『コリー』には休むと連絡し、慎介にはいつも通りに出勤するような顔をして家を出ていったことだ。

そして二つ目の根拠は、部屋からなくなっているいくつかの荷物だ。それに気づいたのは、彼が深川警察署から帰ってからのことだった。

成美の身の回り品を念入りに調べてみたところ、旅行の時に持っていく化粧ポーチ、携帯用ヘアドライヤー、洗面セットなどが持ち出されていた。そして一、二泊の旅行の際に愛用する、ルイヴィトンのバッグも見当たらない。もしかしたら洋服や下着や靴などもいくつかなくなっているのかもしれないが、それについては慎介もはっきりしたことはいえなかった。

さらに特筆すべきことがあった。それは彼女名義の預金通帳と印鑑もなくなっていることだった。それが慎介のものと一緒に押入の救急箱に入っていることは、先日確認済みだったのだ。

何日か泊まれる荷物と全財産を持って行方不明になる——この行動から想像できることは、あまりにもありきたりなことだった。借金取りから逃げたか、警察から逃げたか、どこかの男と逃げたか、のどれかだ。そしてたぶん三番目が正解なのだろうと慎介は考えていた。借金取りや警察が彼女を追っているのなら、とっくの昔に慎介のところへやってきているはずだった。

問題は、ほかに男ができたとして、なぜ逃げねばならないかということだ。成美は慎介と結婚しているわけではない。ほかに好きな男ができたのなら、そう率直にいえば済むことだ。慎介が女に執着するタイプでないことは、成美が一番よく知っている。

もしかしたら逃げねばならないのは男のほうかもしれないと慎介は考えていた。何から逃げなければならないのかはわからない。だがそういう男についていったのだと仮定すれば、成美の行動も理解できなくはない。

慎介は、成美がこれまでに見せた健気さだとか一途さについては、あまり思い出さないように努めていた。ある人間の本質が、それまで外側から見えていた部分からだけでは類推できないことを、彼は彼なりにこれまでの経験で知っていた。あの人があんなことをするとはとても信じられない——何か事件があるたびに繰り返される台詞は、彼の経験則を後押しするものだった。

成美とはもう会えないかもしれないと思うと、それなりに寂しさのようなものはあったが、喪失感はさほど深くなかった。それよりも、彼女が失踪したことにより様々な厄介事が自分の身に降りかかってくることのほうを彼は気にしていた。身近な問題として部屋のことがある。あの部屋は成美の名前で借りているのだ。彼女がいなくなったとなれば、今後はどのようにしたらいいだろう。

グラスを洗い終え、手を拭いている時、カウンターの上の電話機が鳴りだした。彼は素早く手に取った。「はい、『茗荷』です」

「もしもし、私だよ」江島の低い声が聞こえた。

「ああ、先程はどうも」

「あれからすぐ、湯口先生に電話してみた。もう一台の車を運転していた人の名前と身元がわかったよ。ただしくれぐれも扱いには気をつけてくれ。特別に教えてもらったんだ」

「あっ、どうもすみません」慎介はあわててメモとボールペンを引き寄せた。江島がこれほど早く動いてくれるとは思わなかった。

「名前はキウチハルヒコ。木曜日の木に、内外の内。春夏の春だ」

「木内春彦……はい」

「会社員で、住所は中央区日本橋浜町《にほんばしはまちよう》——」

メモをとりながら、なるほどそれであのあたりを走っていたのかと慎介は納得した。事故のあった道を北上すれば清洲橋通りに出る。そこを西に少し走れば日本橋浜町だ。

「一応これだけ教えてくれたが、湯口先生も、君が木内さんに近づくことには賛成できないといってたよ」江島はいった。「事故の形態が複雑だったせいもあって、責任問題で先方とかなり揉めたらしい。君は覚えてないかもしれんがな。向こうにしてみれば、先に君が事故を起こさなきゃ自分が巻き込まれることもなかったと思っているわけだ」

「でしょうね」自分が逆の立場でも、そう主張するだろうと慎介は思った。

「だから悪いことはいわないから、もうこれっきりにするんだ。いつまでも済んだことに縛られていても仕方がない」

「はい……わかりました。どうも無理をいってすみませんでした」

「じゃあ、またな」

「失礼します」

電話を切った後、もうこのことで江島に相談するのはやめようと慎介は決心した。いってみれば江島も被害者なのだ。元従業員が人身事故を起こしたことで、いろいろと面倒な根回しが生じたに相違ない。弁護士の手配もその一つだ。慎介の次の職場を探す必要もあったし、『シリウス』における慎介の後釜も見つけねばならなかっただろう。また慎介の運転していたのが江島の車だったことで、彼も警察に何度か呼ばれたに違いなかった。つまり江島だって事故のことを忘れたいはずなのだ。

慎介はメモを丁寧に切りとり、シャツの胸ポケットに入れた。

その時ドアの開く気配があった。いらっしゃいませ、といおうとして顔をそちらに向けたが、唇を開いたところで彼は動作を止めていた。声が一瞬出なくなった。

あの女がそこに立っていた。今夜は青いドレスだった。目の錯覚か、先日よりもさらに髪が一段と長くなっているように見えた。毛先が肩に触れるほどだ。最初は極端なショートヘアだったと慎介は記憶しているが、それから一か月も経たないうちに、これほど伸びるはずがなかった。

しかしあの女に間違いなかった。顔の感じも少し変わっているように思われたが、相手を引き込むような不思議な眼差しは相変わらずだ。

彼女の唇がかすかに動いた。「……わね」

えっ、と慎介は聞き返した。「何ですか？」

「顔色」彼女はいった。「顔色がよくないわね」

「あっ、そうですか」慎介は自分の頬に手を当てていた。

「何か悩みがあるみたい」彼女はスツールに腰を下ろした。これまでと同様に、ゆっくりとした動作だった。彼女が身体を動かしている間、慎介はほかのことができない。つい目で動きを追ってしまうからだ。

「何か素敵なお酒が飲みたいわね。今日は甘くないのがいい」静かに彼女はいった。

「ジンをベースにしてみますか」慎介はいってみた。

「あなたに任せる」

「わかりました」

慎介は冷蔵庫を開け、ジンのボトルを取り出した。さらにカクテルグラスを選ぶ。

自分が成美のことをあまり心配していないのは、この女が現れたせいかもしれない。ふとそう思った。

16

女はギブソンが気に入った様子だった。時折細いカクテルグラスの底に沈んだパールオニオンを眺めては、形のよい唇に流しこんでいった。一口飲んでは味を記憶に留《とど》めようとするかのように瞼を閉じた。

「いつも何かのついでにお寄りになるんですか」慎介は女に尋ねてみた。

女はグラスを手にしたまま彼を見上げた。

「そう見える?」

「いえ、どうしてうちにいらっしゃるのかなと思って」

「当ててみて」

「難しいな」慎介は笑って見せた。「お客さんがお帰りになった後、いつも皆で噂しているんですよ。一体どういう人なんだろうって」

「どういう人間に見える?」

「そうだなあ……」慎介は女を見つめた。

彼女のほうは全く照れる様子がなく、彼の視線を揺るぎない姿勢で受けとめている。

慎介はいった。「芸能界の人……とか」

彼女は薄く笑い、グラスを置いた。

「あたしのことをテレビか何かで見たことがある？」

「いえ」

「でしょ」

「でも」慎介は改めて彼女の顔を見た。「どこかでお見かけしたような気はします」

「そう？」

「ええ」慎介は顎を引いた。

それは今夜初めて感じたことだった。正確にいうならば、どこかで見たというより、誰かに似ていると思ったのだ。それは初めて彼女がこの店に来た時や、その次に来た時には感じなかったことだ。なぜ今夜にかぎってそう思うのか、慎介自身にもよくわからなかった。髪形や化粧の仕方が、これまでと少し変わっているせいかもしれない。誰に似ているのか先程から懸命に思い出そうとしているのだが、まだ答えは見つかっていなかった。

「残念ながら芸能界とは何の関係もないの」

「そうなんですか。じゃあ、わからないな。答えを教えてくださいよ」

「さあ、どうしましょう」女は蠱惑的《こわくてき》な眼差しを向けながら、顔を少し傾けた。「とりあえず、同じものをもう一杯いただこうかな」

「かしこまりました」慎介は女の前に置かれた空のグラスに手を伸ばした。

彼女は結局ギブソンを二杯飲んだだけで立ち上がった。この時点で慎介は、彼女の正体を聞き出すことに成功していなかった。

前回と同じように慎介は、店の外まで彼女を送った。これでまた彼女といつ会えるかわからなくなるのかと思うと焦りを覚えたが、打つ手が思いつかなかった。

「ごちそうさま、おいしかった」

「ありがとうございます」

「この店はたしか」彼女は慎介の目を見つめた。「午前二時まで、だったわね」

「そうです」

「ふうん……」女の唇に意味ありげな笑みが滲んだ。

「何か？」

「その時間からでも、お酒を飲めるお店はあるかしら」

「そりゃあいくらでもありますよ」

「静かな店がいいの」

「ええ、静かな店もたくさんあります」

「そう」女は何を思ったかバッグを開け、口紅を取り出した。さらにキャップを外すと、慎介の右手を取った。彼が呆然としている中、彼の掌に数字を書き始めた。十一個の赤い文字が、慎介の手の上に並んだ。

女は口紅をバッグにしまうと、くるりと踵《きびす》を返し、エレベータに向かって歩きだした。

「あの……」慎介は彼女の背中に声をかけた。

女が首だけを少し後ろに捻った。その横顔に彼はいった。「お気をつけて」

ちょうどその時エレベータのドアが開いた。女は乗り込み、彼のほうを向いて立った。真っ直ぐに彼を見る彼女の顔は、かすかに微笑んでいた。

ドアが閉まり、彼女の姿が見えなくなる直前、慎介は再び思った。やはりどこかで見たことがある、誰かに似ている――。

カウンターに戻った後、慎介は千都子たちに気づかれぬよう急いで手を洗った。もちろん、その前に数字をメモしておくことは忘れなかった。

時計を見ると、まだ十二時前だった。これからの二時間はいつも以上に長く感じそうだと思った。初めてのデートを控えた中学生のように胸が高鳴っている。こんな感覚は何年ぶりだろうと思い、一人でつい苦笑しそうになった。

事故のことも成美のことも、今は頭の隅に追いやられていた。

慎介の苛立ちをよそに、この日最後の客が帰ったのは、午前二時を二十分ほど過ぎてからだった。馴染みの客だったので、千都子も追い出しにくかったようだ。客が出ていくのと同時に、慎介はバーテン用のベストを脱いでいた。

「お疲れさま。少し遅くなっちゃったわね」帰りの支度をしながら千都子がいった。

「ママ、今日は俺、自分で帰るから」

「あら、珍しいわね。成美ちゃんと待ち合わせ？」

「まあ、そんなところかな」慎介はごまかし笑いをした。

「たまにはデートもしなきゃね」そういってから千都子は声を落とした。「あの人、また来てたわね」

「あの人って？」

「ほら、いつも一人で来る人よ。今日は青いドレスを着てたみたいだけど」

「ああ」今初めて思い出したという顔を慎介は作った。「そうだった」

「何か話をしてたみたいだけど、何者かわかった？」

「いや」彼は首を振った。

「そう」千都子は不満そうだ。だがすぐに気を取り直した顔になった。「じゃ、後のことお願いね」

「はい。お疲れさま」

「おやすみなさい」

店を出た千都子がエレベータに乗る気配を確かめてから、慎介は店の電話の受話器を取り上げ、先程彼女が掌に書いた十一個の番号を押した。携帯電話の番号だった。

呼び出し音が鳴るのを聞きながら、慎介は自分の鼓動が速まるのを感じた。本当にこれは彼女に繋がる番号だろうか、もしかしたらでたらめの番号を教えられたのではないか、電話に出るのは彼女の声とは似ても似つかない男の声ではないか、そんな考えが次々と彼の脳裏を駆けめぐった。

三度目の呼び出し音の後で電話が繋がった。彼は唾を飲み込んだ。

だが相手は何もいわなかった。こちらからの第一声を待っているようだった。それで慎介は抑えた声で、「もしもし」といってみた。

少し間があってから女の声がした。「遅かったわね」

慎介は安堵の息をこっそり吐いた。フルートを思わせるその声は、彼女のものに違いなかった。

「すみません。お客さんがなかなか帰ってくれなくて」

「あなたはまだお店にいるの？」

「ええ。あなたはどこですか」

だが女は答えてくれなかった。「いいところよ」といった後、くすくすと含み笑いをしただけだ。舐められているのか、と慎介は少し苛立った。

「迎えに行きます。場所を教えてください」

「こちらからもう一度連絡する。あなたはそこで待ってて」

「でも――」

そこで電話がぷつんと切れた。慎介は受話器を見つめ、軽く頭を振ってから電話機に戻した。女の真意がわからなかった。

とにかく待っているしかないので、慎介はカウンターの上の明かりだけを残して消灯し、客用のスツールに腰掛けて電話を待つことにした。セーラムライトの箱を上着の内ポケットから取り出し、一本くわえて火をつけた。せっかく洗った灰皿を汚すことになるが、どうせ洗うのは彼だった。

客が置いていった週刊誌が一冊、カウンターの隅に放置されていた。慎介は煙草を吸いながら、それの頁をぱらぱらとめくった。情報を得るためというより、性欲を刺激するために存在しているような雑誌だった。まずは女性のヌードグラビアが続き、その後には風俗店の紹介記事が並んでいた。

『芸能人たちのびっくり裏ワザ性生活』というタイトルの記事を途中まで読んだところで、慎介は顔を上げて時計を見た。午前三時を過ぎていた。

彼は電話を引き寄せ、受話器を取ってリダイヤルボタンを押した。電子音が十一個、連続して鳴った。

ところが次に彼の耳に聞こえてきたのは、彼をがっかりさせるものだった。先方が電話機の電源を切っているか、電波の届かないところにいる、という意味のアナウンスが流れてきたのだ。彼は仕方なく受話器を元に戻した。

からかわれただけかもしれないな、と彼は思い始めていた。考えてみれば、突然あの女のほうから電話番号を教えてくるというのも少し変なのだ。このバーテン、あたしに気があるようだから、少し弄《もてあそ》んでやろうか——彼女がそんなふうに企《たくら》まなかったという保証はどこにもない。

しかし、それならば本当の電話番号を教えないのではないか、とも思う。そんなものを教えて、もしそのバーテンがストーカーにでもなったら後が面倒だと考えるのがふつうではないか。それとも慎介のことを、そういうタイプの男ではないと見抜いたのだろうか。

慎介は『芸能人たちのびっくり裏ワザ性生活』を再び読み始めたが、内容はまるっきり頭に入らなかった。ただ機械的に文字を追っているだけだ。

週刊誌を閉じ、椅子から腰を上げた。もう連絡は来ないだろうという気がした。それならばいつまでもこんなところにいるのは間抜けな話だ。

彼はトイレに入り、小便をした。薄暗い中にいたせいか、トイレの中は異様に明るく感じられた。そのため、まるで夢から覚めたような錯覚を慎介は抱いた。そう、これが現実なのだ。夜の街の中、俺はひとりぼっち。家で待っている者もいなくて、待っていても誰も来てくれない。そして自分の過去は曖昧。

手を洗うついでに顔を洗った。洗面台のすぐ上に鏡がある。そこに自分の顔を映す。しけた顔だ、と彼は思った。成功の予感のかけらもない。

不意にマンションの洗面台のことを思い出した。続いて例の奇妙な既視感に襲われた。いつかマンションの洗面所で感じたのと同じものだ。何だろう。この感覚の正体は一体何なのか。やがてあの時と同様、風船がしぼむようにそんな感覚は薄らいでいった。それが全く消えると、また乾いた現実だけが残った。彼は鏡に向かって一度小さく首を振ってからトイレを出た。

カウンターに戻ったが今度はスツールには腰かけず、中に入って灰皿を洗った。一度ちらりと電話機に目を向けたが、受話器を取る気にはなれなかった。どうせ繋がらないだろうと思った。

一杯飲んでから帰るか——そういう気になった。

慎介はブランデーとホワイトラム、それからキュラソー、レモンジュースをシェイクし、カクテルグラスに注いだ。飲む前に一度グラスを目の高さに持ち上げ、その琥珀色の輝きを味わってみる。

その時、視界の端に何かが入った。

心臓が大きく跳ねた。激しい鼓動を感じながら、彼はゆっくりと上体を回転させていった。

一番奥の席に、あの女が座っていた。

17

薄暗いが、女が自分のほうを見て笑みを浮かべているのは、慎介にはよく見えた。彼がさっきトイレに入っている間に忍び込んだに違いなかった。そして彼が自分のためにカクテルを作るのを、闇の中からじっと眺めていたのだ。

しばらく二人はお互いを見つめていた。慎介は発すべき言葉が見つからなかった。

やがて女が口を開いた。

「それは何というカクテル?」

「ビトウィーンザシーツ」慎介は答えた。

「ビトウィーンザシーツ。寝床の中で……とでも訳すのかな」

「たぶんね」

「あたしにも一杯お願い」

慎介はカクテルグラスを持ったまま、ゆっくりと女のほうへ近づいていった。彼女の前にあるテーブルに、それを置いた。

「どうぞ」

「いいの？」

「ええ」

女の手がグラスに伸び、細い指が絡んだ。彼女は慎介の顔を見ながら、グラスを口元に近づけていった。かすかに微笑んだ唇が開かれる。グラスの縁がそこに触れた。酒を飲み込む時、女は少し目を閉じ、顎を持ち上げた。眉がかすかに寄せられた。その恍惚とした表情を見た瞬間、慎介は全身に痺れのようなものを感じた。

女は目を開いた。「おいしい」

慎介は少し下がり、壁のスイッチを探した。明かりをつけようとした。

「明かりはこのままでいい」女がいった。

慎介は手を止め、彼女を見た。彼女は二口目を口に含んだところだった。

「立っているのが好きなの？」彼女はいった。

慎介は女の向かい側に座った。

「電話をいただけると聞いた覚えがあるんですけど」

「電話のほうがよかった？」逆に女が訊いた。

慎介は唇を舐めた。

「ほかの店に行くんじゃなかったんですか」

「ほかの店に行きたいの？」女は少し首を傾げた。

自分の言葉によって男がいちいち表情を変えるのが、楽しくて仕方がないように見えた。

慎介は、その余裕を崩してやりたくなった。だが一方で、こんなふうに翻弄されることに快感を覚えてもいる。

「俺も飲んでいいですか？」

「どうぞ」

慎介は腰を浮かせ、立ち上がる素振りを見せた。しかし次の瞬間彼は女の手をカクテルグラスごと摑んでいた。女の顔に驚きの色が浮かんだ。

彼は女の手を自分のほうに引きつけると、グラスに唇をつけた。そしてまだ半分以上残っている液体を、ごくりと飲んだ。飲み終わった後も、彼は女の手を離さなかった。

だがすでに女の顔から狼狽の気配は消えていた。顎を上げ、胸を張り、笑みを浮かべて慎介を眺めている。グラスを持った右手を差し出した姿は、家来に指先へのキスを許可する貴族の女のようだった。

「あなたの名前を教えてください」

「名前を知ってどうするの？」

「知りたいんです。あなたのことを。名前以外のことも知りたい。どこに住んでいて、何をしている人なのか。結婚はしているのか、恋人はいるのか。それから――」慎介は彼女の手を握る力を強めた。「なぜここにやってくるのか」

「それを知ることに、何か意味があるの?」

「少なくとも名前がわかれば」慎介は続けた。「あなたのことを心の中で、『あの怪しい女』と呼ばなくても済みます」

女は、くすくす笑った。それから顎を引き、上目遣いをした。

「ルリコ」彼女はいった。

「えっ……」

「瑠璃色の瑠璃。青い宝石の瑠璃」

瑠璃子、と慎介は小さく呟いた。その瞬間指先の力が抜けてしまったらしい。彼女がするりと手を引き戻した。

「カクテルをお願い」彼女がいった。

「何を作りましょう」

「ビトウィーンザシーツ。さっきと同じものを」彼女はグラスを掲げた。

「かしこまりました」慎介は立ち上がった。

彼がカクテルを作っている間も、女は奥の席に座ったままだった。彼はシェイカーを振りながら、横目で彼女のほうを見た。その視線に気づいたように、彼女は脚を組んだ。ドレスの裾の前が縦に大きく割れ、白い太股が露わになった。彼はシェイカーを落としそうになった。

瑠璃子というのが本名なのかどうか、慎介にはわからなかった。彼を翻弄することに楽しみを見いだしているような女が、おいそれと本当の名前を明かすとは思えなかった。だが瑠璃子という響きは、女が全身から醸し出す雰囲気に合致してはいた。

慎介は二つのカクテルグラスをトレイに載せ、女のところへ運んだ。瑠璃子と名乗る女は、それをじっと眺めていた。

「お待たせしました」彼は彼女の前にグラスの一方を置いた。

瑠璃子はグラスを取り、彼の顔を見つめたまま、カクテルを一口飲んだ。

「いかがですか」

「完璧」

「ありがとうございます」慎介は向かい側の椅子に座り、自分のグラスに手を伸ばしかけた。

すると女が、自分の持っていたグラスを彼の顔の前に差し出した。

「あなたが飲むのは、こっちのグラスじゃないの？」

慎介は女の目を見た。妖艶《ようえん》な輝きを帯びた目が、見つめ返してきた。ネコ科の肉食動物を思わせる危険な光も同居している。

さっきのようにして飲んで、という意味だと慎介は解した。この女は多少強引なことをされるのも嫌いではないらしい。

慎介はグラスを持った女の右手を、先程のように摑んだ。さらにこれまた先程と同様に、自分のほうに引きつけようとした。

ところが今度は女が抵抗した。逆に引っ張られるのを慎介は感じた、意外に強い力だった。

彼は手を離そうとした。しかしそれを見越したように、女は彼の右手の上に、自分の左手を重ねてきた。離すな、といわんばかりだった。

瑠璃子は彼の手を捕らえたまま、カクテルグラスに自分の唇を近づけていった。さっきとは全く逆の体勢になっていた。

カクテルグラスが殆ど空になった。女はグラスをテーブルに置いた。だが彼の手を離そうとはしなかった。

彼女は彼の右手を摑んだまま立ち上がった。ドレスの生地の擦《こす》れる音がした。彼女は慎介を見下ろし、意味ありげに微笑んだ。

何か気のきいた台詞をいおうと彼が口を開きかけた時だった。瑠璃子は突然、椅子に座っている彼の上に跨《またが》ってきた。さらに両腕を彼の首に回した。

声を出す暇もなかった。気づいた時、慎介の唇は彼女の唇で塞がれていた。全身が強張《こわば》るのを彼は感じた。心臓が大きく波打っていた。

瑠璃子の舌が慎介の唇を押し開いた。彼はそれを受け入れた。その直後、冷たい液体が注がれた。先程のカクテルだった。彼はそれを飲んだ。頭の芯が痺れるような甘さが口内から全身に広がった。一瞬彼は軽い眩暈《めまい》を感じた。

唇からあふれた酒が、顎を伝い、首筋に流れた。慎介は自分からも舌を彼女のそれに絡めていった。両腕を女の腰に回し、さらにその手を下げていった。

女はストッキングをガーターで止めていた。だから腿《もも》の付け根まで手を這《は》わせると、完全に剝《む》きだしになった素肌の感触を楽しむことができた。瑠璃子の肌は滑らかで、柔らかかった。

ようやく女が唇を離した。粘りけのある唾液が糸をひいた。彼女は舌なめずりし、慎介の顔を見下ろした。瞳が不気味に光っている。

瑠璃子は身体をくねらせ、尻を少しずつ後ろへずらしていった。そのまま慎介の膝から降りると、ゆっくりと姿勢を低くしていった。その間彼女の両手は、彼の身体を撫で続けていた。十本の指が、怪しい虫のように蠢《うごめ》いた。

その指が慎介のズボンのベルトにかかった。彼女は手品師のような滑らかな手つきでそれを外し、続いてジッパーを下ろした。

瑠璃子が何をするつもりなのか察しがついたので、慎介は腰を浮かせた。彼女は唇から赤い舌を覗かせながら、彼のズボンと下着をゆっくり下げていった。途中下着が、ある箇所で引っかかった。

瑠璃子は彼の顔を見上げ、喉の奥を鳴らすような奇妙な笑い声を漏らした。それから下着の縁に指をかけ、引っかかりを外した。

十分過ぎるほどに勃起した男根が露出された。それは彼女の顔の前で、びくんびくんと脈打っていた。カウンターからのわずかな明かりを受け、膨らんだ先端が鈍く光っている。女の右手がそれに伸びた。五本の指が柔らかく握りしめた時、慎介は身体をぶるると震わせていた。さらに全身に鳥肌が立った。

瑠璃子の唇が小さく開けられた。彼女は顔を慎介の股間に近づけていった。舌が最も敏感な部分に触れた時、彼は脊髄に電気が走るのを感じた。

彼女の唇が、ゆっくりと彼の敏感な部分を包み込んでいった。快感が波のようにうねり、慎介の全神経を支配していく。彼は彼女の頭を両手で軽く挟むようにした。天井を見上げ、酸欠の魚のように口を開けて喘《あえ》いだ。

どれぐらいの時間そうしていたのか、慎介にはよくわからなかった。もうこれ以上はこらえられないと思った頃、瑠璃子が不意に口を離した。慎介は太く長い吐息をついた。濡れた股間が、ひんやりと冷たい。

瑠璃子が立ち上がった。今度は彼を見下ろしながら、彼女は自分のスカートの中に手を入れた。そして腰をくねらせ、下着だけをするすると下ろしていった。ガーターってのは便利だね――慎介はそんな軽口を叩こうとした。だが口が動いてくれなかった。

彼女はハイヒールを履いたまま下着を自分の足から取り去ると、先程と同じように慎介の上に跨ってきた。だがすぐには身体をまかせたりはせず、彼のものを彼女の肉体の一部にあてがってから、ゆっくりと腰を沈めていった。そこが十分に濡れていることを、慎介はこの時知った。

二人の性器が深く結合すると、瑠璃子は腰を、そしてやがては身体全体を動かし始めた。慎介もそれに応えて下半身を揺すった。少し沈静化していた快感の渦が、忽《たちま》ち彼の全身を包んだ。足に力を入れ、すぐにでも射精しそうになるのを懸命に耐えた。

瑠璃子の動きが激しくなった。呼吸が荒くなり、熱い息が慎介の顔に浴びせかけられる。その息の甘い香りは、彼の性感をますます高めた。

彼女は身体をのけぞらせ、自分の髪に手をやった。それからその髪の中に両手を突っ込んだ。彼女の目は彼の顔を捉えている。

数秒後、慎介は信じられないものを見た。瑠璃子が自分の頭から手を離した瞬間に、長い髪がばさりと彼女の肩にかかったのだ。つい今まで、彼女の髪は肩に辛うじて届く程度だったのに、だ。

しかしからくりはすぐに明らかになった。彼女の右手に黒い髪のかたまりのようなものが握られていたからだ。女性用のウィッグを彼女はつけていたのだ。

なぜ長い髪をわざわざ隠していたのだろうという疑問が、慎介の脳裏をかすめた。だがそれは本当に、かすめたに過ぎなかった。次々と押し寄せてくる快感の波に、彼はあらゆる思考を押し流されてしまっていた。

やがて彼自身にもどうすることもできないほどの高まりが襲ってきた。彼は思わず呻き声を漏らしていた。全身を上下させ、彼女の中心に向かって、欲望のすべてをぶちこんだ。意識を一瞬混濁させるような感覚が全身に走り、慎介は射精していた。大量の精液が女の体内に送り込まれていくのを彼は感じた。その間瑠璃子は瞼を閉じ、身体を後ろに反らせていた。

慎介が果てたのを待って、彼女は首を起こした。彼の顔を見下ろしてきた。その時彼はまたしても、この女性は誰かに似ていると思った。だがそれが誰なのかは、どうしても思い出せない。

瑠璃子がすっと身体を引いた。しかし慎介は、すぐには動く気にはなれない。とにかく全身がだるかった。ただし心地よいだるさだ。

彼女は慎介の身体から離れると、自分のバッグを取り上げ、そこに先程取り外した女性用ウィッグを押し込んだ。

するとあれもウィッグだったのか——慎介は彼女が初めてこの店に来た時のことを回想

した。彼女は耳が完全に出るほどのショートヘアだった。その次に来た時も、最初の時よりも少し長い程度の髪形だった。

おかしな女だと思った。少しずつ髪を長くしていくなんて。

彼がそんなことを考えている間に、瑠璃子は下着を拾い上げ、またしてもハイヒールを履いたままそれに足を通していった。それを見て慎介も、あわてて自分の下着やズボンを引き上げた。

下着を穿き終えると、彼女は髪を大きくかきあげた。彼女の本当の髪は、背中の中央に達するほど長かった。

「じゃあね」彼女はいった。ドアに向かって歩きだした。

「あっ、ちょっと待って」慎介は彼女を呼び止めた。「もう少しここにいろよ」

彼女は振り返り、不思議そうな表情をした。「何のために?」

「何のためって……」

「ああ、そう。カクテル代を払わなきゃね」彼女はバッグを開け、中の財布から一万円札を一枚取り出し、カウンターの上に置いた。「じゃ、おやすみなさい」

慎介は椅子から立ち上がった。彼女に駆け寄ろうとした。だがそれを制するように彼女は右手を出した。

「おやすみなさい」もう一度いって、彼女はドアの向こうに消えた。

慎介は後を追うことができなかった。まるで魔法をかけられたように足が動かない。彼女の気配がまるっきり消えてから、彼はもう一度椅子に腰を下ろした。

たった今起きたことが、夢の出来事のように感じられた。もしかしたら自分はいつの間にか眠っていて、実際にはここに瑠璃子という女など現れなかったのではないかとさえ思った。しかし夢でない証拠に、彼の下半身は性行為の感覚を留めていた。そしてテーブルの上にはカクテルグラスが二つ残っている。そのうちの一つは手つかずだ。

その二つのグラスをトレイに載せ、彼はカウンターに運んだ。身体はまだ火照《ほて》っている。頭はぼんやりする。

後片づけを終え、彼は店を出た。だがドアを閉めた時、はっとした。ドアのノブに携帯電話が引っかけてあるのだ。

慎介はそれを手に取った。指先が震えた。

なぜこんなものが——。

彼はそれを顔に近づけ、息を呑んだ。

あの女の匂いがした。

18

インターホンのチャイムが鳴らされた時、慎介はまだベッドの中にいた。平日でも昼過ぎまでは寝ている。ましてや今日は店が休みの土曜日だった。しかも昨夜は時間を過ぎてもなかなか帰らない客がいて、店じまいできたのが午前四時近くになってからだったのだ。いつもならセットする目ざまし時計もオフにしたままだ。邪魔さえ入らなければ夕方近くまで眠っているところだった。

チャイムはしつこく鳴る。無視してやろうかとも思ったが、結局彼は起きあがった。後になってから、あれは何だったのだろうと気にしてしまう自分の性格が、よくわかっているからだ。

インターホンの受話器を上げ、「はい」と思いきり無愛想な声を出した。

「ああ……雨村さん、お久しぶりです。西麻布署の小塚ですが」低いがよく通る声が聞こえてきた。聞き覚えのある声だった。細い顔、鋭い目つきが頭に浮かぶ。

「小塚さん……今頃何ですか」

「ちょっと話があるんだよ。開けてもらえないかな」相手が自分のことを覚えていたと知ったからか、言葉遣いが途端にくだけたものになった。

「あ、はい」

何だろうと慎介は思った。一瞬思ったのは成美のことだった。彼女に何かあったのか。だがすぐに自分で否定した。彼女の失踪については深川警察署に届けてある。西麻布署は無関係のはずだ。

ドアを開ける前にドアスコープで外を覗いた。肩幅の広い小塚刑事の姿が見えた。前に会った時に一緒にいた、もう一人の若い刑事の姿はないようだ。

鍵を外してドアを開けると、小塚は妙に愛想良く笑った。

「やあ、どうも。お休みのところを申し訳ない」

「何かあったんですか」

「いや、あったというほどではないんだが、例の件で少し気になることが出てきてね。それで君からも話を聞いておこうと思って」

「例の件というと……」

「岸中の件だよ」そういってから刑事は慎介の頭を指差した。「怪我のほうはもうすっかりいいのかい？　包帯はとれているようだが」

「まあ何とか」慎介は答えた。「あの人が何か？」

慎介は岸中玲二のことをどう呼べばいいのか、いつも迷ってしまう。自分を襲った相手に対して「岸中さん」ではおかしい。しかし元々は、自分が起こした事故の遺族なのだ。

「うん……できれば中で話したいんだがね」刑事は顎をこすった。

「ああ、そうですか。じゃあ、どうぞ入ってください」

「奥さん、じゃなくて恋人だったか。彼女はいないのかい」靴を脱ぎながら、刑事は奥を覗くしぐさをする。

「ええ」少し迷ってから慎介はいった。「今はちょっといないんです」

「あ、そう」なぜいないのかについては訊いてこなかった。たぶん関心がないのだろう。

慎介は刑事にダイニングチェアを勧めた。それからコーヒーメーカーに水を入れ、冷蔵庫からブラジルの粉の入った缶を取り出した。

「コーヒーでいいですね」ペーパーフィルターをセットしながら慎介は訊いた。

「そんな気をつかってくれなくて結構だ」

「俺が飲みたいんです。起きたばかりで頭がぼうっとするし」

チャイムで起こされたせいだということを暗に皮肉ったつもりだったが、刑事はそれには全く反応しなかった。

「じゃあ遠慮なくいただこうかな」

「で、どういうことですか。あの件についてはもう何もかも終わったと思ってたんですけど」慎介のほうから訊いてみた。

「もちろん我々だってそう思ってたさ。忙しいし、ああいうわけのわからん事件からは早いところ手を引きたいというのが本音だ」

「でも引けない事情が出てきたわけですか」

「まあそういうことだ」小塚は上着のポケットに手を入れた。警察手帳を出してくるのかと慎介は思ったが、刑事が取り出してきたのは煙草の箱だった。「吸ってもいいのかな」

「どうぞ」慎介は流し台の上にあった灰皿を、刑事の前に置いた。

「あの事件の後、君は軽い記憶喪失にかかっていたようだったけど、その後はどうなんだ。全部思い出したのかい？」煙草をくわえ、火をつけながら刑事は訊いた。

「いえ、まだ完璧とはいえないですね。忘れちゃってることがかなりあります」

「そうか。頭をやられると、結構長引くんだよな」合点した顔で刑事は煙を吐いた。「岸中に関する記憶のほうはどう？　君は、奴に襲われた夜はじめて会ったといってたけど、それ以前に会っていたということはないかい」

「覚えているかぎりではないです」

「そうか。それについては変わりなしか」刑事は頷き、また煙草を吸った。「あの夜君は岸中と少し話をしたといったね。たしか酒の話をしたとかいった」

「アイリッシュクリームの話をね」

「ほかにはどういう話をした?」

「それは前に何度もいったでしょう。俺の仕事について、少し質問されました。いやなことはあるかだとか、そんな時にはどうやって気を紛らすのかとか」

「奴は自分のことについては何か話さなかったのか。たとえば住んでいる部屋のことだとか。ふだんよく行く場所のことだとか」

「向こうは自分のことを殆ど何も話しませんでした。話したのは、新婚旅行でハワイに行って、その帰りに飛行機の中でアイリッシュクリームを飲んだということだけです」

慎介は食器棚からマグカップを二つ出し、コーヒーメーカーの横に並べた。コーヒーメーカーからは、しゅうしゅうと蒸気が上がっている。サーバーに焦げ茶色の液体がぽたりぽたりと落ち始めていた。

「一体どういうことなんです。何だって今さらそんなことを訊くんですか」慎介は声に少し苛立ちを含ませていった。

刑事は煙と共にため息をついた。再び上着のポケットに手を入れた。だが今度出してきたのは煙草の箱ではなかった。小さなビニール袋だった。中に鍵が一本入っている。

「こいつについて、悩んでいるところでね」

「何ですか、この鍵」慎介はビニール袋に手を伸ばしかけた。だが彼がそれに触れる前に、刑事は素早く取り上げていた。

「岸中が持ってたんだ。死体で見つかった時、穿いていたズボンのポケットに入ってた」

「家の鍵でしょ」

「正確にいうと鍵は二本入ってた。一本は君のいうとおり自宅の鍵だ。ところが、こいつはどこの鍵なのか、さっぱりわからない。君はどこかで見たことがないか」

「見せてください」

慎介が手を出すと、小塚はそれをビニール袋ごと彼の掌に載せた。

その鍵はくすんだ黄銅《おうどう》色をしていた。磨けば金色に光るのかもしれない。差し込む部分は平たい長方形で、表面にいくつか突起がある。

「物置や車のキーには見えないな」

「勤務先にも当たってみたが、該当する錠はなかった。間違いなくどこかの部屋の鍵だ。しかもそこそこグレードの高い一軒家かマンションでしか使われていない」

「うちの鍵とは違うな」慎介は鍵を刑事に返した。

「わかっている」小塚はにやりと笑って鍵をポケットに戻した。「さっきインターホンを鳴らす前に確認した」

慎介は口元を歪めた。

「ここへ来た最大の目的はそれだったわけだ」

「まあそういうことだ」

「別にあの人がどんな鍵を持ってたっていいじゃないですか。自宅以外の部屋の鍵を持ってちゃいけないという法律はない」

「ふつうの場合ならね。だがそうじゃない」

「自殺しているから？」

するとか小塚刑事は答えず、意味ありげな笑いを浮かべたまま、わずかに首を捻った。慎介は刑事の考えていることがわかった。

「自殺じゃないと思ってるんですか」慎介は訊いた。少し驚いていた。

刑事は灰皿に煙草の灰を落とし、もう一方の手で頬を掻いた。

「状況は明らかに自殺だ。それを否定する材料は殆どないといっていい。だから本庁から捜査員が来ることもないし、捜査本部も作られてはいない。うちの署長なんかも、特別に関心は持ってない様子だ」

「だけど小塚さんはそう思っていない。自殺じゃない、と睨んでいる」慎介は刑事の鼻を指差した。

「こう答えておこう。単純な自殺じゃないと考えている」

「へえ。自殺に単純も複雑もあるんですかね。初めて聞いたな」慎介は立ち上がり、二つのマグカップにコーヒーを注いだ。「ミルクと砂糖は？」

「いや、結構」

慎介は二つのマグカップを持ってテーブルに戻った。一つを刑事の前に置く。

「すまんね」小塚は煙草を灰皿の中で揉み消し、コーヒーを啜った。「うまい。さすがは本職だ」

「俺はバーテンです。コーヒーは関係ない。コーヒーメーカーがあれば誰でも同じように作れます」

「何事も気の持ちようということだ。うん、本当にいい香りだ」刑事はソムリエのように鼻の下でマグカップを小さく回した。

「ねえ小塚さん、一体何があったんですか。もう少し何か教えてくれてもいいじゃないですか。俺だって、何かわかったら協力しますから」

彼の言葉に刑事は肩をすくめて見せた。

「教えようにも、大した手材料がないんだから仕方がない」うまそうに、さらにコーヒーを啜る。それからほっと息をつき、慎介を見た。「岸中の死体が見つかった部屋はどこにあるか、話したかな」

「江東区木場」慎介は答えた。「サニーハウス、といったかな」

「よく覚えてるね」

「何となく」

部屋を見に行ったことはいわないでおいた。

「岸中は、ここ三か月ほどは、あのマンションには殆ど住んでいなかったようだ」

「そうなんですか。じゃあ、どこに住んでたんですか」

「それがわからない。しかしどこか別のところで寝泊まりしていたことは確実だ。郵便物や新聞がポストに入りきらないぐらいいっぱいになって、あふれた分を管理人が部屋の前に積んでおくということが何度かあったそうだ。親戚や友人が電話しても、大抵留守だったらしい。電気もガスも水道も、死ぬ直前の三か月間は使用量が激減している。冷蔵庫は殆ど空っぽで、入っているものにしても、賞味期限がはるかに過ぎたものばかりだった。もっとも、全くいなかったというわけでもなく、管理人は時々岸中の姿を見ている」

「すると、さっきの鍵は……」

「岸中のもう一つの住処《すみか》のもの、と考えるのが妥当だろうな。だがそうなると、それはどこだったのかということになる。それをはっきりさせないことには、こっちとしても一件落着させた気分にはなれない。ところが関係者に片っ端から当たってみても、そんな場所に心当たりのある人間なんて一人もいなかった。それで、あんたにもこうして会いに来たわけだが、いわゆる藁《わら》にもすがる気持ちっていうやつだ」

いつの間にか「君」が「あんた」に変わっていたが、慎介は気にしないでおいた。

「いい歳をした男が自宅以外に寝泊まりする場所を持っていたとしたら……」

「女のところ、だろ。そんなことはいわれなくてもわかっている」小塚は二本目の煙草に火をつけた。「しかし考えてもみなよ。外にそういう女がいたのなら、一年半前に女房が事故に遭った仇《かたき》を、今になって討とうと思うかい？」

それはそうだなと思い、慎介は黙っていた。

「とはいえ、だ」小塚は唇をすぼめ、白い煙をすうーっと吐いた。「岸中の周りに女の影が全くなかったわけじゃない」

コーヒーを飲もうとしていた慎介は、マグカップから顔を上げた。

「というと」

「岸中の部屋の隣に親子が住んでいる」小塚が、もったいぶった口調で話し始めた。「部屋が２ＤＫと狭いっていうのに、一人息子はもう高校二年生になっている。ロックとバイクに凝っているという、ありきたりの子供だ。その息子が最近になっておかしなことをいいだした。ある夜十二時過ぎに家に帰ってきた時、岸中の部屋から女が出てきたのを見たというんだ」

「へえ」慎介は頷いた。「いいんじゃないですか。奥さんを事故で亡くしたわけだから、たまにはそういうこともあったかもしれない」

毎日のようにマンションの郵便受けに入れられる、ピンクチラシのことを慎介は考えていた。ホテル、マンション、どこへでも出張します、貴男にぴったりの女性を紹介します、何度でもチェンジＯＫ——そんな文句が書かれている。岸中玲二が妻のいない寂しさを紛らわせるために、そんなチラシに印刷されている番号に電話したというのは、大いに考えられることだった。

「もちろん女が出入りしていた程度のことなら、どうってことはない。法律に触れることさえやってなけりゃ、健康的でさえある。問題は、目撃した日だ」

「いつですか」

「岸中の死体が見つかった前夜だ」

「えっ」慎介は思わず目を剝いていた。「前夜って、でもその時にはもうあの人は……」

「そうだよ」小塚はゆっくりと頷いた。「岸中はすでに死んでいたはずだ」

「じゃあその女は死体を見たってことになる」

「そうだよな。ところが警察に届けはなかった。我々が死体を見つけたのは、あんたが襲われた件で岸中を訪ねていったからだ」

「どうしてその女は届けなかったのかな……」慎介は呟いた。

小塚は口元を曲げて笑った。

「ほらな。単純な自殺じゃないと俺がいいたくなる気持ちもわかるだろ」

「その女性は岸中とはさほど親しくないので、面倒なことに巻き込まれるのが嫌で届けなかった、とか」

「それはないいな」刑事は断定的にいった。

「どうしてですか」

「考えてもみろよ。その女は岸中とどういう関係にある人間だと思う？　身体を売ってる女だと思うかい。だとしたら誰が呼んだんだ。死亡推定時刻から考えて、その夜岸中はすでに死んでいたはずなんだぜ。死体がコールガールを呼ぶはずはないよな。商売女じゃなく、呼ばれもしないのに突然そんな夜更けに訪ねていくということは、岸中と相当親しい人間でないとおかしいんじゃないか」

「そうか……」小塚のいうことはもっともだった。

「この高校生の証言がもっと早くに出ていれば、簡単に自殺で片づけたりはしなかったんだがな。今になってあんなことをいいだすとは始末が悪い」刑事は小さく舌打ちをした。

「刑事さんたちは、隣にまでは聞き込みに行かなかったんですか」

「行ったさ。行かないわけないだろう。ところがその息子、最近までこのことを黙ってやがった。しかもくだらない理由で」いまいましそうに小塚はいった。

「何ですか。くだらない理由って」

「あんたは聞かないほうがいいよ。聞いたらたぶん後悔する」刑事は腕時計を見て腰を上げた。「長居をしてしまったな。まどろっこしい問題がいくつも出てくるものだから、ついい愚痴ってしまった。できれば忘れてくれ」

小塚が玄関に向かうのを慎介は追った。

「すみません。一つだけ教えてください」

「答えられるかどうかは質問によるな」革靴に足を入れながら小塚はいった。

「岸中って人は、木内春彦さんには何もしてないんですか」

「木内？」小塚は虚をつかれたような顔をした。

「木内春彦さん。俺と一緒に事故を起こした人です。岸中美菜絵さんが亡くなる原因を作った加害者の一人です」

警察が木内春彦のことを知らないはずはなかった。慎介が襲われた事件を捜査した際、一年半前の事故については詳しく調べたはずなのだ。

「木内さんねえ」小塚はあらぬほうに顔を向け、ふっと息を吐いた。「あの人も妙な人なんだよな」

「妙？」

「じつは我々もなかなか会ってもらえなくてね。少し困った時期があった。本人がいうには、岸中玲二からの接触は全くなかったそうだから、あんたが襲われた事件とは無関係と解釈せざるをえなかったんだが」

小塚の口調はどことなく歯切れの悪いものだった。木内に対して、何か嗅覚を刺激されるものを感じているのかもしれない。

これ以上情報を漏らすわけにはいかないと思ったか、「じゃ、これで」といって小塚は部屋を出ていった。

19

午後三時過ぎになると慎介は自転車にまたがり食事に出かけた。門前仲町にある行きつけの天丼屋で、遅い昼飯を食べた。この店に一人で入るのは初めてだった。いつも成美が一緒だったのだ。

店を出た後、ふと思いついてチノパンツの両方のポケットに手を入れた。両方の手が何かを摑んだ。出すと、どちらも携帯電話を摑んでいる。左手には黒い電話、右手には銀色の電話だ。銀色のほうは、そのままポケットに戻した。

黒いほうが慎介の携帯電話だった。それを使い、彼は成美の携帯電話にかけてみた。だが九分九厘繫がらないだろうと予想している。

その予想は外れなかった。聞こえてきたのは例によって、先方の電話は繫がらない地域にあるか電源が切られています、というアナウンスだ。彼は即座に電話を切った。さらに電話機に記憶させてある成美の番号を、この場で消去した。

かすかに寂しさはあった。だがそれだけだった。ふんぎりをつけたことに対する快感も少なくはなかった。これでもう成美のことは考えないでおこうと決めた。

次に慎介は黒電話をポケットに入れ、右のポケットから銀色の電話を取り出した。これはもちろん彼のものではない。

先日、あの瑠璃子と名乗る女が置いていったものだ。あの夜彼はこの携帯電話を持ち帰り、朝まで呼び出し音が鳴るのを待っていた。彼女がうっかり忘れていったとは思えないから、彼との連絡手段として置いていったのだろうと解釈したのだ。

だがあれから数日が経つが、電話は鳴らなかった。また彼女自身が店に来ることもなかった。それでも慎介はこの携帯電話を、彼女との繋がりを保つ唯一の糸だと信じていた。だからこそ昨日はコンビニで充電器を買い、携帯電話に繋いでおいた。バッテリーがあがってしまったら、せっかくの糸が切れてしまうことになる。

あの夜のことを思い出すと、慎介は今でも下半身が疼《うず》き、勃起しそうになる。彼女が口移しに飲ませてきたカクテルの味が口中に広がるような錯覚に陥り、身体が熱くなる。唇の柔らかさ、肌のなめらかさ、そして彼女の中に進入した時の快感は、刻印されたように彼の全身が覚えていた。

瑠璃子に会いたかった。切に望んだ。だがその手段を彼は持っていなかった。

彼女が置いていった携帯電話には、一つだけ電話番号が登録されていた。ただしそこにかけたからといって、彼女のいる場所にかかるのかどうかはわからない。

慎介は電話機を操作してその番号を出すと、発信ボタンを押した。受話口を耳にあてる。胸が高鳴った。

コールサインが鳴りだした。三回、四回。五回目の途中で、繋がる手応えがあった。

「はい……わざわざおかけいただいて申し訳ありませんが、ただ今留守にしております。発信音の後、お名前とご用件、電話番号をお話しいただければ、後ほどこちらよりかけさせていただきます」

発信音を聞く前に慎介は電話を切った。

この応答メッセージを聞くのは初めてではない。電話機に電話番号が登録してあるのを知った時、すぐにかけたからだ。それ以後も何度かかけているが、いつも聞こえてくるのはこのメッセージだけだった。

じつは二度目にかけた時、慎介はメッセージを吹き込んだ。『茗荷』の雨村ですが連絡ください、というものだ。雨村という名字を彼女が知っているかどうかは不明だが、『茗荷』と聞けばわかるはずだった。

問題は、彼の言葉が瑠璃子に届くかどうか、ということだ。というのは、聞こえてくる応答メッセージの声が、彼女のものではないようだからだ。慎介は耳に自信がある。同一人物なら、必ずわかると思った。

登録されている番号は、全く別人の家の電話番号かもしれない。もしそうならば、見ず知らずの男から留守録が入っていたりしたら、電話の持ち主は気味悪がるだろう。そう思い、三度目以降は何も吹き込まないことにしたのだった。

だけどどうしていつも留守なのか――。

そのことも奇妙だった。慎介としては、仮に電話に出る相手が瑠璃子でなくてもよかった。番号が登録されている以上、瑠璃子の知り合いであることは間違いないはずだからだ。多少は不審に思われるかもしれないが、何とか理由をつけて、瑠璃子の連絡先を聞き出そうと考えていた。

しかし相手が出ないのではどうしようもない。

慎介は電話をポケットに入れ、自転車にまたがった。自分のマンションに向かって、ペダルをこぎだした。

走っているうちに、ふと思いついたことがあった。彼は自宅が近づいてもスピードを緩めず、そのまま直進した。やがて葛西橋通りに出た。信号は赤だ。ここではじめてブレーキをかけた。

信号待ちの間に財布を取り出した。札入れの中にメモが一枚入っている。

『木内春彦　中央区日本橋浜町2―×　ガーデンパレス505』

先日江島から教わった時に走り書きしたメモだ。

木内に会うつもりはない。どんなところに住んでいるのか、ちょっと見てやろうという気が起きたのだ。岸中の時もそうだったが、慎介はある人間のことが気になった時、その人物が住んでいる場所を見ておきたいと思ってしまう。それは一種の癖かもしれなかった。住んでいるところを見れば、どういう人間なのか、何となくわかったような気がするのだ。もちろんそれはまさに、「気がする」にすぎないのだが。

慎介は、事故には二台の車が関与していたとわかった時から、不思議に思っていたことがある。なぜ岸中玲二が自分だけを襲ったのかということだ。妻の復讐ということならば、木内にも何らかの報復をしておこうと考えるのがふつうではないのか。それとも岸中は、あの事故の直接の原因を作った慎介に、すべての責任を負わせようと考えたのか。それに小塚の台詞も気になっていた。木内のことを「妙だ」といったのは、どういうことなのか。

信号が青になったので、再び彼は自転車をこぎだした。葛西橋通りを横切り、真っ直ぐ北に走る。いくつか信号があったが、幸い車が来なかったので、赤信号でも通過した。清洲橋通りを左折し、西に走った。清洲橋を渡り、さらに新大橋通りとの交差点を越えれば、日本橋浜町二丁目だ。

ガーデンパレス・マンションは浜町公園のすぐ前に建っていた。七階建てぐらいだろうか。壁面が金属的な感じのするマンションだった。浜町公園を挟んで反対側に明治座が見える。

慎介は自転車を路上に放置し、マンションに入ってみた。入ってすぐ右側は管理人室で、左側にオートロック式のガラスドアがある。その向こうはちょっとしたホテルのロビーを思わせるエントランスホールとなっていた。

管理人室には制服を着た白髪頭の男がいた。うつむいて何か書きものをしていたようだが、視線を感じたのか、顔を上げた。

慎介は素知らぬ顔で前に進んだ。奥に入っていくと郵便受けの並んだコーナーがある。都合のいいことに、周囲からは死角になっていた。

505の郵便受けを見る。名前を書いたプレートは差し込まれていなかった。

慎介は差し込み口を指でそっと押し開けた。今日の朝刊がまだ取られていない。郵便物がその上に載っており、少し手を突っ込めば届きそうだ。

彼は誰にも見られていないことをたしかめてから、差し込み口に指を深く差し入れた。指先に郵便物が触れる。人差し指と中指で挟んで、慎重に引き抜いた。

白い封筒二通とハガキ三枚が収穫だった。慎介は素早くそれらに目を通した。ハガキはいずれもダイレクトメールの類だ。ただしその内容には目を見張るものがある。どれもこれも紳士服やアクセサリーの一流店から来ているものだった。慎介の郵便受けには決して届くことのないようなハガキばかりだ。

二つの封筒の差出人欄を見て、慎介はおやと思った。どちらにも銀座の有名クラブの名が記されていたからだ。銀座で働いたことのある人間なら、知らないはずはないというほど超一流の店だった。

中身は請求書だろう。自宅に送られてきているのだから、接待で使ったのではないということか。慎介は光に透かしてみたが、さすがに何も見えなかった。

どういうことかなと思った。江島の話では、木内春彦は単なる会社員だということだった。この不況の世の中に、一流店で買い物をし、高級クラブに出入りするサラリーマンがいるというのは、イメージしにくいことだった。無論世間にはいろいろな人間がいる。サラリーマンだからといって、金回りが悪いと決めつけるのは早計だろう。しかし木内春彦は一年半前に人身事故を起こしているのだ。ふつうならば社内での立場も悪くなっているのではないか。

あまり長くここにいると管理人が怪しむかもしれないと思い、彼は郵便物を元に戻し、玄関のほうに戻った。管理人室のドアが開き、管理人が出てきたところだった。白髪頭の男は、箒《ほうき》とちりとりを手に持っていた。管理人は慎介をちらりと見て、何をどう誤解したのか、「ごくろうさん」と声をかけてきた。

夜になってから、慎介は電話をかけた。『シリウス』の同僚だった岡部義幸のところへだった。

「珍しいな」電話をかけてきたのが慎介と知って、岡部は驚いたような声を出した。

「頼みがあるんだ」

慎介がいうと、少し沈黙があった。岡部が警戒しているのがよくわかる。昔から、寡黙だが観察力にすぐれ、勘のいい男だった。

「厄介な話ならごめんだぜ」岡部はいった。嫌なことは嫌だとはっきりいうのも、この男の特徴だ。

「すまん。ちょっと厄介な話なんだ」慎介は正直にいった。

岡部は電話の向こうでため息をついた。

「とりあえず聞こうか。どういうことだ」

「おまえ以前、『水鏡《みずかがみ》』に知り合いがいるっていってたよな」

「『水鏡』？　ああ、いるけど……」

『水鏡』というのは、木内春彦に請求書が届いていた二つの店のうち、一方の名だ。

「フロア担当っていってたっけ」

「そうだけど、それがどうかしたのか」

「その人、紹介してもらえないかな」

また岡部は黙った。今度は先程よりも時間が長かった。

「雨村」やがて岡部が低い声でいった。「おまえ、何をたくらんでるんだ」

「別に何もたくらんじゃいない」慎介は声に笑いを含ませていった。

「いや、最近のおまえはおかしいぜ。由佳さんに変なことを質問したり、江島さんを困らせたりしてるだろ」

どうやら慎介が『シリウス』でいろいろな聞き込みをしていたのを、彼はカウンターの中から見ていたらしい。やはり抜け目のない男だ。

「理由があるんだよ」慎介はいった。「江島さんから聞いてると思うけど、俺、例の事件以来、記憶が少しおかしいんだ。それを自分なりにはっきりさせたい。だからいろいろな人に事情を訊いて回っているというわけだ」

「それは知っている。おまえの気持ちはわかるよ。だけど俺は俺で江島さんからいわれているんだ。慎介のことはそっとしておけ、今は精神状態が不安定みたいだから、下手に刺激しちゃいけないって」

「今のままじゃ、一生不安定だ。なあ、頼むよ。協力してくれ」

再び岡部は口を閉ざした。だが完全な沈黙ではなかった。彼が低く唸っているのが、電話を通じて伝わってくる。

「どうして『水鏡』のボーイなんかを紹介してほしいんだ」岡部は訊いてきた。

「あそこに時々行く客のことが知りたいんだ」

岡部は強く息を吐いた。

「雨村、おまえだってわかっているだろ。水商売で生きている人間は、客のことを迂闊《うかつ》に話したりしない。たとえ同業者にだってだ」

「そこを何とか、と頼んでるんじゃないか。紹介さえしてくれれば、俺がその人にうまく説明するよ。おまえに迷惑はかけない」

「そんなわけにいくかよ。最近のおまえを見ていればわかる。絶対に相手を怒らせる。間違いない」

「大丈夫だ、約束する」

「そんなのあてにならんな」岡部は短くいい放った。

今度は慎介が黙る番だった。彼はどうすれば岡部を説得できるかを考えていた。

「なあ」彼はいった。「頼むよ」

「無理いうな」

「俺だって、おまえのために無理してやったことがあるぜ」

この台詞は少なからず効果があったようだ。岡部は一瞬返す言葉をなくしたようだ。

慎介が何のことをいったのかは岡部にもわかったはずだ。数年前、岡部はたちの悪い借金を抱えていて、それを何とかするために『シリウス』で仕入れた酒を横流ししていた。気づいたのは慎介だけだった。慎介は横流しが発覚せぬよう伝票と帳簿の改竄《かいざん》を手伝ったうえで、借金のことは江島に相談するよう勧めた。その甲斐あって、現在彼におかしな借金はない。横流しの件もばれずに済んだ。

「脅す気かい」

「そうじゃない」慎介は言下に否定した。「俺だって昔のことなんかほじくり返したくない。必死だってことをわかってほしいだけだ」

岡部はまた低く唸った。

「わかったよ」諦めたようにいった。「何とかしてみる」

「すまないな」

「ただし、紹介するのは断る。俺がおまえの代わりに訊いてやることにする。そのほうが怪しまれないで済むからな。それでいいだろ」

「いいよ。仕方がない」これ以上無理なことはいえなかった。

木内春彦という客のことを知りたいのだと慎介はいった。どこの会社に勤めていて、どんな仕事をしているのか。店にはいつも誰かと来るのか。最近何か変わった様子はなかったか。とにかく木内に関することならどんなことでもいいから聞き出してほしい、と頼んでみた。

気は進まないがやってみるといって、岡部は電話をきった。

岡部からの電話は、その夜のうちにあった。土曜日で『水鏡』も休みだったから、比較的簡単に相手が摑まったということだった。

「木内という客は、たしかに『水鏡』によく来るらしい。多い時で週に二、三回。ふつうは一回ということだそうだ」岡部の口調は先程に比べて柔らかくなっていた。そのことを慎介が不思議に思っていると、岡部は続けていった。「じつをいうと、俺が木内という客を知っているかと訊いてみたら、案外簡単にいろいろと教えてくれたんだ。どうやらなり変わった客で、銀座のいくつかの店ではちょっとした有名人らしい」

「変人なのか」

「そういう意味じゃない。得体が知れないということだ。わかっていることだけをいうと、まず勤めている会社は帝都建設だそうだ。詳しい役職はわからない。年齢はたぶん三十歳前後。だから平社員かもしれない。飲みに来る時は大抵一人。ただし、たまに知り合いを連れてくることもある。その場合でも勘定は木内につけている」

「すると接待で使っているんじゃないんだな」

「そういうことになる。一晩の勘定が二十万を超えるのはざらだってさ」

「そんな金、どこから出るんだろう」

「帝都建設なんてそれほど大きな会社じゃないし、仮にいくら給料がよくても一晩二十万は無理な話だよな。ところがこれまでに支払いが滞ったことは一度もないらしい。だから店としては上客ということになる」

それはそうだろうと慎介は思った。もしそんな客が『茗荷』についたら、ママの千都子は涙を流して喜ぶことだろう。

「ただし喜んでばかりもいられないそうだ。その木内という客が来るようになって間もなく、それまで常客だった帝都建設の役員たちが、ぱったりと姿を見せなくなったというんだ。店としてはマイナスのほうが大きい」

「平社員が来るような店に飲みに行けるかってことかな」

「店としては、そう解釈するしかないそうだけど、誰も納得はしていないようだ」

「ふうん」聞けば聞くほど妙な話だった。「木内は、いつ頃から『水鏡』に行くようになったんだろう」

「半年ほど前といってたな」

一応事故から一年ほど経っている。それにしても、人身事故を起こした身で、そんな豪遊ができるものだろうか。

「そんな遊び方ができることについて、本人は何かいってないのか」

「それについては何もいわないらしい。ホステスが何度か、一体どこからそんなに遊ぶ金が湧いてくるのかと冗談めかして訊いたことがあったそうだけど、そのたびにおまえたちには関係ないといって不機嫌になったってことだ」

慎介は無意識のうちに唸り声をあげていた。どういうことなのか、全く想像がつかなかった。

「俺が聞き出せたのはここまでだ。いっておくけれど、こういう特殊な客のことだったから、あいつも面白おかしく話してくれたんだ。同じようなことはもう頼まないでくれよ」

岡部はいった。この時だけ少し声が尖っていた。

20

翌日の日曜日、慎介は自転車に乗って、再び木内春彦の住むマンションに向かった。彼は一つの決心をしていた。単に木内について調べるのではなく、今日は本人に会ってみようと考えていたのだ。

昨夜岡部から聞いた話が頭から離れなかった。岸中美菜絵を死にいたらしめたという点では慎介と同罪であるはずなのに、木内はその事実に苦しむこともなく、慎介とは比較にならないような優雅な生活を送っている。なぜそういうことになっているのか、事情を知りたかった。岸中玲二が、木内には全く手を出さなかったということも気に食わなかった。妻の復讐をしたいという気持ちは理解できたが、恨みが自分にだけ向けられたという点には、慎介は納得できないものを感じていた。

とにかく事故について話をしなければと考えていた。木内には近づくなと江島からはいわれたが、このままほうっておくことは精神的に無理だった。

浜町公園に着くと、昨日と同じ場所に自転車を置き、慎介はマンションに入っていった。玄関先では管理人が使い古しの段ボールを紐で縛っているところだった。リサイクルに出すためだろう。

慎介はオートロックのガラスドアの前に立ち、壁に据え付けられた操作盤を見た。一昔前の電卓のようなキーが並んでいる。ひと呼吸置いてから、5、0、5と押した。表示板にその数字が表示される。続いて呼び出しボタンに指を伸ばした。

相手が出た時のことを想定して、挨拶の言葉を頭の中で復唱する。不審に思われるのは仕方がないが、敵意を持たれぬようにしなければならない。

しかし操作盤についている小さなスピーカーからは何の反応も返ってこなかった。試しにもう一度呼び出してみる。結果は同じだった。

「木内さんに御用?」その時後ろから声がした。管理人が立っていた。

ええ、と慎介は答えた。

「留守かもしれないね。あの人、いないことが多いから」

「そうなんですか」

「しょっちゅう荷物が届いたりするんだけど、土曜、日曜でも預からなきゃいけないことが多いんだよね。そのくせ平日とかは、結構ぶらぶらしていたりする。どういう仕事をしているのか知らないけどさ」

よくしゃべる管理人だった。退屈していたのかもしれない。

「木内さんはこのマンションには長いんですか」

「いやそうでもないね。まだ一年ちょっとってところじゃないかな」

入居が一年ちょっと前——。ということは、事故からさほど時間が経っていない。

「独り暮らしなんですか」

「たしかそうだよ。最初は新婚さんが入ると聞いていたんだけど、結局あの人が一人で入って、そのままだな」

「新婚さん？　結婚する予定だったということですか」

「そうじゃないのかな。よく知らないけど」管理人は首を捻りながら管理人室に入っていった。

慎介は自転車に乗って、木内のマンションを後にした。会えなかったことで拍子抜けしている気持ちはある。一方で迂闊に会わなくてよかったかもしれないとも思った。木内という人物には、あまりにも不可解な点が多すぎる。それが例の事故と関係があるのかどうかはわからない。だが人を死なせるような事故が、現在の彼の生活に何の影響も及ぼしていないとはとても思えなかった。

何とかもう少し木内に関する情報を集めたかった。

清洲橋通りを走っているうちに、別のことを思いついた。小塚刑事から聞いた話を頭の中で反芻《はんすう》する。いくつか気になっていることがあった。

木場まで一気に走った。見覚えのあるガソリンスタンドが見えた。その裏に岸中の住んでいたマンションがある。

くすんだ黄土色の建物の前で自転車を止めた。立地、外観、年式——木内のマンションとは何もかもが違った。加害者は優雅な暮らしをし、被害者のほうは夫婦共々この世にいなくなっているという事実に、慎介はもう一人の加害者でありながら矛盾を感じた。前に来た時もそうだったが、管理人室は今日も無人だった。こういうところもガーデンパレスとは違うと思った。そしてエレベータもない。

階段で二階に上がった。二〇二号室が岸中の部屋だ。まず少し離れたところからその部屋を眺める。誰かが住んでいる様子はない。中の荷物がどうなったかは不明だが、さすがにまだ借り手はつかないだろう。

慎介は二〇二号室の前まで行き、次に両隣に目をやった。小塚の話では、隣に住む高校生が、岸中の部屋から女が出てくるのを目撃したということだった。隣とはどちらのことなのか。階段から見て二〇二号室より奥の二〇一か、手前の二〇三か。

彼はまず二〇三号室の前に立った。表札は出ていない。

チャイムを鳴らそうとした時だった。背後で物音がした。二〇一号室のドアが開くところだった。チャイムのボタンを押しかけていた慎介は手を引っ込めた。

二〇一号室からは喪服を着た女性が出てきた。年齢は四十代半ばというところか。「あなた、早くしないと遅れるわよ」部屋の中に向かって叫んでいる。

部屋から彼女の夫と思われる太った人物が現れた。やはり黒い喪服を着ていた。ネクタイも黒い。首の後ろに肉がたっぷりとついていた。

「おい、じゃあジュンイチ、戸締まりのほう頼むからな」男がいった。部屋の中から声が返ってきた。内容はわからないが、変声期を過ぎた少年の声であることはたしかだった。

喪服を着た夫婦は慎介に軽く会釈すると彼の脇を通り、階段のほうに歩いていった。夫婦の姿が見えなくなってから慎介は二〇一号室の前に移動した。こちらは表札は出ている。堀田、とある。

慎介はチャイムを鳴らしてみた。相手が出た場合にどう対応するかは決めてある。

数秒後、ドアが開いた。隙間《すきま》から少年が顔を見せた。勝ち気そうな顔をしている。高校二年生ぐらいだった。当たりだと慎介は確信した。

「堀田《ほった》ジュンイチ君だね」たった今聞いたばかりの名前と表札の名字を組み合わせて慎介はいった。

少年は胡散臭《うさんくさ》そうな目で彼を見た後、小さく頷いた。「そうですけど」

「例の件について、もう少し詳しい話を訊きたいんだよ。ほら、隣の岸中さんの死体が見つかる直前、女の人を目撃したとかいう話」

慎介の言葉に、明らかに少年の表情は変わった。さっと血の気がひき、頬が強張ったようになった。

「あのことなら、もう何度も話したじゃないですか」顔をそむけながらいった。

「もう一回訊きたいんだよ。あと一回でいい。そうしたら、もう訊かないからさ」

慎介は、相手の少年が自分のことを警察関係者と誤解するような言い方をわざとした。いざとなれば刑事だといってしまう手もあるが、後でばれた時のことを考えると、できるだけ正体を曖昧にしたまま質問したかった。

「どうせ、肝心なところは信用しないくせに」少年はいった。

「えっ、どういうこと？」

だが少年は答えず、横を向いたままだ。十代特有の反抗心が横顔に張り付いている。

「君によると」慎介はいった。「君が夜中に帰ってきたら、一人の女性が岸中さんの部屋から出てきたということだったね。それは間違いなく部屋から出てきたの？　ドアを開けて出てくるところを見たわけ？」

少年は親指の爪を噛んでいる。あまり答える気はないようだ。

「忘れちゃったのかい？　じゃあそれほどはっきりした記憶じゃないんだな」慎介はやや

挑発的にいってみた。

少年は親指の先を見つめて、ぶっきらぼうにいった。「ドアが開いたんだよ。それから……出てきたんだ」

「女の人が出てきたのか」

少年は面倒臭そうに小さく頷く。慎介のほうを見ようとはしない。

「すると相手の女性も君のことは見たはずだよな」

「見てねえよ」

「どうして？」

「隣のドアが開いたのは、俺がそこにいた時だよ」そういって少年は慎介のいる場所を指した。「鍵を出そうとしていたら、急にドアがふわっと開いたんだ。それで女の人が出てきたんだけど、こっちは見なかった。見ないで、階段のほうにすうーっと歩いていった」

慎介は二〇二号室を見た。たしかに部屋を出て、そのまま真っ直ぐ階段に向かったのならば、その女性が少年を見ていない可能性は高い。

「その人はどんな様子だった。急いでたとか、怯えているみたいだったとか」

慎介の質問に、少年は首を振った。

「そんなこと、よくわかんないよ。とにかく……あっという間のことだったし」

「あっという間？」

「だから何度もいってるだろ。俺、びっくりして、頭の中が真っ白になっちゃったんだよ。しばらく動けなかったし……」

この時になってはじめて慎介は気がついた。

少年は震えているのだ。顔は真っ青で、目は虚空を睨んでいる。

「どういうことなんだ」慎介は訊いた。「どうしてびっくりしたんだ。頭の中が真っ白になったって、なんでそんなことになるんだ」

するとようやく少年は慎介を見た。目が充血していた。

「俺の話、誰かから聞いてきたんじゃないのか」

「いや……一応は聞いてきた。だけど細かいところは聞いてないんだ。だからこうして確認しにきたというわけさ」

「そうなのか……」

「教えてくれよ。どうして君はその女の人を見て、そんなに驚いたんだ」

だが少年はかぶりを振った。

「いいよ、もう。どうせ信用してくれないに決まってる。だから俺だって、今まで黙ってたんだ。馬鹿にされるのがおちだもん」

少年は靴もはかずに靴脱ぎに降りると、ドアを閉めようとした。慎介はあわてて手を入れて防いだ。

「手、どけてくれよ」少年はいった。

「話してくれ。信用するからさ」

「みんなそういうんだよ。信用するから、あのことを話してくれって。だけど本当に信用してくれるやつなんか、一人もいない。俺が話してる途中から笑いだす奴ばっかりだ」

少年の声は苛立ちで満ちていた。どうやら刑事だけでなく、ほかの人間にも話したらしい。一体彼は何を見たのか。なぜ皆が信用しないのか。

「もし俺が笑ったら、殴っていいぜ」慎介はいった。「だから話してくれ」

少年が、はっとした目をした。それと同時にドアノブを引いていた手が緩んだ。その機を逃さず、慎介は再びドアを大きく開けた。身体をその隙間に入れた。

「話してくれ。どうして君はその女性を見て驚いたんだ」

少年は一旦目を伏せた。数秒してから再び慎介を見つめた。嘘を許さない、純粋な目をしていた。

「知っている人だったんだ」彼はいった。

「その女性がかい？」慎介は驚いて訊いた。

少年は頷いた。

「誰だったんだ？」

少年は唇を舐めた。逡巡《しゅんじゅん》を見せた後で、その唇を開いた。

「奥さんだよ」

「えっ？」

「岸中さんの……奥さんだよ。俺、あの人のこと、よく知ってるんだ」

21

あっと思った時には遅かった。袖でひっかけたロックグラスが足下に落ちていった。くしゃっ、という音と共に、細かいガラスの破片が飛び散った。

「失礼しました」カウンターの客やテーブル席から驚いたように見ている客に謝り、慎介は箒とちりとりで掃除を始めた。千都子が眉をひそめているのが視界の端に入った。

少ししてから、その千都子が近寄ってきた。

「どうしたの？　なんだか今日の慎ちゃんおかしいわよ。さっきだってオーダー間違えるし。何かあったの？」

「いや、別に何もないよ」アイスピックで氷を砕きながら彼は首を振った。「ごめん、ちょっと今日は集中力が足りねえな」

「しっかりしてよ」千都子は彼の背中をぽんと叩き、客の待つテーブルに戻っていった。

慎介は密かにため息をついた。気持ちを集中させられない理由は自分でもわかっていた。

昨日、岸中玲二のマンションに行った時に聞いた話が、彼の頭の中でぐるぐると回っている。

岸中美菜絵を見た、と隣に住む高校生はいった。岸中玲二の死体が見つかる前夜のことだという。

そんな馬鹿な、と慎介はいった。すると堀田純一という高校生は、途端に目をいからせた。

「ほら、みろ。やっぱり信用しないんじゃないか。笑ったら、殴らせてやるなんていったくせによ」

少年の剣幕に慎介はたじろいだ。彼が嘘をついているようには見えなかった。

人違いじゃないのか、と慎介はいってみた。

「絶対にそんなことはない。顔はちらりと見えただけだったけど、間違いなくあの人だった。髪形も同じだし、薄いブルーのワンピースを着ていたんだけど、あれだって、何度か見たことのあるものだった」

もちろん堀田純一は岸中美菜絵が死んでいることは知っていた。

「だから俺だって怖くて、なかなか人にいえなかったんだよ。いったって信じてもらえないに決まってるしさ。だけど信じてくれよ。あれは本当に隣の奥さんだったよ。一年半前に死んだ奥さんだったよ」

堀田純一の必死の顔が慎介の瞼《まぶた》に焼き付いている。彼の感じた恐怖が、そのまま伝わってくるようだった。

もちろん慎介は、まさか、と思っている。岸中美菜絵が死んだことは、動かせない事実なのだ。死んだ人間が蘇《よみがえ》るわけがない。

岸中美菜絵に双子の姉妹がいて、その女性が岸中玲二の部屋を訪ねたのではないか、という仮説を立ててみた。それは考えられないことはなかったが、たぶん美菜絵に双子の姉妹などいないのだろうと彼は思った。もしいるのなら、堀田純一の話を聞いた小塚刑事が、その姉なり妹なりを調べないはずはない。あの刑事は堀田純一が美菜絵らしき人物を見たことについて、「くだらない」と評しているのだ。

すると……幽霊か——。

背中をひやりとしたすきま風が通ったようだった。彼は不吉な想像を打ち消そうと首を少し振った。その瞬間、アイスピックを持つ手がぶれた。あやうく氷ではなく、自分の左手に突き刺すところだった。

十二時過ぎになって電話が鳴った。慎介は素早く受話器を上げた。

「お待たせいたしました。『茗荷』でございます」

「雨村かい？　俺だよ。岡部だ」低く抑えた声が聞こえた。

慎介は千都子のほうをちらりと見て、彼女が客との会話に夢中だということを確認してから、電話機を隠すように身体を捻った。

「何だい、そっちからかけてくるなんて珍しいな」

「別にかけなくてもよかったんだけど、一応耳に入れておこうと思ってさ」岡部の言い方は意味ありげだった。

「気になるな。何かあったのか」

「木内という男のことを知りたがってただろ。その男、もうすぐここに来るぜ」

「『シリウス』にか？」

「ああ」

「どうして？」

「今夜、『水鏡』に木内が来たらしい。例の俺の知り合いが教えてくれた。木内は、どこか本格的なカクテルを飲ませる店はないかって、そいつに尋ねたらしい。そいつは一昨日俺から木内のことを訊かれたことを思い出して、『シリウス』という店がいいんじゃないかといってくれたわけだ。つい今しがたそいつから、席が空いてるかどうかという問い合わせがあった。たぶんあと三十分ぐらいで現れるぜ」

「そういうことか」

慎介は時計を見た。頭の中で計算する。『シリウス』の閉店は二時だ。今から急げば、十分に間に合う。

「じゃ、そういうことだから」岡部は電話を切ろうとした。

「ああ、ちょっと待ってくれ。今夜、江島さんは？」

「今夜は来てない。今度大阪に出す店のことで、打ち合わせがあるという話だった」

「そうか。江島さんはいないのか……」

「雨村、こっちに来るつもりか？」

「行くかもしれない」

「それはかまわんが、変な騒ぎは起こすなよ。ばれたら後で、俺が江島さんから文句をいわれる」

「わかっている。わざわざすまなかったな」礼をいって慎介は電話を切った。

千都子はまだ客と話をしている。しかし慎介がじっと見ていると、視線を感じたか、彼のほうを向いた。彼は小さく片手を上げた。

ちょっと失礼します、と客に断ってから千都子がやってきた。

「すまない、ママ。俺、これから抜けていいかな？」

「これから？」千都子の眉間に皺が浮かんだ。

「刑事から電話があって、今すぐ話を聞きたいことがあるっていうんだよ」

「刑事さんが？　でも、あの事件は片づいたんじゃなかったの？」

「それが、そうでもないらしいんだ。俺が出られないなら、ここに来るというんだけど」

慎介の言葉に彼女は顔色を変えた。手を左右に振った。

「それは困るわよ。お客さんが変に思うじゃない。わかった。後は何とかする」

「すみません」慎介は頭を下げた。

「だけど、結構長引くのね、あの事件。犯人が死んじゃったっていうから、あれでもう終わりだと思っていたのに」千都子は顔をしかめた。

「そうですね。俺だってもう早くすっきりしたいんですけどね」慎介はいった。刑事が話を聞きに来るというのは嘘だが、すっきりしたいというのは本音だった。

『シリウス』に着いたのは午前一時を少し過ぎた頃だ。扉を開けるとまずカウンターの中を見た。シェイカーを振っている岡部と目が合った。慎介は黙って止まり木に腰を落ち着けた。

「ウォッカライムを」慎介はいった。

岡部は頷いた。それから奥のほうに視線を投げた。あそこにいる奴だ、と教える目だ。

慎介は身体をねじり、さりげなくそちらを見た。奥のテーブルに男女二人ずつが座っていた。女はホステスらしいから、『水鏡』から連れてきたのだろう。男はどちらも三十歳になるかならぬかというところ。慎介の位置から近いほうに座っているのは、眼鏡をかけ、髪形もきっちりときめた営業マン風の男だ。女性相手によくしゃべり、笑いを誘っている。それに対して奥の男は適当に相槌を打つだけだ。本格的なカクテルを飲ませるところを、ということでここに来たらしいが、慎介の見たところ酒を楽しんでいるようにも見えなかった。だがたぶんこの不機嫌そうな男のほうが木内春彦だろうと彼は思った。

岡部がウォッカライムの入ったグラスを慎介の前に置いた。おかしなことはするな、と鋭い目が語っていた。

慎介にしても、突然向こうのテーブルに行って木内に話しかける、というようなことは考えていなかった。まずは木内という男を観察し、どういう人物かを見極めようと思っていた。

見ていると、どこかで会ったことがあるような気がした。考えてみると、交通事故の裁判で、それぞれが相手の証人として証言台に立っているはずだし、それ以外にも顔を合わせている可能性はある。木内のほうがより鮮明に慎介の顔を覚えていることは大いにあり得る。

そんなことを考えていると、急に木内が席を立った。手洗いらしい。この店の中にはトイレはない。いったん外に出なければならない。木内はそのことを誰かに教わったらしく、真っ直ぐドアに向かって歩いてきた。

慎介は顔を伏せた。彼の後ろを木内は通り過ぎていった。

ウォッカライムのグラスを置き、慎介も立ち上がった。

「雨村」岡部がカウンターの中から声をかけてきた。

大丈夫だよ――そういう意味の目配せをして、慎介もドアを開けて店を出た。

トイレはエレベータホールの脇にある。慎介は廊下で煙草を吸いながら、木内が出てくるのを待つことにした。窓が開いていて、くすんだ夜空が見える。月もなく、星もない。しかし少し視線を下げれば、派手なネオンで光があふれている。

木内春彦が出てきた。ズボンのポケットに両手を突っ込み、いかにもつまらなそうに口元を歪めている。酔っている様子は殆どない。

木内は慎介の顔をちらりと見た。慎介も真っ直ぐに目を見返した。木内はすぐに目をそらし、彼の前を通過した。幾分足を運ぶ速度が上がったように見えた。

だがその足が止まった。一拍置いてから、ゆっくりと木内は振り返った。改めて慎介の顔を見つめてきた。

「おたく、もしかして……」木内はいった。

「雨村ですけど」慎介は応じた。

「あめむら」本を読むようにいってから、木内は頷いた。「そう。そういう名前でしたよね。変わった名字だなと思った覚えがある」

「覚えてるみたいですね、俺のこと」

「そりゃあもちろん」木内は肩をすくめた。「おたくもあの『シリウス』という店に？」

「ええ、カウンターに座っていたら、木内さんのことを見かけたものですから、ここで待っていたというわけです」

「そうでしたか。それは偶然だな。世間は狭い」木内は吐息をついた。「で、わざわざここで待っていたというのは、何か用でも？　お互いに、あまり懐かしがる相手でもないと思うんですがね」

「いくつかお尋ねしたいことがありましてね」

「今さら何ですか」

「俺、何週間か前、襲われたんですよ。夜中、突然後ろからスパナで殴られました。犯人は岸中玲二という人物です。もちろん知ってますよね」

「ははあ」木内は口を半開きにし、首を縦に何度か動かした。「そういえば刑事が来て、そんな話をして帰りましたね」

「俺が襲われたのは、たぶん岸中の復讐だと思うんです。奥さんが死ぬ原因を作りましたからね。でもそうすると、一つ納得できないことがある」

「なぜもう一人の加害者である木内春彦は襲われなかったのか……ですか」そういって木内はにやりと笑った。

ええ、と慎介は頷いた。

「それについては刑事も私に尋ねてきましたよ。なぜだと思うか、というようにね。わからない——私はそう答えました。本当にわからないんだから仕方がない。岸中氏としては、事故の主な責任はおたくにあり、奥さんを死なせたのもおたくだと思っていたんじゃないんですか。それしか考えられません」

「それにしても全然接触がなかったというのは解せませんね」

「そんなことを私にいわれても困る。襲ったのは私じゃなく、岸中氏なんだから」木内は踵を返し、店に向かって歩きだした。

慎介はあわてて後を追った。

「木内さん、今お仕事のほうはどうなさってるんですか」

「仕事?　仕事が何か?」

「あなたは平日でもよく部屋にいるそうじゃないですか。会社に行かないで大丈夫なんですか」

慎介の問いかけに木内は足を止めた。

「一体誰からそんなことを?」

「誰でもいいじゃないですか。質問に答えてください」

木内はため息をつき、うんざりした表情を見せた。

「もしもマンションの近くで聞き込みなり張り込みなりをしたのだとしたら、相当な暇人だといわざるをえないな。うちの会社はフレックスタイムでね、平日の昼間部屋にいることだってあるんですよ」

「昼間は家にいて、夜は銀座にいる。それで一体いつ仕事をするんです」

「そんなふうに根ほり葉ほり訊くのを何というか教えてやりましょう。大きなお世話っていうんですよ」そういうと木内は再び歩きだした。

「事故のことを思い出すことは？」木内と並んで歩きながら慎介は訊いた。

「ありますよ、そりゃあ。もっとも罪の意識は薄いけど。おたくだってそうでしょ」

「岸中玲二のマンションに行ったことは？」

「ないね」素気なく答える。もはや木内は慎介のほうを見もしない。

店の前に来た。木内がドアのノブに手をかけた。

「幽霊は？」慎介はいってみた。

木内の動作が止まった。慎介のほうを振り向いた顔は、目が少し血走っていた。

「何だって？」木内は訊いてきた。

「幽霊は？」もう一度慎介はいった。ある種の手応えを感じていた。「岸中美菜絵の幽霊を見たことは？」

木内の顔に、驚きと迷いと不安が表出した。それは微妙な歪みを形作っていた。やがて彼は首を振った。

「何のことをいってるのかな。さっぱりわからない」

「知ってるんですね。幽霊のこと」慎介はしつこくいった。鎌を掛ける狙いもある。

「全くわからん。頭がおかしいんじゃないか」木内はドアを開けて中に入った。慎介もそれに続いた。

木内は不機嫌さを露わにして、自分たちのテーブルに戻っていった。帰りが遅かったので、仲間たちは訝《いぶか》しんでいたようだ。何をしていたんだと木内に訊いている。携帯電話でほかの女としゃべってたと木内は答えた。ホステスたちは嫉妬して怒る芝居をしていた。

慎介も元の席についてウォッカライムを飲んだ。すっかりぬるくなっていたので、おかわりを岡部に頼んだ。

おかしなことはしなかっただろうな、と新しいウォッカライムを慎介の前に置きながら岡部が目でそう語りかけてきた。してないよ、何も問題はない、慎介は目で答えた。

木内たちが引き上げる様子を見せた。支払いは木内がするようだ。領収書は、という問いに、いらない、と彼は答えている。

彼等が出ていった後、慎介は太い息をふうーっと吐いた。

岡部が身を乗り出してきて訊いた。「あの木内という客がどうしたっていうんだ」

「例の事故の、もう一人の加害者だよ」慎介は答えた。

「もう一人？」岡部は合点できない顔だ。

慎介は事故のあらましを、他の客には聞こえない程度の声で話した。

「そういうことだったのか。複合事故だって話は、江島さんから聞いたことがあったけど」

「同じ加害者だったのに、こっちはスパナで頭を殴られ、あっちは銀座で遊んでいる。えらい違いだと思わないか」

「それで木内にまとわりついて、向こうの幸運のおこぼれにあずかろうというわけかい」

「まっ、そういうところかな」

慎介が答えた時、若いボーイが近づいてきて、岡部に何か耳打ちした。岡部の顔が少し険しくなった。

「雨村、そろそろ帰ったほうがいいぜ」彼は声をひそめていった。

「どうかしたのか」

「江島さんから連絡があったそうだ。今からここに来るらしい」

「それはまずいな」慎介は腰を浮かせた。ここにいることがわかったら、また何かいわれるおそれがある。千都子と連絡をとられたら、嘘をいって店を抜け出したこともばれてしまう。「じゃあ俺はこのへんで。勘定は後で請求してくれ」

岡部は黙って頷いた。早く行け、という顔だった。

店を出て、エレベータで下りながら、木内とのやりとりを反芻した。幽霊という言葉を出すと、明らかに狼狽を見せた。何かを知っている顔だった。つまり堀田純一の証言は、単なる見間違いではないということになる。幽霊は存在するのだ。もちろん正確には、「幽霊と類似した何か」であるが。それは一体何なのか。なぜ木内は知っているのか。

もう一つ、木内の台詞の中に引っかかる言葉があったのを慎介は思い出した。事故のことを思い出すことはあるかと尋ねた時、木内はたしかこういった。あるよ、そりゃあ。もっとも罪の意識は薄いけどな。さらに続けて、おたくだってそうだろ——。

最初に聞いた時には、さほど気に留めなかった。岸中美菜絵を死に至らしめたのは自分一人ではないという思いのことを、「罪の意識は薄い」と表現したのだと思った。だがいくら複合事故とはいえ、そう断言できる神経はやはり理解できなかった。

エレベータが一階に着いた。慎介はビルを出た。まだ二時前なので、通りには酔客やホステスたちの姿がたくさん見られる。

タクシー乗り場に向かいかけて、彼は足を止めた。今出てきたビルと隣のビルの隙間にある路地に、二人の男の姿が見えた。どちらも背中を向けていたが、その後ろ姿から、一人が木内だということはわかった。もう一人のほうは、先程まで木内と一緒にいた男ではない。

慎介は相手に気づかれぬよう、こっそりと盗み見した。まさか、と思った。

木内と深刻そうに話をしている相手は、間違いなく江島だった。

どうして江島さんが木内と——。

慎介は路地から離れながら首を捻った。江島が以前から木内と知り合いだったとは思えない。前に、事故のもう一人の加害者の名前を知りたいと慎介がいった時には、江島は全く知らない素振りを見せていた。

どういうことだ。慎介がもう一度路地のほうを振り返ろうとした時、携帯電話が鳴りだした。しかもそれは彼の電話ではなく、瑠璃子と名乗る例の女が置いていったほうだった。

慎介は歩道の端に寄りながら通話ボタンを押した。「はい」

相手からの返事はない。だが電話が繋がっているのはたしかだった。相手がただ黙っているだけだ。

「もしもし。あなたでしょう？　返事をしてください」慎介はいった。

やがて相手がようやく声を出した。「今、どこにいるの？」

あの声だった。少しくもったような神秘的な声だ。途端に慎介の全身の血が騒ぎだす。女の肌の感触が蘇る。

「銀座です」彼は答えた。

「銀座ね」瑠璃子が少し考える気配がある。「いいわ、じゃあ、今から来て」

慎介としては、待ちに待った言葉だった。そのためにこの携帯電話を肌身離さず持ち続けていたのだ。

「どこに行けばいいんですか」

「タクシーに乗りなさい。そうしてこういうの。日本橋にあるユニバーサル・タワーへ行ってくださいって」

「ユニバーサルって、あのでかい建物の？」

「のっぽで、趣味の悪い建物よ」瑠璃子はいった。「４０１５号室」

「４０１５……」つまり四十階ということかと慎介は思った。

「じゃ、待ってるから」

「ああ、ちょっと待って……」慎介がいった時には、もう電話は切れていた。向こうの電話番号を訊こうと思ったのだ。着信表示は非通知になっている。

タクシーを拾い、いわれたとおりに告げた。タクシーの運転手は、その建物の名前を知っていた。

「お客さん、あのすごいマンションに住んでいるんですか」疑いと感嘆の混じった口調で訊いてきた。慎介の身なりを見て、住人にしては貧相だと思ったのだろう。しゃくだったので、「そうだよ」と彼は答えた。「四十階にね」

「へええ」中年の運転手は、今度こそ本物の驚きの声をあげた。

ユニバーサル・タワーは大手不動産会社が日本橋に建てた超高層マンションだ。五十階以上ある建物に、全部で七百以上の部屋が入っているらしい。その価格は数千万から三億以上だと慎介は聞いたことがあった。

彼女、あんなところに住んでいたのか――。ただ者でない雰囲気を思いだし、大いにありうることだと納得した。

やがて建物が見えてきた。タワーという名にふさわしく、四角い塔が夜空に突き刺さって見える。周りにも超高層マンションがいくつかあり、この一帯だけが異国のようだ。

タクシーは一般道からマンション内に入った。英国庭園風の植え込みに囲まれた車道を通っていくと、高級ホテルかと思うようなエントランスの前に出た。

「ボーイか何かが待っていそうだねえ」運転手もいった。

慎介は千円札を二枚出し、釣り銭もきっちり受け取った。チップとしてもらえると思い込んでいたのか、運転手は残念そうな顔をしていた。

自動ドアをくぐり、エントランスホールに足を踏み入れた。左側にはホテルのフロントを思わせるカウンターがある。呼び鈴が置かれているから、あれを押せば管理人が出てくるのだろう。もちろん管理人という呼び名はふさわしくないような、気取った制服を着た男が出てくるに違いなかった。

正面にガラスのドアがあった。その脇に大きなテーブルがあり、その表面にオートロック用のパネルが設けられている。慎介はその前に立ち、４０１５の番号キーに続いて呼び出しボタンを押した。

スピーカーから瑠璃子の声が聞こえてくるものと思ったが、何の反応もないまま、突然そばのガラスドアがすっと開いた。

慎介は中に入った。応接ソファの並んだロビーがある。かしこまった顔つきのギャルソンが現れそうな雰囲気が漂っている。天井からは大きなシャンデリアがぶら下がっていた。奥に進むとエレベータホールがあった。八基のエレベータが、四基ずつ向き合って並んでいる。マンションの中にこんなにたくさんのエレベータがある光景というのを、慎介はこれまでに目にしたことがなかった。

エレベータに乗り、ずらりと並んだタッチセンサー式の番号ボタンの中から、40を選んだ。扉は重々しく閉まり、静かに上がっていった。あまりに動きが静かなので、上っているのか下っているのか一瞬わからなくなった。

エレベータは停止するのも静かだった。止まったということがわかったのは、扉が開いたからだ。そして外の光景が変わっているのを見て、たしかに移動したのだということを認識できた。

落ち着いた茶色のカーペットが敷き詰められた廊下を慎介は歩いた。部屋はロの字形に並んでいるようだ。どの部屋にも重厚そうなドアが付いている。

４０１５号室の前で彼は足を止めた。ドアの脇にインターホンがついている。そのボタンを押した。

ここでもやはり何の応答もなかった。慎介が立っていると、かちりとドアロックの外れる音がした。続いて中からドアが開けられるものと思い込んでいた。ところがドアの動く気配は全くなかった。彼はL字形のノブを摑み、回して引いた。ドアは抵抗なく開いた。中は暗かった。香水の匂いがたちこめている。彼は目をこらした。すぐ前に観音開きの扉が見えた。今は開いている。その奥にリビングルームらしき部屋がある。

彼は玄関のドアを閉めた。その直後だ。かちりと金属製の音がした。彼は、はっとしてもう一度ドアを開けようとした。ところが施錠されており、びくともしない。

閉じこめられた？

慎介がそう思った時、どこからかピアノの音が聞こえてきた。彼は靴を脱ぎ、部屋に上がり込んだ。音は左側から聞こえていた。

音を辿って廊下を歩いた。途中の壁に明かりのスイッチと思われるものが付いているのを見つけた。彼はそれを押してみた。だが何の変化もなかった。

廊下の端にドアがあった。音はどうやらその内側から聞こえてくるようだった。彼はドアを開けた。

そこは寝室だった。十五畳以上あると思われる部屋の中央に、クイーンサイズのベッドが置かれていた。家具らしきものは、ほかには殆どない。小さなナイトテーブルが置いてあるだけだ。

そしてベッドには女が一人横たわっていた。着ているのは、ドレスかネグリジェか。どちらにしても、大した違いはないようだった。暗いのでよくわからないが、赤っぽい色のようだ。彼女は上半身だけを起こし、彼のほうを見ていた。手にテレビやビデオなどのコントローラのようなものを持っている。

「ようやくゴールインね」彼女はいった。

「ここがあなたの住処というわけか」慎介は一歩前に出た。

瑠璃子はコントローラをナイトテーブルのほうに向け、何かのキーを押した。すると流れていたピアノの音がぴたりと止んだ。慎介は自分の真上を見た。壁にスピーカーが取り付けられていた。

彼女はベッドの上で身体をくねらせた。衣擦れの音がかすかにした。服の裾が大きくまくれあがり、白い太股が薄闇の中に浮かんだ。

「あたしに会いたかった？」彼女が訊いてきた。

「あなたはどうなんですか」慎介は訊き返した。

「さあ、どうかしら」女は片手を彼のほうに、すっと出した。

慎介はベッドに近づいていった。毛足の長い絨毯《じゅうたん》が彼の足音を消した。彼は手を伸ばし、女の指先に触れた。

「俺は会いたかった。死ぬほど」慎介は彼女の指に自分の指を絡みつかせていった。

22

瑠璃子の着ているものはネグリジェではなくドレスだった。脱がせる時にはっきりした。しかし彼女はその下に下着をつけていなかった。

彼女は上になることを望んだ。慎介のものを体内に飲み込んだまま、白い身体を蛇のようにくねらせた。痩せてはいるが、胸は豊満だった。その胸が軟体動物のように揺れた。慎介は胸を揉み、乳首をつまみ、腰を抱き、そして下から突き上げた。突き上げられるたびに瑠璃子は大きく後ろにのけぞった。長い髪が跳ねた。

尖った顎が天井を向く。あえぐように彼女は口を開いた。細い首に汗が筋を何本も描いていた。その汗は胸にまで達していた。

時折彼女は両手を慎介の胸に置き、彼を見下ろすようにした。ナイトスタンドのわずかな光だけが、彼女の顔を照らしている。肉食獣が獲物を見るように、彼女の目は欲望と企みの色を宿していた。唇からはピンク色の舌が覗いた。

脳の奥が痺れるような快感を慎介は味わっていた。神経が異様に研ぎすまされた感じだ。

背中がシーツにすれる感触さえ、彼の性感を高めていた。

思考力は殆どなくしていた。この快楽に浸ること以外、何も考えられなくなっていた。この時間が永久に続けばいいと思った。

だが——。

波のように押し寄せる快感の隙間に、一瞬だけ彼の頭をよぎることがあった。

誰なんだろう、この女は、ということだ。

瑠璃子の正体については、これまでにも考えたことはある。様々な憶測を働かせたものだ。しかし現在彼の脳裏を走る思いは、そういうものとは全く違うものだった。

会っている、と思った。

俺はこの女に会っている。以前どこかで会っている。『茗荷』で、ではない。もっと別の場所だ。しかもそれほど昔ではない。最近だ。

前に初めてこの女と関係した時も、同じように思ったものだ。この女は誰かに似ている。誰に似ているのだろう、と。

似ているのではない、と慎介は思った。前から知っている女なのだ。しかし思い出せなかった。

奇妙なのは、なぜこの瑠璃子が初めて店に来た時ではなく、今頃になってそんなふうに思うのかということだった。

もっとも、そんなふうに考えるのも、ほんの一時のことだ。快感の渦が、彼のすべてを呑み込んでしまう。やがて身体の中心から、マグマのように噴き上がってくるものがあった。彼はそれを鎮めようとした。まだ終わりたくない。もっと繋がっていたい。その二つの力が微妙なバランスを保っているわずかな時間は、まさに至福の時だった。だが内なる熱い力を抑制し続けるのは不可能だった。

慎介は吼《ほ》えていた。瑠璃子の身体を激しく突き続けた。全身を痙攣《けいれん》させ、手足を突っ張らせた。

熱い杭を通されたように瑠璃子の背中がぴんと伸びた。そのまま彼女は硬直した。その彼女の中心に向かって慎介は射精していた。

少しまどろんだようだ。気がついた時、慎介はベッドの上で横たわっていた。全裸だった。寒くはない。ただ萎《な》えた男根が少しひんやりとするだけだ。

瑠璃子の姿はなかった。彼は身体を起こした。彼が脱ぎ捨てた服は、そのまま床に落ちていた。けだるさをこらえて彼はベッドから下り、下着をつけ、チノパンツを穿き、シャツを着た。靴下も履いた。

「瑠璃子」彼は呼んでみた。名前を呼ぶのは初めてだった。それだけで厚い壁を一つ破ったような気がした。

だが返事はなかった。彼の呼びかけは、さほど響くこともなく、どこかに消えた。空気が異常に乾燥しているように感じられた。

かすかな物音が聞こえた。彼は部屋を出て廊下を歩いた。音はリビングルームから聞こえていた。彼にとっては聞き慣れた音だ。

慎介はリビングルームに入っていった。二十畳はありそうな広い部屋だった。

部屋の奥に小さなホームバーが作ってあった。カウンターの向こうで、シルクのガウンを着た瑠璃子がシェイカーからグラスにカクテルを注いでいた。先程まで聞こえていたのはシェイカーを振る音だったのだ。

「レシピは？」慎介は訊いた。

「ブランデー、ホワイトラム、キュラソー、レモンジュース」淀みなく彼女は答えた。

「ビトウィーンザシーツ……か」

「あの夜みたいにね」

瑠璃子は両手に一つずつグラスを持ち、左手に持ったほうを彼に向かって差し出した。

慎介はそれを受け取り、彼女の持っているグラスと合わせて、かちんと音を鳴らした。

それからごくりとカクテルを飲んだ。

「いかが？」彼女は訊いてきた。

「この部屋と同じだよ」慎介は答えた。

どういうこと、と尋ねるように彼女は首を傾げた。

「完璧ということだ。素晴らしい」

瑠璃子は妖しく微笑み、「ありがとう」と小さな声でいった。その表情を見て、またしても慎介は、誰だっただろう、と思った。この女は誰だっただろう——。

カクテルを半分ほど飲んだところで、彼はグラスをカウンターテーブルに置いた。

「部屋の中を見せてもらってもいいかな」

「どうぞ」

ホームバーの隣に引き戸がついていた。慎介はまずそれを開けた。戸の向こうはダイニングキッチンになっていた。U字形をしたシステムキッチンは使いやすそうで、料理好きの人間ならば喜びそうだった。しかし慎介が見たところ、流し台も調理台も、少なくともここ一、二週間は全く使っていない様子だった。

ダイニングを横切ると廊下に出て、玄関に戻る。その手前にドアが一つあった。もう一つ部屋があるらしいと思い、彼はドアノブに手をかけた。ところがそれを回してもドアは開かなかった。よく見ると、室内にある部屋にもかかわらず、鍵をかけられるようになっている。

「そこは開かないわよ」鍵穴を見ていると、後ろから声がした。瑠璃子が立っていた。

「どうして？」慎介は訊いた。

「鍵がかかっているから」

「だからどうして鍵を？　何か大切なものでも入ってるのかな」

「さあ」彼女は首を横に倒した。「どうかしら」

「何だか気になるな。中を見せてもらうわけにはいかないの？」

「大したものは入ってないわよ」瑠璃子はゆっくりと慎介に近づいてきた。ガウンの裾が少し割れ、細い足が見えた。「どんな家にだって、人に見せたくないものの一つや二つはあるものなのよ」

「そういわれると、余計に見たくなる」

「子供ね」彼女は慎介に身体を密着させるように立った。彼の腕に自分の細い腕を巻きつけてきた。「それより、あっちに行ってカクテルを飲みましょう。これからのことを決めたいし」

「これからのこと？」

「そう。大事な話」

さあ、といって彼女は慎介の腕を引いた。彼は引かれるまま、再びリビングルームに入っていった。

広いリビングルームにも、必要最小限の家具しか置かれていなかった。目立つのは高級な食器の並ぶアンティーク調のカップボードと、窓際に置かれたソファ、その前の大理石のテーブルぐらいだ。

瑠璃子に導かれ、慎介はソファに腰を下ろした。柔らかいが身体が沈みすぎない、質のいいソファだった。大理石のテーブルの上には、さっきのカクテルグラスが載っていた。

彼女も慎介の隣に座った。

「この部屋、気に入ってくれた?」彼女は訊いてきた。

「気に入ったよ。すごくいい」彼はカクテルを飲んだ。少し苦い味がした。

「そう。よかった。もし気に入らなかったらどうしようと思って、とても心配だったの。何しろ、これからずっといる部屋だもの」

「ずっと?」慎介は瑠璃子の顔を見返した。「ずっとって、どういうこと?」

「永久に、という意味よ」彼女は目を輝かせていた。いや、妖しく光らせていたというべきかもしれない。「永久というものは存在しないというなら、死ぬまで、といいかえてもいいけれど」

「ちょっと待って。俺に、ここに住んでくれといってるのかい?」慎介は訊いた。彼はまだ笑っていた。彼女の言葉を冗談だと受けとめていた。

「住んでくれなんていってない」瑠璃子は笑みを浮かべていった。「住むのよ。それはもう決まったことなの。この運命には逆らえない」

「運命ね。君と俺とは運命の糸で結ばれているというわけだ」

「そうよ。そしてこの糸は」彼女は再び慎介の指に自分の指をからめてきた。「決してほどけたり切れたりしないの」

「俺も運命的なものは感じるよ。君とずっと一緒にいたい。だけどその前に君のことを教えてくれ。君は一体何者なんだ。なぜ『茗荷』に来た？　なぜ俺を誘ったんだ」

彼女は含み笑いをした。グラスを手に立ち上がった。

「どうしてそんなことを知りたがるの？　あたしは瑠璃子。それ以外に何が必要なの？」

「君は俺のことを知ってるじゃないか。どこで働いているかも知っている」

「そんなこと、今夜からは何の意味もなくなる」

「どうして？」

「だってそうでしょ。あなたがあの安っぽい酒場で酔った客の相手をすることは、もうないんだから。あなたに関することは、すべて過去になってしまったのよ」

「ちょっと待ってくれよ。客の相手をすることはないって、どういう意味だよ。俺は店を辞める気はないぜ」

瑠璃子はかぶりを振った。

「あなたはもうあの店には行かない。あの店だけじゃなくて、どこにも行かない。ずっとここにいるの。あたしと一緒にいるの」

「瑠璃子……」

「それじゃあ不満？」

瑠璃子がガウンの紐をほどいた。シルクの布がするすると滑り落ちていった。蛇が脱皮するように、白い裸体だけが残った。

慎介はグラスを持ったまま、彼女の身体を凝視していた。金縛りにあったように動けなくなっていた。

その時心の中で警鐘が鳴りだした。本能的な何かが危険を訴えている。だがその危険の正体がわからない。俺は一体何を怯えているのだろう、何から逃げようとしているのだろう――。

突然、睡魔が襲ってきた。瞼を支えているのが辛くなった。

全裸の瑠璃子が慎介の横に来た。笑っている。だがその顔もぼやけてきた。

「永遠に、一緒よ」彼女が彼の耳元で囁いた。

慎介は彼女の細い腕に抱かれるのを感じた。目はすでに閉じている。柔らかい感触が顔のまわりにある。頬に乳房があたっているようだ。

彼は懸命に覚醒しようとした。鉛のように重くなった瞼を広げ、瑠璃子を見上げた。

彼女は笑ってはいなかった。能面のような顔で慎介を見下ろしていた。一瞬その顔が作りものに見えた。

その時だった。消えつつある慎介の意識の中で、何かが弾《はじ》けた。電線がショートし、火花を散らすような衝撃が脳を走った。

この女と、どこで会ったかを思い出したのだ。いや、会ったというのは正確ではない。この女の顔だけを見たのだ。しかも写真だった。

とてつもない恐怖が彼の全身を貫いた。背中に悪寒が走り、全身に鳥肌が立った。

それと同時に彼は暗い意識の闇に落ちていった。

23

ひどい頭痛と共に目が覚めた。吐き気もする。慎介は顔をこすった。ここがどこなのか、すぐには思い出せなかった。

灰色の天井がまず目に入った。見慣れない細かい模様が入っている。彼は視線を下げていった。白い壁、焦げ茶色のドア。

ここで思い出した。ああそうだ。あの瑠璃子という女の部屋なのだ。二人でいる時に、突然眠くなり、そのまま寝込んでしまったらしい。

慎介はベッドの上にいた。毛布をかぶっていたが、服は着ていなかった。下着すらつけていない。

左の足首に違和感がある。何かがはめられている感触だ。彼は毛布を剝ぎ、左足を見た。思わず、あっと声を出していた。

手錠が足首にはめられているのだった。しかもそれには鎖が繫がれている。

慎介はベッドから飛び起きた。足首の手錠を外そうとした。だが手では到底外せそうにない。

手錠に付いている鎖を辿ってみた。それはベッドの脇で長いとぐろを巻いていた。さらにその端は、そばの壁に取り付けられていた。

冗談じゃない――。

彼は洋服を探した。だがベッドの周りに彼の衣類は何ひとつ見当たらなかった。クローゼットも開けてみたが、空っぽだった。嫌な予感がした。

彼は鎖を引きずりながら歩き始めた。まずは廊下に出た。鎖が床を這う音が彼を追いかけてくる。鎖はかなり長いようだ。

リビングルームの扉が閉じられていた。それを開き、中に入った。ソファもテーブルもホームバーも、彼が眠る前と同じだった。ただし彼女の姿がない。

「瑠璃子」彼は呼んでみた。「おい、瑠璃子っ」もう一度呼んだ。しかし返事はない。

リビングルームは相変わらず暗かった。窓を見て、その原因がわかった。遮光カーテンがきっちりと閉じられているのだ。映画館の暗幕のように黒い色をしたカーテンだった。余程遮光性が強いらしく、一筋の光さえも入ってこない。だから慎介は、今が朝なのか昼なのか、それとも夜になってしまったのかさえ、判断できなかった。

慎介は窓のほうに歩み寄ろうとした。とりあえず外の景色が見たかった。ところが、あと二メートルほどというところで、彼の左足は前に出なくなった。鎖の長さが足りないのだ。

彼は舌打ちをし、一旦廊下に出た。それから玄関のドアに近づいた。鎖の長さは、辛うじてそれを可能にしていた。彼はドアの鍵を外そうとした。

ところが鍵は外れない。びくともしない。

そうだった、と思い出した。どういう仕掛けかはわからないが、この鍵は特殊な構造をしているようだった。遠隔操作が可能で、直接外そうとしても外れない。

彼は寝室に戻りかけた。途中にある洗面所のドアが開いていることに気づいた。彼は中を覗いてみた。洗面所は大学生が下宿できそうなほどの広さがあった。奥にドアが二つ並んでいる。一方はトイレで一方はバスルームだろう。

慎介は鎖をじゃらじゃら鳴らしながら中に入った。思ったとおりだった。トイレにもバスルームにも入れるよう、鎖の長さは考慮されていた。

洗面台も高級ホテルのように広かった。その上に歯ブラシや歯磨き、剃刀《かみそり》、シェービングクリームなどが、新品の状態で並べられていた。

洗面所を出ると、寝室に戻った。もう一度洋服を探そうと室内を見回し、ナイトテーブルに目を留めた。そこに皿に盛ったサンドウィッチと、小型のポット、コーヒーカップが置いてあった。

「何だよ、これ」彼は呟いた。次に叫んだ。「どういうことだよ、これはっ」

だがどこからも返事はない。自分の声が少し響いただけだ。

慎介は窓に駆け寄った。この部屋の中ならば、自由に動けるのだ。遮光カーテンを摑み、勢いよく開いた。

ところがその向こうにあったのは白い壁だった。窓が塞がれているのだ。

慎介は立ち尽くした。わけがわからなかった。

彼はふらふらとベッドに戻り、座り込んだ。頭をかきむしった。

なぜこんな目に遭わなければならないのかという怒りはある。だがじつはもう一つ別の思いが、彼の胸中を支配していた。眠る直前、あの女の顔を見て思い出したことが、改めて蘇ってきた。すると再び恐怖が湧き上がってくる。

一枚の写真のことを慎介は考えていた。岸中玲二が作ったマネキンの写真だ。しかもそれは死んだ岸中美菜絵に似せて作ったマネキンだった。

瑠璃子は、あのマネキンと同じ顔をしているのだ。

24

ベッドに横たわっているうちに、いつの間にか、また眠ってしまったようだ。だが室内が真っ暗だったせいで、自分が瞼を開けたのか、それともまだ瞑《つぶ》ったままだったのか、一瞬すぐにはわからなかった。慎介は右手を顔の前にもっていき、握ったり開いたりした。闇の中で掌の動くのが見えた。

時間の感覚がなかった。同時に空間の感覚もなかった。自分がどこにいて、なぜこんなことになっているのか、すぐには思い出せなかった。もちろん事態を改めて認識するまでに、それほど多くの時間を要したわけではない。自分の身に起きていることが、とても現実だとは思えなかったのだ。

しかし全裸であることも、足首が鎖に繋がれていることも、残念ながら夢ではなかった。彼はあの謎の女の部屋に閉じこめられているのだ。

ナイトスタンドのスイッチを手で探った。それを点《つ》けると、テーブルの上に置かれたサンドウィッチが目に入った。腹がすいているのかどうかも、慎介はよくわからなかった。

最後に食事をしてから、ずいぶんと時間が経ったような気はする。

ハムサンドウィッチに手を伸ばし、口にほうりこんだ。表面が少し乾いていたが、味は悪くなかった。一つ目を飲み込むと、猛烈に空腹を覚えた。慎介はたてつづけにサンドウィッチを食べた。五つ目を腹に入れてから、ポットの中身をカップに注いだ。コーヒーの香りが鼻腔を刺激する。ようやく神経が本格的に覚醒したようだ。

ベッドに腰掛け、二杯目のコーヒーを飲みながら、彼は何が起きているのかを考えてみることにした。

瑠璃子の顔を思い浮かべた。その途端に全身に鳥肌が立つ。

なぜ彼女は、あのマネキンすなわち岸中美菜絵と同じ顔をしているのか。

慎介は堀田純一の話を思い出していた。彼は岸中玲二の死体が見つかる前日、美菜絵を目撃したといった。彼女に間違いなかったと断言した。

純一が見たのも瑠璃子だったのではないか。いや、九十九パーセント瑠璃子だろう。そう考えるのが最も自然だった。

瑠璃子は一体何者なのか。考えられるのは、やはり岸中美菜絵に双子の姉妹がいたということだ。だとするとその人物の存在は、何らかの理由で警察も把握していなかったことになる。

ただ仮にそういう人間が存在するにしても、なぜ今頃慎介に対して復讐を企てようとしたのかという疑問が残る。

いや、と慎介は首を振った。

何らかのきっかけがあって、突然復讐を思いついたということであれば、それはそれで理解できた。不可解なのは、一体何をしようとしているのかということだった。復讐が目的ならば、これまでに何度もチャンスがあった。こんなふうに足首に鎖をつけて監禁するよりも、ひと思いに殺してしまったほうが、彼女としても楽なはずだ。

「わけがわからない」慎介は呟き、顔を両手で覆った。

物音がしたのはその時だった。

それは鍵の外れる音だった。玄関の鍵だ。ドアが開閉し、再び施錠される音。

廊下を誰かが歩いてくる。そして部屋のドアがゆっくりと開いた。

「起きてたのね」瑠璃子はいった。

薄い闇の中で、彼女の白い顔がぼうっと浮かびあがった。あの顔だった。間違いなかった。

彼女は淡い色のワンピースを着ていた。薄暗いので正確な色はよくわからなかった。慎介の目にはブルーに見えた。

長い髪には緩やかにウェーブがかかっていた。肩を覆うように流れていた。

なぜこれまで瑠璃子があのマネキンと同じ顔をしていることに気づかなかったか、慎介は今ようやくわかった。初めて『茗荷』に来た時、彼女は今とは全く違う姿をしていたのだ。化粧の仕方も違っていたし、髪の長さも違った。彼女はゆっくりと、本性を現してきたのだ。

「サンドウィッチはどうだった？」ナイトテーブルの上の皿を見ながら、彼女は部屋の中に入ってきた。

「これは一体何のまねなんだ」

瑠璃子は足を止め、彼を見下ろした。唇に意味不明の笑いが張り付いていた。

「お気に召さなかった？」

「鎖を外してくれ」

「それはできない」彼女はゆらゆらと首を左右に振った。

「あんたは一体誰だ。どうしてこんなことをするんだ」

「理由なんか、どうだっていいじゃない。とにかくあなたはここにいればいいの」

瑠璃子はするすると服を脱ぎ捨てた。下着も取り、全裸になってから、彼のほうに近づいてきた。

彼女は慎介の前に来ると、両膝を床につけて座った。彼の太股を開き、右手で股間に触れた。それまで彼は勃起していなかったが、この瞬間、血流を感じた。女のことを薄気味悪く感じ、早くこんなところからは出ていきたいと思っているにもかかわらず、慎介は抵抗できなかった。

瑠璃子は彼自身を手の中で弄んだ。やがてそれが十分な硬さと大きさを持ち始めると、唇を近づけていった。唇が先端に触れた瞬間、慎介は身震いしていた。快感が背骨から脳に走る。彼は声を漏らした。

彼女は唇と舌と、そして時折手を使い、慎介の性感帯にたっぷりと愛撫を加えた。あまりの快感に、慎介は身体を反らせ、手足を突っ張らせた。

射精の気配が近づいた頃、それを察知したように瑠璃子は口を離した。そして立ち上がると、慎介の両肩を軽く押した。彼はベッドに横たわった。

彼女もベッドに乗ってきた。慎介の胸をゆっくりと撫でると、突然彼の上に跨った。右手で彼の勃起したものを摑み、自分の秘部にあてがった。

彼女が身体を沈めていくと、慎介のものが彼女の中に呑み込まれていった。彼は頭の奥に痺れを感じた。思考がうまく働かない。

瑠璃子の動きが激しくなった。慎介も下から突き上げる。女の腰を両手で抱いた。神経が下半身に集中する。彼は身体を強張らせた。

その時だ。彼は下から女の顔を見た。女は唇を半開きにし、顎をわずかに突き出して、彼を見下ろしていた。その顔は快感に酔っている女の表情ではなかった。その目には感情らしきものがなかった。ガラス玉を埋め込んであるようだ。

ガラス玉、人形、マネキン——。

不吉な連想が慎介の脳裏を横切った。それは彼の感覚のすべてを分断した。全身を駆けめぐっていた快感が、一瞬にして消失した。

欲望が急速に萎えていった。頭の中も冷えていく。身体に力が入らない。

彼の変化に瑠璃子が気づかないはずがない。彼女は動きを止め、彼を見つめた。彼の中でどのような変化が生じたのかを見極めようとしていた。

衰えた欲望は復活しなかった。

瑠璃子はしばらく無言で彼を見ていた。慎介も目をそらさなかった。奇妙な沈黙が何秒間か続いた。

瑠璃子の頬が緩んだ。彼女は口元に笑みを浮かべた。彼を見つめたまま、身体を少し前へずらした。臍《へそ》の上あたりまで来ると、体重を彼の身体に委ねた。圧迫に耐えるため、慎介は腹筋に力を入れねばならなかった。

「そうだったの」彼女はいった。「あたしが誰か、思い出したのね」

「あんた……誰なんだ」

「思い出したんでしょう？　あたしはあなたのよく知っている人間よ」

慎介は首を振った。「そんな馬鹿なこと、あるはずがない」

「死んでいるはず……だから？」

「誰なんだ。答えろよ」

女は答えない。唇に笑みを滲ませているだけだ。彼女は両手を使い、慎介の胸を撫で回し始めた。

「ねえ」彼女はいった。「肉体は滅びても、この世に残る方法はあるのよ」

「何いってんだ」慎介は女の両肩を摑んだ。「あんた、頭がおかしいんじゃないのか」

女は蛇のように身体をくねらせ、彼の手から逃れた。ベッドから下りると、全裸のまま、立って彼を見下ろした。

慎介もすぐに起き上がろうとした。ところが彼女の目を見た途端、身体が動かなくなった。まるで金縛りにあったようだった。

「視線には力があるの」彼女は目を見張っていった。先程のガラス玉のような目とは、全く異なっていた。無限の奥深さを感じさせ、その奥から心を引き込む光を放っていた。

慎介は声も出せなかった。自分の身体が自分のものでなくなっている。

「あなたにも、きっとわかる時がくる。あたしが、わからせてあげる」

瑠璃子は全裸でドアのほうへ歩いていった。慎介は追いかけられない。指一本動かすことができない。

彼女が部屋を出ていった。廊下を歩く気配。リビングに入ったらしい。何をしているのか。食器の音がする。

やがて女は玄関のほうへ行ったようだ。靴を履いているような音が聞こえる。

「おやすみなさい、あなた」女の声がした。

その瞬間、慎介の全身を押さえつけていた見えない力が、ふっと消失した。彼は腕を動かし、続いて上体を起こした。

「待て」彼は叫んだ。「待ってくれ」玄関に向かって駆けだした。

だが彼が玄関ホールに達した時、ドアがばたんと閉じられた。がちゃり、と大きな音がして、鍵がかけられた。

「瑠璃子っ」彼は大声を出した。

しかし何の反応もなかった。ドアの向こうからは、足音ひとつ聞こえてこない。

慎介は自分の足を見た。手錠が食い込み、少し血が滲んでいた。

彼はリビングルームに行ってみた。テーブルの上に食事の支度がしてあった。オードブルがあり、スープがあり、サラダがあり、ステーキがあった。赤ワインまで開けられ、グラスに半分ほど注がれていた。

彼は近づき、スープを皿からじかに飲んでみた。思ったとおり、それは冷たくなっていた。彼女がどこかから持ってきて並べただけなのだ。

慎介はワインを一気に飲み干した。極上の品と思われたが、味わっている気分ではなかった。彼は二杯目を注ぎ、それもまた喉に流し込んだ。

料理にはプラスチック製のスプーンとフォークがついていた。しかしナイフは見当たらなかった。彼が何かよからぬことを考えてはならないと思ったのかもしれない。

彼はスプーンもフォークも使わず、手摑みでオードブルを食べ、ステーキをかじった。味は全くしなかった。冷めているせいだけではなかった。味覚が働かないのだ。

突然、焦りと怒りがこみあげてきた。慎介は立ち上がり、「おーい」と大声を出した。ここはマンションだ。右にも左にも、上にも下にも部屋があるはずだった。そこにいる誰かに声が届くことを期待した。

「すみませーん、誰かいませんかー」

床を踏みならし、壁を叩いた。もしも慎介が住んでいる門前仲町のマンションで同じことをしたなら、左右上下だけでなく、周囲の住人すべてから抗議を受けることは間違いなかった。

しかしこの建物は、すべての面で慎介が住むマンションとは別物のようだった。もしかするとマンションという同じ名称を使うこと自体がおかしいのかもしれない。慎介がどんなに喚《わめ》こうとも、そして暴れようとも、そのことを注意しに来る者はいなかった。

一体どういうことなんだ、どうなってるんだ——。

慎介はリビングルームの床に寝転がって、大の字になった。

その時どこかで電話の音がした。

25

瞬間的に電話の音だと思ったが、本当にそうなのかどうか、慎介は自信がなかった。その音はあまりにもかすかだったし、くぐもってもいた。それにあの女がどこかに電話を置き忘れるというような過ちを犯すとも思えなかった。

だが四回五回と鳴る音は、聞き覚えのある携帯電話の呼び出し音に間違いなかった。それは玄関のほうから聞こえていた。

慎介は鎖を引きずりながら玄関ホールまで歩いていった。呼び出し音はまだ鳴っている。靴脱ぎの横に靴入れがある。音はどうやらそこから聞こえてくるようだ。彼はその戸を開けようとした。ところが鎖がそれを阻んだ。あと数十センチというところで手が届かないのだ。

彼はリビングルームに戻り、何か道具として使えそうなものがないか調べた。しかし見回したかぎりでは、役に立ちそうなものはなかった。そこで再び廊下に出て、寝室に行ってみたが、ここでも失望しただけだった。

すでに電話の音は止まっていた。慎介は洗面所に入った。トイレも覗いてみた。しかし使えそうなものはなかった。

彼は壁を一つ叩くと、洗面所の床であぐらをかいた。自分がどうしようもなく惨めな存在に思えた。棒一本、手に入れることができないのだ。

もう一度何か手がないか考えてみようと思って立ち上がった時、タオルかけに目が向いた。それは五十センチ以上はありそうだった。素材はプラスチックだ。両端がプラスネジで留められている。

慎介はリビングルームへ行き、スプーンを手にすると、再び洗面所に戻った。スプーンの先端をネジの溝にあててみた。ぴったり合うとまではいかないが、力を加えられる程度にはひっかかっている。彼は指先に力を込めネジを緩める方向に、ゆっくりと回した。元々あまりきつくは締められていなかったらしく、ネジはやがて回り始めた。最初はかなり強い力が必要だったが、次第に回りやすくなっていく。

不意に妙な感覚が襲ってきた。洗面所で鏡を見た時などに何度か体験した既視感だ。しかし今回のものは今までよりも鮮明だった。

そうだ、俺はこうしてネジを外したんだ——。

慎介のマンションの洗面所には、粗末な洗面台がついている。その鏡を壁に固定してあるネジをドライバーを使って緩めたことがあるのを彼は思い出していた。緩めただけではない。鏡を外し、それからまた元に戻してネジを締めたのだ。何のためにそんなことをしたのか。

何かを隠したのだ、ということを彼は思い出した。何を隠したのか。白い包みだったような覚えがある。だがその中身が何だったかは思い出せなかった。

どうしてそんなことをしたのだろう——。

その中身が人に見つかったらまずいということか。そんな危ないものを、なぜ持っていたのか。

慎介は首を振った。そのことを考えるのは後回しにしようと思い直した。今はこの窮地を脱することが先決だ。

だが改めてネジを回し始めてすぐに、あることを思い出した。彼は手を止めた。

成美がいなくなった時、ドライバーが彼女の化粧台に置いてあった。プラスドライバーだった。

もしかすると成美は、あのドライバーを使って、洗面所の鏡を外したのではないか。その裏に隠してあったものを奪ったのではないか。

そう考えた時、思い当たることがあった。慎介が入院して戻ってみると、部屋の様子が変わっていた。

あれは成美が、『何か』を家捜しした形跡をカムフラージュするためにしたことではなかったのか。彼女は『何か』を探し続け、ついに鏡の裏に気づいた。そしてその『何か』を持って、どこかに消えた――。

とにかくあの洗面所の鏡を外してみなければ、と思った。もちろんそのためには、ここから脱出する必要があった。

手間取ったが、どうにかタオルかけを壁から取り外すことができた。慎介はそれを持って玄関に行った。靴入れの戸にはツマミらしきものがなかった。彼はタオルかけを使って、いったん戸を押してみた。バネを押すような手応えがあった。次に離すと、戸はバネの反発によって開いた。

そこには慎介の服が丸めて押し込んであった。靴も入っている。彼は腕をいっぱいに伸ばし、タオルかけを使って服や靴を自分のもとに引き寄せた。迷路の中で、ようやく出口を見つけたような気分になった。

ズボンを広げ、ポケットを探った。携帯電話が見つかった。慎介が前から持っていたものだ。女が店に置いていった電話は抜き取られていた。

たぶん彼女は、慎介がズボンの両方のポケットに電話を入れていたとは思わなかったのだろう。それで電話の一つを回収しただけで、もう一方のポケットの中は調べずに、こうして靴箱の中に押し込んだのだ。

とにかくこれは命綱だ、と彼は思った。

誰に助けを求めればいいだろうと考えた。やはり警察か。

しかし1、1と番号ボタンを押したところで彼は切った。例の鏡の裏に隠したもののことが気になった。あれが何であるかをはっきりさせるまでは、騒ぎを大きくするのは避けたかった。

彼は玄関のドアを見た。内側からも外せないここの錠を外すには、専用の鍵が絶対に必要だ。

鍵……か——。

何かが頭に引っかかった。鍵、という言葉が記憶を刺激した。

慎介はもう一度自分のズボンを調べた。今度は尻ポケットだ。そこには財布が入っていた。その中を探り、一枚の名刺を取り出した。小塚刑事から貰ったものだった。携帯電話の番号も記されている。

番号を押し、繋がるのを待った。呼び出し音が三回鳴ってから、男の低い声が聞こえた。

「はい、もしもし」

「小塚さんですね」

「はあ」

「俺です。雨村です」

「ああ」小塚の声のトーンが少し上がった。「君か。何だい、こんな時間に」

「緊急の用があるんですけど、小塚さん、今すぐ出られますか」

「今すぐ？」驚いている様子が声から伝わった。「そりゃあ出られないことはないが、何だい、緊急の用って」

「先日、鍵を見せてくれましたよね。岸中玲二が持っていたという謎の鍵を」

「うん」

「あの鍵に合いそうな部屋を見つけたんです」

「何、本当か」

「絶対にそうかといわれたら、自信はないんですけどね。だから確かめたいんです。あの鍵を持って、こっちへ来ていただけませんか」

「そこはどこなんだ」

「来てくれるんですか。それとも来る気はないんですか」

慎介の問いに、小塚は少しの間黙った。信用してみる価値のある話かどうかを吟味しているのかもしれなかった。

「わかった、行くよ」小塚はいった。「場所を教えてくれ」

「日本橋のユニバーサル・タワーを知っていますか」

「有名な超高層マンションじゃないか。もちろん知っているよ。あそこなのか」

「４０１５号室です」

「4015……君はどこにいるんだ。その4015号室にいるのか」

「そうです」

「それは誰の部屋なんだ」

「それがわからないんです」

「わからない？」小塚は言葉を切った。怪訝そうに眉を寄せる表情が目に浮かぶようだった。「そもそも君がどうしてそんなところにいるんだ。その部屋へ行く前に、まずそのあたりの事情を訊きたいな」

「話すと長くなるんです。それに、俺にしてもよくわからないことだらけなんです。とにかく早くこっちに来てください。これもまた説明しづらいことなんですけど、俺はここから出られないんです」

小塚が舌打ちをする音が聞こえた。

「何が何だかさっぱりわからんな。仕方ない、とにかく行ってみるよ。例の鍵を署に取りに行かなきゃならんから、少し時間がかかる。そのつもりでいてくれ。今話しているのは携帯電話か」

「そうです」慎介は番号を小塚に教えた。「それから、持ってきてほしいものがあるんですけど」

「何だ」

「金属を切断する鋏《はさみ》みたいなものを持ってきてもらえるとありがたいです」

「金切り鋏か。なんだって、そんなものが必要なんだ」

「こっちに来ればわかりますよ。話を聞くより、見たほうが早いです」

「ずいぶんと勿体《もったい》をつけてくれるじゃないか。わかった、なんとか調達してみよう」

「それと、ちょっと教えてほしいことが一つあります」

「人を急がせているくせに質問か」

「亡くなった岸中美菜絵には姉妹がいましたか。姉妹じゃなくても、彼女によく似た従姉妹《いとこ》とか……変な質問だと思うでしょうけど」

小塚がまた黙り込んだ。だが質問が奇妙だからではないような気が慎介はした。

「君も見たのか」小塚が訊いた。

「えっ、何をですか」そう訊いた直後に慎介の頭に閃《ひらめ》くものがあった。小塚の質問の意味がわかった。慎介は続けていった。「岸中美菜絵の幽霊……ですか」

ふうっと息を吐く音がした。

「見たのか。それとも誰かから聞いたのか」小塚の声には緊迫した響きがあった。

慎介は少し考えてから答えた。「見ました」

「どこでだ」

「ここで、です」

「わかった……すぐに行く」

「待ってください。彼女に姉妹はいないんですね」

「双子の姉妹も、彼女によく似た親戚もいない」そういい捨てて、小塚は電話を切った。

慎介は携帯電話のモニターに表示されている時刻を見た。午前四時を過ぎていた。小塚の声が最初眠そうだったのも無理はなかった。

26

恐ろしく長い時間が流れた。その時間を慎介は携帯電話のモニターを眺めながら過ごした。本当は誰かに電話をしたかった。外の世界と交わりたかった。しかし徒《いたず》らに電池を消耗させることは避けねばならなかった。それに小塚から連絡が入ることも考えられる。

チャイムの音を聞いたのは、電話してから二時間近く経ってからだった。慎介は玄関ホールで膝を抱えて座っていた。彼は、「はい」と大声で答えた。

「俺だよ」小塚の声がした。

「開けてください」慎介はいった。

鍵を差し込む音がした。どうやら鍵は合致したらしい。無論、だからこそ一階のオートロックのドアも開けられたのだろう。

ドアが開けられた。白いポロシャツを着た小塚が入ってきた。刑事は慎介を見て、目を丸くした。「何だ、その格好は」

「だから説明するより、見てもらったほうが早いといったんです」

「見たらますますわけがわからなくなった」

「とにかく、これを何とかしていただけますか」鎖を持って、慎介はいった。

「誰にやられたんだ」

「女です」

「女?」訝しそうに小塚は眉を寄せた。「とにかく事情を話してみろ。鎖を切るのはその後だ」

仕方なく慎介は、これまでの経緯を手短に話した。小塚は感嘆符や疑問符のついた言葉を発しながら、彼の話を聞いていた。

「何というか、その」聞き終えた後で小塚はいった。「信じがたい話だな」

「でも事実なんです。その証拠に、こんな目に遭っています」

「たしかに冗談でしていることではなさそうだ」

小塚はスポーツバッグを持ってきていた。それを開け、中から金鋸《かなのこ》を取り出した。

「署から無断で拝借してきた。ここまでしてくれる刑事はいないぜ」

「すみません。恩に着ます」

小塚は慎介の足首に巻かれている手錠を金鋸で切断した。

「やっと自由になれた」慎介は先程靴箱から引っ張り出した服を身に着けた。

「それにしても、ここは一体どういう部屋だ」小塚は室内を見回していった。「ふだん、その女が住んでいるのか」

「それがよくわからないんです。鍵には妙な仕掛けがしてあるし、窓は全部塞がれている。おまけに家具はろくにない。ふつうの生活はできないと思いますよ」

「そうだよなあ」小塚は鋸を持ったまま、部屋の中を歩き回った。慎介もその後をついていった。

小塚はクローゼットや戸棚を開けていった。どこも空っぽだった。

「住んでいるという感じではないな」

「そうですね」

玄関の横にある部屋の前に小塚は立った。ドアを開けようとする。だが開かない。

「そこ、鍵がかかっているんです」慎介はいった。

「中に何があるのかは見ていないんだな」

「ええ」

「ふうん」小塚は何度かノブをがちゃがちゃと回した後、慎介のほうを振り向いた。「なあ、こんなふうに監禁されたら、脱出するためにはどんなことだってするよな。現に君は電話を手に入れるために洗面台のタオルかけを壊した」

「はあ……」

「他人の家のものを壊すのはよくないが、この場合は許されると思う。誰も君を責めたりはしない。ドアの一枚ぐらい破ったって、仕方がないわけだ」

小塚のいいたいことが慎介にもわかってきた。

「俺に壊せと？」

「命令してるわけじゃない。壊したって、責められないといっている」

慎介は小塚の顔を見た。刑事は小狡《こずる》そうな顔に、にやにや笑いを浮かべた。

「仕方がないな」慎介はため息をついた。「それ、貸していただけますか」

「いいとも」金鋸を小塚は差し出した。「このドアノブの上あたりを壊せば、話が早いと思うがね」

「下がっていてください」

慎介は金鋸を両手で持つと、ドアをめがけ、思いきり斧《おの》のように振り下ろした。頑丈な刃が見事にドアに食い込んだ。彼はそれを何度か繰り返した。やがて板はぼろぼろになり、ドアに穴があいた。ちょうど人の手が入る程度の大きさだ。

「オーケー、ストップ」小塚が慎介を制した。左手を、その穴に入れた。内側から鍵を外すつもりらしい。

「小塚さんが手を出しちゃいけないんじゃないんですか」息をきらせ、慎介はいった。

「ま、そう堅いことをいうなよ」かちゃりと金属音がした。「よし、鍵が外れたぞ」

小塚はドアを開けた。室内は真っ暗だった。壁のスイッチを入れた。蛍光灯の光が室内に満ちた。

「ひっ」小塚が小さな悲鳴をあげた。さらに呻《うめ》くようにいった。「なんだ、この部屋は」

慎介も入り口から室内を見た。どきりとし、刑事が無様な悲鳴を漏らした気持ちを理解した。

部屋の中で彼等を迎えてくれたのは、たくさんのマネキンたちだった。

27

部屋の広さは八畳程度だろう。だが歩ける範囲はその半分もなかった。スチール机が二つ置かれ、その上にはパソコンや周辺機器が載っていた。さらに反対側の壁には、金属製の棚が置いてあった。そこには液体、粉末などが入ったプラスチック容器や、慎介などは見たこともない機械、さらには薬品が入っていると思われる瓶などが並んでいた。

部屋の奥にはマネキンが立っていた。その数は十体を超えていた。裸のマネキン、服を着せられているもの、下半身だけのもの、いろいろだった。

「岸中玲二はマネキン職人だったな」室内をぐるりと見回して小塚はいった。「わざわざこんなところまで通ってきて、仕事をしていたということか？」

「いや、仕事じゃないですよ、たぶん」慎介はマネキンのほうへ歩いていった。「ここへ来る目的は、これ……だったと思います」

「何だ？」小塚も慎介の隣に来た。

「これ、全部同じ顔をしているでしょう。岸中美菜絵さんの顔なんですよ」

「えっ、そうなのか。俺はよく知らないんだが」

「岸中美菜絵さんです」慎介はいった。

ずらりと並んだ顔は、岸中美菜絵のものに相違なかった。すなわち瑠璃子の顔だった。表情は同じではなく、笑っている顔、少し怒っている顔、すねたような顔、いろいろある。泣いた顔はなかった。ただ、どれも表情の底に悲しみを滲ませているようだった。

一つのマネキンが慎介の目をひいた。それは紛れもなく、あの写真に写っていたマネキンだった。写真と同様にウェディングドレスを着ていた。その目は彼を見つめ、何かを語りかけたそうにしていた。慎介は目をそらした。

「岸中玲二はこの部屋で、死んだ女房に似せたマネキンを作っていたということか」小塚がいった。

「そういうことみたいですね」

「気味の悪い話だな。まあ、気の毒ではあるんだが」小塚は手袋をはめると、スチール机の引き出しを開けた。中には書類やノートがぎっしり詰まっていた。小塚はそれらに目を走らせた。「人形作りの資料みたいだな」

慎介も手を出そうとした。すると、「おい」といって小塚が何かをほうって寄越した。手袋だった。

「指紋をべたべたつけて、得することは何もないからな」

慎介は頷き、手袋をはめた後、引き出しからファイルを一冊抜き取った。一番分厚いファイルだ。

開いてみると、そこには論文のコピーらしきものがたくさん綴《と》じてあった。慎介はぱらぱらとタイトルだけを眺めた。『シリコンポリマーを使った人工皮膚の研究』、『油圧式義肢』、『電磁式可動義眼の研究と問題点』、『マイクロコンピュータによる人形の表情変化・サイバーロボット研究第十三報』——論文の詳細な内容は慎介に理解できるはずがなかった。だがタイトルを眺めていれば、この論文がどういった目的で集められたのかは容易に想像できた。つまり岸中玲二は、より人間に近い人形を作ろうとしていたのだ。無論それは、死んだ妻に似せた人形だろう。見た目が近いだけでなく、動いたり、表情を変えたりできるものを目指していたようだ。

突然派手な電子音が鳴り響いた。見ると小塚がパソコンの前に座っていた。パソコンが起動を始めていた。

「すごいじゃないですか」慎介は感心していった。

「中年の刑事にパソコンなんか扱えるわけがないと思っていただろう」

「正直いうと、そうです」

「馬鹿にしてもらっちゃ困るな。こう見えても、インターネットのホームページを開設したこともあるんだ」

「本当ですか」

「もっとも、あまりにも誰もアクセスしてくれないから、馬鹿馬鹿しくなってやめちまったがね」

モニターにマッキントッシュ特有の画面が現れた。

「マックはあまり使ったことがないんだけど、まあ何とかなるだろう」小塚は独り言をいっている。

慎介は別の引き出しを開けた。事務用品の入った引き出しだったが、Ｂ５の大学ノートも一冊入っていた。彼はそれを取り出し、何気なく開いた。同時に、おっと小さく声を漏らした。細かい文字がびっしりと書き込まれていたからだ。

『七月十日
マスクの試作品を作る。既製のヘッドを修正し、着色。美菜絵の顔に近い。しかし近いだけ。全然別物。新たに型どりをして、専用のヘッドを作る必要あり。
七月十二日
粘土で美菜絵の頭部を作る。鼻の形が難しい。写真から画像処理して寸法を割り出す。意外にも彼女の鼻は東洋人の平均値を超えて高く、細い。深夜まで乾燥させ、石膏で型をとる。
七月十三日
型にシリコンラバーを流す。並行して塗料の調合。美菜絵の肌の色が出せない。髪の毛も適切なものが見つからず。
七月十四日
ヘッドに着色。美菜絵の顔が蘇った。しかし何かが違う。やはり目か。』

どうやらこれは製作記録らしい。一日か二日に一度、必ずつけていたようだ。

慎介は最初から目を通していった。はじめの頃、岸中玲二は、亡き妻に似たマネキンを作ることに情熱を燃やしていたようだ。専門的なことは慎介にはわからないが、従来のマネキン製作では用いられなかったような様々なテクニックを、岸中は導入していったと思われる。たとえば、眼球だけを別のプラスチックで作って、マスク部分を作る時に予《あらかじ》め埋め込んでおくという方法は、通常はしないことのようだ。

九月半ば、ついに岸中玲二は一つの到達点に達する。これこそ妻のレプリカだといえるマネキンを完成したのだ。彼はそれに『ドール美菜絵』という名をつけ、ウェディングドレスを着せた。

あのマネキンだな、と慎介は思った。

『ドール美菜絵』の一号体が完成した夜、岸中玲二は彼女を前に置いて祝杯をあげた。その時に飲んだのはアイリッシュクリームだった。岸中玲二が『茗荷』に来た時に頼んだ、あの酒だ。

記録によれば、その後も彼は『ドール美菜絵』を作り続ける。表情や服装の違ったものが欲しい、というのがその理由のようだった。部屋のいたるところに彼女たちを配置して、いつも一緒にいるような気分に浸りたいと考えたようだ。

だが至福の時間はそう長く続かなかったようだ。

『十月十日
美菜絵に話しかける。しかし話が弾まない。このところずっとそうだ。僕の気分もすぐれない。

美菜絵の目を見ていると、彼女の訴えていることがわかる。彼女は生命を欲しがっているのだ。動く身体を求めているのだ。声の出る喉があればと思っているのだ。

だけど僕には美菜絵を蘇らせることはできない。僕は小さな虫よりも無力だ。

美菜絵が悲しそうな目をしてるのは、たぶんそのせいなんだろう。』


この後、岸中玲二は記録をつけるのをしばらくやめてしまったようだ。日付は突然、十二月二十日に飛ぶ。

『十二月二十日
新しい場所に移って最初の仕事は、美菜絵の顔をコンピュータで描くことだった。ドールの一号体を使って立体座標を記録する。素材についても検討しなければ。シリコンラバー以外に、何かいいものはないか。
骨格にはチタンかカーボンか。駆動はやはりモーター？
十二月二十一日

筋肉システムについて検討。できればモーターは使いたくない。音も気になるし、動きが不自然。美菜絵をロボットにする気はない。できれば人工筋肉とでも呼べるものが欲しい。義手、義肢について論文を検索。使えそうなアイデアは見つからないが、とりあえずプリントアウト。

十二月二十三日
人工皮膚について、有効な資料を発見。基本的にはシリコンだが、構造が違う。資料によれば、難点はメンテナンスか。皮膚のみずみずしさを維持するのに手間がかかるとのこと。美菜絵の皮膚を作れるなら、一向に構わない。

筋肉については、油圧システムを第一案とする。細かい部分については、パルスモーターも必要かもしれない。

義歯についての資料調達。』


新しい場所に移って、という記述があることから、この時期にここへ作業場を移したということかもしれない。岸中玲二は、単なるマネキンではなく、より人間に近い人形を作ろうと考え始めたようだ。

年が明け、岸中玲二は本格的に製作を開始する。そして二月になると、いよいよその原型ともいえるものが出来上がってくる。

『二月五日
ＭＩＮＡ－１の頭部がとりあえず完成した。出来上がりには満足していない。外観はマネキンの頃のものと基本的に同じだ。瞼と唇を動かせるようになったが、自由度はまだまだ小さい。ただし皮膚の感じはいい。目を閉じさせると、美菜絵が生きていた頃そのもの。唇にキスしてみる。触感が少し硬い。材質を検討すること。

赤外線の受光センサーを目に埋め込んだが、見たところ不自然さはない。

二月七日
上半身の仕上げに入る。乳房の大きさはシリコンバッグで調節。形を整えるのが難しい。乳首部分は樹脂の材質を変えることにより、うまくいった。

腕の付け根部分の皮膚を奇麗に仕上げるのが難しい。腋の下だけ材質を変えれば簡単だが、継ぎ目を増やしたくない。

腹筋部分のワイヤが目立ってしまう難点あり。まだまだ問題ばかり。』

慎介はノートから顔を上げ、周囲を見回した。ここに記述されているＭＩＮＡ－１という人形を探したのだ。だが、それらしきものはない。

彼は再びノートに目を落とした。三月に入り、ＭＩＮＡ－１は着々と組み立てられていく。下半身部と上半身部が合体させられ、様々な部分の調節が行われる。

『三月三日

雛祭りまでにＭＩＮＡ－１に服を着せてやりたかったが、間に合わなかった。腕の動きが相変わらずうまくいかない。足に比べて動きが複雑なせいもあるが、当初予想したよりも重量が大きくなったことが主原因。といって今以上の軽量化は困難。指の動きを諦めれば解決するが、それはやはりできない。美菜絵はピアノが上手だった。ピアノを弾けない美菜絵は美菜絵ではない。

三月五日

美菜絵の頭部が完成。表情を自由に変えられる。とりあえず十二種類のパターンをコンピュータに入力しておく。テスト結果良好。

腕については、動きのパターンを減らすことにした。それでも見かけ上は問題ない。動きがスムーズになった分、自然な感じがする。

明日は植毛を行う。

三月六日

全身の植毛完了。明日は頭部とボディを合体させる。一日で終わればいいが。』

一日で終わればいいが、とあるが、三月七日から始まった最終仕上げは、全くうまくいかなかったようだ。機械的に繋げばいいだけでなく、皮膚も違和感のないように接合しなければならない。しかもテストしてうまく動かなければ、もう一度切り離すことになる。岸中玲二は二週間で合計十回、頭部の取り付け取り外しを行っている。

『三月十九日
頭部取り付けを行う。皮膚の接合部を修復するのに手間取る。
椅子に座らせ、赤外線コントローラで指示を出す。手足の動きは改善されたが、身体の捻り方が不自然だ。頭部の重みが腰を回転させる機構に悪影響を及ぼしているらしい。迷ったが、もう一度頭部を切り離すことにした。だが今夜は疲れたので寝る。
三月二十日
頭部を外し、腰の回転部をチェック、予想通り歪みが生じている。かなり根本的な計算ミス。回転部を作り直すか。だが現状とサイズを変えられない。どうしたらいい？』

この後なぜかノートは一枚分切り取られている。そのため日付は三月三十日に飛ぶ。それを見て、慎介は驚いた。ＭＩＮＡ－１が完成しているのだ。

『三月三十日
今日は美菜絵の第二の誕生日だ。華やかに復活した、記念すべき日だ。

ＭＩＮＡ－１に服を着せてみる。完成したら何を着せるか、前から決めていた。あの白いワンピースだ。季節は合わないが、あれは僕が彼女のために最初に買ってあげたものなのだ。

当然のことだが、服は彼女の身体にぴったりと合った。彼女が蘇った。美菜絵が僕の元に戻ってきてくれた。

「おかえり」と僕はいってみた。

ただいま、と彼女は答えた。彼女の声が僕には聞こえる。

「もう、どこにも行かないでくれ」と僕はいった。

行かないわ、と彼女はいった。』


これが最後の記述となっていた。あとはずっと白紙だ。慎介はノートを閉じた。

悪戦苦闘しながらも、岸中玲二は妻にそっくりな人形を作り上げたようである。だがその人形がこの部屋にないのが気になった。記録から察すると、かなり大がかりな代物のようだ。また、分解して保管しておくようなものでもないらしい。

岸中玲二がどこかに運び出したということだろうか。だが何のために。

慎介がそんなことを考えていると、「何か面白いことでも書いてあるのか」と小塚が尋ねてきた。彼は今までパソコンを触っていた。

「面白いと思うかどうかは、人それぞれだと思いますけど」

「君はどうなんだ」

「面白かったですよ」慎介はノートを机の上に置いた。「少し怖くもありましたけど」

「ほう」

「そっちはどうです」

「片っ端から見て回っているところだよ。岸中玲二は、パソコンについてはかなりの使い手だったみたいだな。正直いって、俺とは比較にならない」

「人形に関して、何かないですか」

「資料らしきものはある」そういいながら小塚はモニターを見ていたが、「おっ、これは」といってマウスを操作した。「ＤＯＬＬっていうのは人形という意味だよな」

「そうです」

「そういう名前のフォルダがある。ははあ、どうやら写真が入っているようだぞ」

慎介は小塚の後ろに立って画面を見た。

モニターに写真が現れた。『ドール美菜絵』の写真だった。

「ははあ、自分の作品を写真に撮って、保存していたわけだ」小塚がいった。

ファイルには、『DOLL．1』、『DOLL．2』というように名前がつけられていた。

『ドール美菜絵』の様々なバージョンの写真が保存されているのだろう。

『MINA－1』と記されたファイルがあった。慎介はそれを指差した。

「これを見せてください」

「オーケー」小塚はマウスのポインタをそこに合わせ、ダブルクリックした。

画面に写真が出た。それを見た瞬間、慎介は声を出せなくなった。

小塚も息を呑んだようだ。彼は顔を画面に近づけてから、ようやくいった。

「おい……これが人形か」

そこには、こちらを向いて座っている女の姿があった。白いワンピースを着ていた。

瑠璃子だ、と慎介は呟いた。

28

マンションを出ると強い日差しが慎介の全身に降り注いできた。彼は掌で目元を覆い、地下鉄の駅に向かって歩きだした。すでに朝の交通ラッシュが始まっていた。アスファルトの砂埃が、少し汗ばんだ身体にからみついた。

小塚はまだあの部屋に残っていた。もう少し調べたいことがある、といっていた。慎介は一秒も長くはいたくなかったので、先に逃げ出してきたのだ。どこに行くつもりかと小塚に訊かれたので、自宅に帰るのだと答えた。ほかに行くあてはなかった。

「あまり出歩くなよ。後でまた連絡するからな」部屋を出ようと靴を履く慎介に向かって小塚はいった。

それにしてもあの奇妙な部屋で、岸中玲二は何をしていたのだろうと慎介は思った。死んだ妻に似せた人形を作っていたというのはわかる。だが『MINA-1』とは一体何なのか。記録によれば、より人間に似せた、いわば人造人間とでも呼ぶべきものを岸中は作ろうとし、実際に作りあげたらしい。しかしそんなことが本当に可能だろうか。

パソコンに残されていた画像が慎介の瞼に蘇る。『MINA-1』と記された画像は、『DOLL.1』や『DOLL.2』と違い、どう見ても人間の女を撮影したとしか思えないものだった。ただし、顔はたしかにマネキンたちと酷似していた。

あれはまさに瑠璃子だった。すると瑠璃子は岸中玲二によって作られた人形なのか。まさかそんな馬鹿なことがあるわけがない、と慎介は思う。彼女は間違いなく人間だった。SF映画じゃあるまいし、人間と同じように動き、話し、そしてセックスまでする人形が存在するはずがない。

では彼女は何者なのか。岸中美菜絵には双子の姉妹はいなかった。小塚によれば、彼女に酷似した肉親もいないらしい。

岸中玲二の手記が思い出された。最後に書かれていた一文が慎介の脳裏から離れない。

『「もう、どこにも行かないでくれ」と僕はいった。

行かないわ、と彼女はいった。』

岸中玲二は、一体誰に話しかけていたのか？


自分の部屋に戻るのは久しぶりのような気がした。ドアを開けると、少しカビ臭かった。カーテンを開き、窓を開け放った。安っぽいガラステーブルの上で埃が舞うのが見えた。

慎介は成美のドレッサーの引き出しを開けた。握りの部分がプラスチックで出来たプラスドライバーが入っていた。

ドライバーを手に、洗面所に行った。粗末な鏡が壁に取り付けてある。四隅がプラスネジで留めてあるのだ。

彼はネジの溝にドライバーを合わせ、反時計回りに回した。ネジは簡単に緩んだ。明らかに何度か締められたり外されたりしているのだ。

ネジを四つとも取り除き、慎重に鏡を外した。その向こうにあったのは大きな穴だった。三十センチ角ほどの大きさに壁が破られているのだ。

そうだ、と彼は思った。

ここに金を隠したのだ。大金だった。たしか三千万円。新聞紙に包み、隠した。ここに隠したことは誰にもいわなかった。成美にさえも――。

激しい立ち眩《くら》みが慎介を襲った。彼は鏡を持ったまま、床に膝をついた。頭痛がする。それに呼応するように吐き気を催した。

たくさんのジグソーパズルが独りでに組合わさっていくように、慎介の頭の中で記憶が形を整えていった。漠然としていたものは、その輪郭をはっきりとさせ、乱雑だったものは順序よく並び、欠けていた部分は補充されていった。だが残念ながら、それでもまだ彼の記憶は完全ではなかった。肝心の何かが抜けているのだ。

波が去ってしまうと、少し気分が楽になった。彼はゆっくりと立ち上がった。鏡を元の位置に戻し、ネジを締め直した。

成美を探さなければならないと彼は思った。彼女は三千万円を持って、逃走しているはずなのだ。

曜日の感覚が狂っていたが、どうやら木曜日のようだった。昼過ぎになってから、慎介は千都子に電話をした。

「どこに行ってたのよ。昨日も一昨日も無断で休むもんだから、心配したじゃない」声が不機嫌そうなのは、眠いからだけではなさそうだ。

「ごめん、急用があってさ」

謎の女に監禁されていたとはいえない。いっても信用されないだろう。

「どんな急用なのよ。電話の一本ぐらいくれてもいいでしょ」

「友達が事故で死んだんだよ。身寄りがないやつで、通夜とか葬式の準備まで、俺がやらなきゃならなかったんだ。それでつい連絡するのも忘れちゃってさ」

電話の向こうで千都子はため息をついた。

「そういうことなら仕方ないけど、今度からはちゃんと連絡してよ」

「うん、わかってる。本当にごめん」

「今夜は来てくれるの」

「それが、ちょっとわからない。行けないかもしれない。とりあえず、休むってことにしておいてくれないか」

「えー、そうなの」

困っちゃったなあ、と千都子はぼやいた。

「ごめん。そういうわけだから」

「仕方ないわね」

明日は店に行くからといって、慎介は電話を切った。

夕方になっても小塚からの連絡はなかった。慎介は携帯電話にかけてみた。しかし電話は繋がらなかった。

ふと思いついて、部屋を出た。タクシーを拾い、「日本橋のユニバーサル・タワーへ」といった。

高層マンションに着くと、エントランスホールに入った。左側にあるカウンターにはグレーの制服を着た男がいる。慎介が近づいていくと、男は顔を上げた。

「何でしょうか?」男は訊いた。髪には奇麗な櫛目《くしめ》が入っていた。

「運送屋の者ですけど、こちらの4015号室というとオカベさんですよね」

「オカベ? いえ、違いますよ」男は自分の手許に目を落とした。「四十階は、全部ウエハラさんの所有になっています。オカベさんという方に貸したという話は聞いてませんが」

「ウエハラさん?」

「ほら、帝都建設の社長の」そこまでいってから、男は後悔したような表情を見せた。しゃべりすぎたと思ったのかもしれない。

「帝都建設というと……」

「とにかく4015号室にオカベさんという人はいませんよ」男は素気なくいった。

あまりしつこく質問すると怪しまれるおそれがあった。慎介は適当に礼をいってその場を離れた。ここに長く居すぎると、瑠璃子に見つかる心配もあった。

マンションを出てから改めて考えた。帝都建設というと、思い出すことがある。木内春彦が勤めている会社だ。

なぜ瑠璃子はあの部屋を自由に使っているのか。なぜ岸中はあの部屋で妻の人形を作っていたのか。

地下鉄の駅に向かう途中、慎介は足を止めて携帯電話を取り出した。立ったまま、岡部義幸に電話をした。たぶん迷惑そうな声を出すだろうという慎介の予想以上に、岡部の声は尖っていた。

「またおまえか、今度は何の用だ」

「『水鏡』にいるという知り合いを紹介してくれ」

ふっとため息をつく気配がした。

「また木内のことを調べるのか」

「まあそういうことだ」

「『水鏡』にいるやつは、この間おまえに話した程度のことしか知らない。会ったところで意味がないぜ」

「意味があるかどうかは訊いてみなきゃわからない」

「しょうがねえな」岡部はまたため息をついた。「そんなに木内のことを調べたいなら、ちょうどいい男がいる。そいつに当たってみたらどうだ」

「どういう男だ」

「この前、木内がうちの店に来ただろう。その時、あいつと一緒にいた男のことを覚えているか」

「眼鏡をかけた営業マン風の男かい」

「そうだ。あの男、うちの店が気に入ったらしく、次の日もどこかのホステスを連れてやってきた」

「木内は一緒じゃなかったのか」

「女と二人だけだ。その時、名刺を置いていった。その名刺が今、俺の手許にある」

「何という男だ」

「名前はカシモトミキオ。樫の木の樫に本《ほん》、ミキオは木の幹に男だ。コンピュータソフトの会社に勤めているらしい。ヘッドバンクという名の会社だ」

「木内とはどういう関係なんだろう」

岡部は低く笑った。

「そういうことは自分で訊けよ」

「たしかにそうだ。連絡先を教えてくれ」

「名刺には職場と携帯の電話番号が印刷されている。ああそれから電子メールのアドレスも書いてある。どれが知りたい？」

「携帯の番号がいいな」

「オーケー。ただし、俺から聞いたとはいうなよ」

「わかっている」

慎介は部屋の鍵を取り出した。それを使い、岡部がいう十一個の数字を、そばのガードレールに刻んだ。電話を切った後、その数字を携帯電話のメモリーに記録した。

そのまますぐに電話をかけた。呼び出し音が五回鳴った後で相手が出た。

「はい、もしもし」樫本幹男の声は甲高かった。

慎介は、突然電話したことの非礼を詫びた後、自己紹介をした。ただし本名は伏せ、小塚と名乗った。

「じつはちょっとお話ししたいことがございまして」

「どういう用件ですか」樫本は警戒していた。当然のことだった。

「木内さんのことで、お訊きしたいことがあるんです」

「木内の？　彼のどういうことですか」樫本は木内のことを呼び捨てにした。仕事で付き合っている仲ではないということか。

「外でお目にかかれませんでしょうか」慎介は出来るだけ丁寧にいった。「お忙しいところ、本当に申し訳ないのですが、お仕事が終わった後にでも」

「仕事はいつ終わるかわからないんです」

「では後でもう一度お電話しましょうか。一時間後にでも」

「ええと、ちょっと待ってください」

仕事のスケジュールでも確認しているのか、三分ほど待たされた。

「わかりました。七時頃、時間をとれそうですから、その頃でいいですか」

「結構です。ではどちらで」

「会社の前に『ハーモニー』という喫茶店がありますけど」

「『ハーモニー』ですね。了解しました。では七時に」

電話を切った後、すぐにまた岡部にかけた。

「今度は何だ」彼はいった。半分怒った声を出していた。

「ヘッドバンク……といったっけ、樫本の会社の場所を教えてくれ」

29

ヘッドバンクという会社は神田小川町《かんだおがわまち》にあった。小さなビルの三階と四階を使っていた。

通りを挟んだ向かい側にある『ハーモニー』という喫茶店は、渋い佇まいのコーヒー専門店だった。六時五十分に店に着いた慎介は、ブラジルを注文した。

十五分以上をかけて、そのコーヒーを飲んでいると、見たことのある男が店に入ってきた。先日『シリウス』で木内と一緒にいた男に相違なかった。灰色の背広を着ていた。

「樫本さん」慎介が声をかけた。

樫本は怪訝そうな顔で近づいてきた。値踏みするように目を小刻みに動かしている。あるいは『シリウス』で会っていることを覚えているかなと思ったが、樫本は初対面の男を見る目をしていた。

「小塚さんですか」

「そうです。お忙しいところをすみません」

樫本は慎介の向かい側に座った。ウェイターにはコロンビアを注文した。

「じつはこういう者なんです」慎介は一枚の名刺を差し出した。小塚の名刺だった。樫本は手に取ってから目を見張った。

「刑事さんですか……」

「失礼」慎介は、樫本が手にした名刺を、すっと取り返した。「すみません。むやみに名刺を人に渡してはいけないことになっているので」

「あ、はい」樫本は途端に表情を硬くした。

「木内春彦さんと親しくしておられますね。どういった御関係なのですか」慎介はすぐに質問を始めた。樫本に不審を抱く余裕を与えないためだった。

「彼とは大学が一緒だったんです。××大学の情報工学科でした」

「なるほど。かなり頻繁に会っておられるんですか」

「それほど頻繁というわけでは……。月に一度程度、急に誘われたりして、飲みに行くという感じです」

「そして木内さんが勘定を持つ——そうですね？」

慎介の言葉に、樫本は不意をつかれたような顔をした。その顔に向かって、慎介は薄く笑いかけた。なるべく不気味に見えることを期待した。

樫本が注文したコーヒーが運ばれてきた。彼はそれをブラックで飲んだ。手が少し震えていた。

「木内さんは帝都建設にお勤めでしたね」樫本が頷くのを見て、慎介は続けた。「会社ではどういった仕事をしておられるんでしょう」

「それはよく知らないんです。会社のことは、あいつ、殆ど何も話さないから」

「こちらで調べたかぎりでは、木内さんはあまり会社にはきちんと行っておられないようなんですよね。それなのに、ずいぶんと裕福な生活をなさっている。何か理由があるのではないかと考えているのですが」

「わかりません、知りません。僕は、本当に、たまに会って飲む程度で……」こめかみに汗が一筋流れた。

「樫本さん」慎介は低い声でいった。「汚れた金で接待を受けたりしたら、受けたほうも責任を問われることがあるんですよ」

この台詞は慎介自身の耳には全くリアリティがなく聞こえたが、樫本にはそれなりの脅迫効果をもたらしたようだ。彼は途端に青ざめた。

「信じてください。僕は本当に何も知らないんですよ。あいつ、事故以来すっかり変わっちゃって、僕にも何も打ち明けてくれなくなっちゃったんです」

「事故というと、例の交通事故?」

「ええ」

「変わったというと、どんなふうにですか」

「何というか、前は明るい男だったんですけど、事故以来、口数も少なくなったし、つまり暗くなっちゃったんです。まあ、人身事故を起こしたわけだから、無理ないかなという気もするんですけど」そういってから樫本は付け足した。「婚約解消のことも、たぶんあるんでしょうが」

「婚約解消?」その言葉に慎介は反応した。「何のことです」

樫本は瞬きして慎介の顔を見返した。知らなかったのか、という表情だった。余計なことをいってしまったかなという後悔の色も浮かんでいた。

　慎介は木内の住むマンションの管理人から聞いた話を思い出した。当初は新婚が入居すると聞いていたが、実際に入ったのは木内一人だったという話だった。

「当時、木内さんには、結婚の決まった女性がいたわけですね」

　慎介の問いに樫本は頷いた。「そうです」

「どういう女性ですか。名前は御存じですか」

「名前は知りません。でも、その、ええと……」なぜか樫本は逡巡していた。狼狽しているようでもあった。自らの気持ちを落ち着かせるように彼はコーヒーを口に含んだ。それから改めて慎介のほうを向いた。声を落としていった。「社長の娘さん……だと聞いています」

「社長、というと……」慎介はどきりとして訊いた。

「帝都建設の社長です」樫本はいった。「社内のテニス大会で木内が優勝した時、見に来ていた社長令嬢と知り合って、そのまま親しくなったと聞いています」

「すごい……」

　逆玉の輿《こし》じゃないかといいかけて慎介は呑み込んだ。刑事が口にする台詞ではないと思った。

「ところがその社長令嬢との結婚が御破算になったわけですね」

「ええ。木内は詳しいことを話してくれませんけど、事故が原因だったと思います」

「娘を人身事故を起こしたような男と結婚させるわけにはいかない、ということですか」

「そうじゃないんですか。もしかしたら、娘さん本人が、こういう男とは結婚しないでおこうと思ったのかもしれないけど」

「でもそれなら、社長としては木内さんを会社には置いておきたくなかったでしょうね」

「だからといって強引に辞めさせるわけにもいかない。それで閑職につかせているんじゃないんですか。これは僕の推理ですけど」樫本はいった。

慎介は頷いた。だが納得しているわけではなかった。彼はしばらく自分の空になったコーヒーカップを見つめてから、改めて顔を上げた。

「樫本さんはユニバーサル・タワーというマンションを御存じですか」

「最近日本橋に出来た……」

「ええ。木内さんは、あのマンションのことで何かいっておられませんでしたか」

「何かとは？」

「たとえば、知っている人が住んでいるとか」

「さあ」樫本は首を傾げた。「そういう話はしたことがありませんけど」

「そうですか」

「ええと」樫本は腕時計を見た。「ほかにまだ何かありますか。じつは仕事を途中で抜けてきたんですけど」

「それはどうもすみません。では最後に一つだけ。交通事故のことで、木内さんと話をされたことはありますか」

樫本はかぶりを振った。

「殆どないです。こっちからは訊きにくいし、彼は明らかにその話題を避けていますし」

「なるほど」それはそうだろうな、と慎介は思った。「ほかに木内さんと親しい方に心当たりはありませんか」

「誰がいるかなあ。事故以来、結構みんな疎遠になっちゃったようなんですよね。どういうわけか僕にだけは、時々連絡をくれるんですけど」樫本は首を何度か捻ってから小さく手を叩いた。「ああ、そうだ。あそこにいる連中なら、今でも奴と付き合いがあるかもしれないな」

「あそことは？」

「木内はクルージングが趣味なんです。仲間と船も持っていたはずです。その連中との溜まり場が、恵比寿《えびす》のほうにあったはずです」

「何という名前の店ですか」

「何といったかなあ。一度しか行ったことがないので……」樫本は自分の頭を軽く叩いてからいった。「たしか、『シーガル』じゃなかったかな」

「シーガル……何の店です」

「まあ、いわゆるカクテルバーですよ。ちょっと明るい感じの店です。店長も共同船主の一人だという話でした」

慎介は頷いた。会ってみる価値はありそうだと思った。

30

今日の俺はまるで本物の刑事みたいだな——地下鉄を日比谷《ひびや》で乗り換え、恵比寿に向かう途中、慎介はそう思った。だが真相はまるで見えてこなかった。糸のもつれはひどくなる一方で、解決の手がかりは何もない。

さらに成美のことだ。いや、三千万円のことというべきか。あれは一体何だったのだろう。それを考えると頭痛がした。

恵比寿駅を出て、南に向かって歩いた。

『シーガル』の位置は、電話をかけて確認してあった。電話番号は無論、番号案内で調べた。

ボウリング場を越えて二十メートルほど行ったところに目的の店はあった。店は道路よりも一段高くなっていて、そのために入り口には石段が作られていた。

店内はさほど広くない。小さなテーブルが三つに、カウンターだ。カウンター席には十人はつけないように見えた。今はそこに七つの背中が並んでいた。いずれも常連の雰囲気を漂わせていた。テーブルは一つが埋まっている。

慎介は最もカウンターに近いテーブル席についた。座っても、立っている時と高さが変わらないような、背の高いスツールだった。彼は壁を見た。青い海を豪快に疾走するクルーザーの写真が飾られていた。

店主と思われる男はカウンターの中にいた。髭を生やし、長く伸ばした髪を後ろで縛っていた。顔も首も袖まくりしたシャツから見える腕も、チョコレートのように黒かった。

慎介のところへ注文を取りに来たのは、その男ではなかった。青いTシャツを着た、二十歳そこそこと思われる娘だった。こちらもマスターに負けず劣らず、よく日焼けしていた。ただしこちらは日焼けサロンだなと慎介は見抜いた。

「ジンアンドビターを」慎介はいった。女の子は、はい、と答えた。

マスターはカウンターの中で、目の前にいる客たちの話を聞くふりをしている。だがじつは、初めて入ってきた客の様子を目の端で観察し、何を注文するかに聴覚を集中させていたに違いなかった。そうでなければプロではない。

「あ、ちょっと」立ち去りそうになった女の子に慎介は声をかけた。「木内さんって人、ここにはよく来るかな？」

「キクチさん？」

「いや、木内さんだけど」

「キウチさん……さあ」女の子は首を傾げた。

「いや、わからないならいいんだ」

すみません、といって女の子は下がっていった。慎介は収穫なしだとは思わなかった。彼が木内の名前を出した時、カウンターの中のマスターが、一瞬自分のほうを見たことに気づいたからだ。

その直感は見事に的中していた。ジンアンドビターはマスターが運んできた。

「よく冷えてるね」

慎介がいうと、マスターはにっこりした。その笑顔が消えぬうちに、慎介は一口目を飲んだ。鋭く心地よい苦みが舌から脳に広がるようだった。

「素晴らしい」彼はいった。

「ありがとうございます」

「木内さんは」慎介は訊いた。「どういったものを飲んでおられましたか」

マスターの顔から笑みは消えていなかったが、迷いが表情に混じっていた。この客は一体何者だろう、そう思っているに違いない。

「木内さんのお知り合いですか」マスターのほうから訊いてきた。

「知り合いというか、お客さんでした」

「お客さん？」

「麻布にある店にいるんです」慎介は『茗荷』の名刺を出した。「以前はよく来ていただきました」

「ああ、なるほど」マスターの表情から妙な力が抜けた。同業者と知り、余裕が出来たらしい。

「この店のことは木内さんから聞いていたんです。一度行ったらいいとね」

「それはどうも」マスターは少し照れたようだ。

「木内さんは、今でもここにはよく？」

「いえ」マスターは首を一度横に振った。「最近は、お見えになってませんね」

「そうですか。いつ頃から来ておられないのですか」

「ええと、いつ以来になるかな」マスターは考える顔つきだ。だが本当に考えているのかどうかはわからない。客のプライバシーに触れることを、迂闊に話題にはしたくないのかもしれない。

それで慎介はいってみた。「うちのほうは、例の事故以来さっぱり」

相手が事故のことを知っているとわかり、マスターは安心したようだ。「うちもそうですね」と頷きながらいった。

「クルーザーを共同で持っておられると聞きましたけど」

「ええ、そうなんですけどね、事故からしばらくして連絡があって、当分クルージングをするつもりはないから、自分のことは誘わなくていいといってました。当たり前といえば当たり前なんですけど、やっぱり相当ショックだったんでしょう」

「でしょうね」慎介はカクテルをまた一口飲んでからいった。「結婚も流れたという話でしたしね」

「ああ」マスターは頷いた。やはり知っていたらしい。細い眉を八の字にした。「あれは残念なことでした。よく二人で来てくれたんですけどねえ」

「婚約者の方と二人で？」

「ええ」

「婚約者の方は、たしか上原……さん」

「そう。上原ミドリさん。奇麗な人でしたよね」

「いや、僕はお会いしたことはないんですけど、帝都建設の社長令嬢だったとか」

「そう。逆タマだとかいって、みんなで騒いでました。花の好きな女性で、ここへ来る時には必ずといっていいほど買ってきてくれました。すぐ近くに花屋があるのでね」

カウンターの客がマスターを呼んだ。それで彼は、「ごゆっくり」と慎介に一言いって戻っていった。

慎介はジンアンドビターの入ったグラスを掲げ、光を透かしてみた。

上原ミドリ……か――。

どうやらここへきた収穫は、それだけのようだった。おまけにミドリというのが、どういう字を書くのかもわからない。木内は事故の後、それまでの人間関係を殆ど清算してしまったようだ。

樫本やマスターの話を、一つ一つ頭の中で点検してみた。そのうちに一つだけ引っかかることが見つかった。かなり根本的なことだ。

先日木内は慎介に対して、「罪の意識は薄い」と、はっきりいったのだ。それなのに樫本もマスターも、彼はショックを受けていた、といっている。どちらが彼の本音なのか。

カクテルグラスが空になった。何かおかわりを頼もうかと思ったが、これ以上この店にいても意味がないような気もした。

その時、アルバイトの女の子がテーブルに近づいてきた。手に何か持っている。

「あの、これをお見せしろって、マスターが」そういってテーブルに置いたのは、写真のファイルだった。

慎介はカウンターを見た。

「最後に木内さんたちとクルージングに行った時の写真です」マスターはいった。

「へえ」慎介はファイルを開いた。

青い海を背景に、クルーザーの甲板でポーズを取っている男たちの姿があった。どの顔もマスターと同様に真っ黒だった。その中に木内の姿もあった。彼もまた、たっぷりと日焼けしていた。白いショートパンツから伸びた足は細かったが、筋肉の形がくっきりと浮き出ている。どこから見ても海の男だった。

何枚かそういう写真が続く。その中に、木内が一人の女性の肩を抱いて写っている写真があった。

「木内さんと一緒にいる女性が……」

「上原ミドリさんですよ」マスターはいった。

慎介は改めて写真を見た。上原ミドリはサーモンピンクのTシャツを着ていた。やや丸顔で、健康的な印象を受ける。日焼け止めは塗っているはずだが、一見したところでは化粧気が少ない。社長令嬢の雰囲気はなかった。

ファイルを閉じ、慎介はカウンターまで持っていった。「ありがとうございました」

「この写真、焼き増しして渡すつもりだったんですよ。でも、渡せなくなっちゃった」マスターは苦笑していった。

ジンアンドビター一杯分の勘定を支払い、慎介は店を出た。歩きながら、携帯電話を操作した。小塚に連絡を取ろうとしたのだ。ところが相変わらず電話は繋がらなかった。

一体何をしているんだ——声に出してぼやき、携帯電話をポケットにしまった。駅に向かおうと顔を上げた時だった。すぐそばに花屋があることに気づいた。もちろん店は閉まっていたが、看板が目に入ったのだ。

慎介は足を止めた。止めさせたのは看板に書かれた店の名前だった。

数秒後、何かが頭の中で弾けた。彼は踵を返した。

『シーガル』に飛び込んでいくと、アルバイトの女の子が驚いた顔をした。「あっ、何かお忘れ物ですか」

「さっきの写真を」慎介はカウンターにいるマスターにいった。「さっきの写真を、もう一度見せてください」

31

日本橋浜町に着いた時には十一時を過ぎていた。オフィスビルが立ち並ぶこのあたりは、夜になると真っ暗になる。車線が五つもある清洲橋通りも、昼間とは打って変わって閑散としている。頻繁に通りかかるのは、空車の表示を出したタクシーばかりだ。

歩道に立ち、ガーデンパレス・マンションを見上げた。この建物だけは窓に明かりが灯っている。明かりのついた窓の一つが木内春彦の部屋であることを慎介は祈った。

５０５、だったな——。

慎介は足を一歩踏み出した。もはや木内を問い詰める以外にないと考えていた。彼が何を知っているのか、慎介には想像もつかなかった。だが何かを知っている。それだけは確実だった。

マンションの入り口をくぐろうとした時、オートロックのガラスドア越しに、エレベータが開くのが見えた。降りてきたのは木内だった。

慎介は咄嗟に身体の向きを変えた。マンションを離れ、道の反対側に渡った。路上駐車してあるセダンの陰から様子を窺った。

木内は黒っぽい色の上着を羽織っていた。ズボンのポケットに片手を突っ込み、清洲橋通りに向かって歩いていく。

慎介は、はっとした。木内はタクシーに乗るつもりなのだ。

彼は木内に気づかれぬよう、早足で通りに出た。すぐに空車が来た。彼は手を上げて止めた。

「悪いけど、発進するのはちょっと待ってください」

慎介がいうと、眼鏡をかけた中年の運転手は怪訝そうな顔をした。

木内が通りに出てきた。予想通り、片手を上げた。白いタクシーが彼の前に止まった。

「あのタクシーの後を走ってください」慎介はいった。

「えー」運転手は露骨に嫌そうな顔をした。「前の人は、おたくが後をついてくるって知ってるの？」

「いや、こっそりつけたいんです」

運転手は舌打ちをした。

「そういうことだったら、ほかの車を拾ってくれねえかなあ」

前の車が発進するのが見えた。ところがこちらの運転手は、まだ車を出そうとしない。

慎介は身体を乗り出し、運転手の胸ぐらを掴んだ。

「がたがたいわないで早く出せよ。チップははずんでやるからさ」

大して凄みのある声でもなかったが、それなりの効果はあったようだ。運転手は無言でギアを入れ、クラッチを繋いだ。車は急発進した。

前の車は右車線に移った。右折専用車線だ。新大橋通りに入るつもりらしい。慎介の乗ったタクシーも、同様に車線を変えた。

新大橋通りを茅場《かやば》町《ちょう》に向かって走っていく。この時点で慎介には、もしや、という思いが芽生えていた。

「車を追うのって、難しいんだよねえ」運転手がぼやいた。「信号だってあるし、間にほかの車が入ってきちゃうし」

大丈夫だ、と慎介は口の中で呟いた。行き先はわかってきた。予想通りだった。

前のタクシーは新大橋通りから右に曲がった。

「いいよ、運転手さん。追跡ごっこはおしまいだ」

「えっ、そうなのかい」

「うん。あそこに行ってくれればいい」慎介は前方を指差した。

空に突き刺さるように建っている、ユニバーサル・タワーが、すぐ目の前に見えた。

やがてタクシーは英国庭園風の敷地に入った。すぐ前を木内の乗ったタクシーが行く。向こうは尾行者に気づいているかもしれないと慎介は思った。

前の車に続いて、慎介の乗ったタクシーも車寄せに停止した。料金を払っていると、先に木内が降りた。訝しそうな視線を向けてくる。

慎介もタクシーから降りた。木内の顔が瞬く間に曇った。その顔をそむけた。

「先日はどうも」近づきながら慎介はいった。

「尾行したのかい」

「まあね、マンションの前から。でも」慎介は頷いて見せた。「途中から行き先はここだとわかりましたよ」

木内は不可解そうな顔をした。眉間に皺を寄せている。左手は相変わらずズボンのポケットに入れられていた。その手を指差して慎介はいった。「そっちの手に持っているのは４０１５号室の鍵ですか」

木内の目が見開かれた。頬の肉もぴくりと動いたようだ。

「俺がなぜ４０１５号室のことを知っているのか、不思議そうですね。彼女から、何も聞いてないいんですか」

「何のことをいっているのか、さっぱりわからないな」

「じゃあ一緒に行きましょうよ、４０１５号室へ。行くつもりだったんでしょう？」

「僕は仕事でここへ来たんだ。君の遊びに付き合っている暇はない。君は通りに出て、タクシーを拾って帰るんだね。ここから先は、居住者以外は許可なく立ち入れないきまりになっている」

そういうと木内はガラスドアを開けて中に入った。無論、慎介も彼に続いた。木内は立ち止まり、うんざりした顔で振り返った。

「ついてこないでくれ。管理人を呼ぶぞ」

「どうぞ好きなように。何だったら警察を呼んでくれてもいい。いや、もしかしたら、すでに警察が捜査を始めているかもな」

慎介の言葉に、木内の目が光った。

「どういう意味だ」

「小塚という西麻布署の刑事を知ってるだろ？　おたくのところへも何度か行ったはずだ。あの刑事が、４０１５号室に入った」

「君は一体何の話をしているんだ。なぜ刑事が勝手に部屋に入ったりするんだ」

「俺を助けるためだよ」

「助ける？」

「昨日の深夜まで、俺は４０１５号室に監禁されていた。それを助けに来てくれたのが小塚刑事だったんだよ」

「君は何か妄想にでも取り付かれているんじゃないのか。一体どこの誰が君を監禁したというんだ」

「それを俺にいわせたいのか」

「別に聞きたくはない。君のくだらない話に付き合っている暇はないんでね」木内はオートロックの操作盤に近づいていった。

その背中に向かって慎介はいった。

「上原ミドリさん。あんたの婚約者だった人だ」

鍵穴にキーを差し込もうとしていた木内の手が止まった。彼は厳しい顔つきで慎介のほうへ戻ってきた。

「何をわけのわからないことをいっている」

「じゃあ教えてくれよ。上原ミドリさんはどこにいるんだ」

「なぜ彼女のことを訊く。君にどんな関係があるというんだ」

「だからいってるじゃないか。俺は彼女に監禁されてたんだ。ここの４０１５号室で」

「ふざけるな。なぜ彼女が君を監禁しなきゃならないんだ」

「それはこっちが訊きたいことだ。いや、訊きたいことはほかにも山ほどある。あんたの婚約者は、なぜあんなふうになっちまったんだ」

木内が奥歯を嚙みしめるのがわかった。目が血走っている。多くの思いを抱えている表情だった。だがそれを口に出すことを懸命にこらえている。

「岸中玲二が何をしていたか、知っているだろう？『ＭＩＮＡ-１』とかいうのは人形なんかじゃない。あんたの婚約者だ。上原ミドリさんだ」

木内が睨みながら顔を近づけてきた。首を小さく横に振った。

「君のためにいっておこう。その名前を軽率に口にするな。後悔することになるぞ」

「彼女は今、どこにいる？　どこで何をしている」

「君には関係のないことだ」

「４０１５号室にいるんだな」慎介は相手の目を見据えていった。「そうだろ？」

「ここから出ていけ」木内はいった。「もう僕には関わらないでくれ」

「関わってきたのは、彼女のほうなんだ。このままほうっておくわけにはいかないな。それとも、事を荒立ててほしいのかい」

木内は唇を噛んだ。憎しみに満ちた目をしていた。

「あの時、あんな事故にさえ遭わなければ……」

「何だって？」

「いや……」木内は顔をそらした。しばらくあらぬ方向に目を向けた後、改めて慎介を見た。「わかった。そこまでいうなら案内してやろう。君のいうとおり、僕は４０１５号室に行くつもりだった」彼は持っていたキーを慎介の顔の前に出した。

エレベータに乗り、向き合って立った。観察するような目を木内は向けてくる。慎介も目をそらさなかった。

「彼女は瑠璃子と名乗っている」慎介は口を開いた。「その名前で俺に近づいてきた。不思議な女だった。人間というより人形……だったな、まさしく」

木内が深呼吸を一つした。それに続く瞬きは、話の先を促しているものだと慎介は解釈した。

「なぜ瑠璃子と名乗ったかについては、あんたも心当たりがあるんじゃないかな」

木内は答えない。階数表示板を見た。すでに二十階を過ぎていた。

「『シーガル』に行ってきたんだ」慎介は続けた。「そこであんたと上原ミドリさんの写真を見た。その時には彼女の顔を見ても何も感じなかった。何も思い出さなかった。思い出したのは、駅に向かう途中にある花屋の看板を見た時だった」

エレベータは三十階を通過した。

慎介はいった。「瑠璃屋……それが花屋の名前だった。ミドリさんは、その花屋でよく花を買っていたという話だったな」

女は化粧で変わるというが、それ以上の変貌を上原ミドリは遂げていた。あの花屋の看板を目にしなければ、おそらく一生ミドリと瑠璃子が同一人物だとは気づかなかっただろうと慎介は思った。瑠璃子ではないかという目で写真を見て、ようやくいくつかの名残を発見できたという状態だった。

顔の細さ、身体つきが全く違っていることから、かなり過激なダイエットをしたものと想像できた。また顔の変わりようは、手術によるものとしか考えられなかった。

上原ミドリが意図的に岸中美菜絵に化けようとしたことは、もはや疑いようがなかった。

問題はその動機だった。

「なぜなんだ」慎介は訊いた。「なぜ彼女は岸中美菜絵に……」

「僕は彼女とは一年以上も前に婚約を解消している」木内はいった。「それ以来彼女とは会っていない。だから今彼女がどこで何をしているのか、全く知らない」

「木内さん、嘘はやめようよ」

「信じるか、信じないかは君の自由だ」

木内がそういった時、エレベータが静かに停止した。木内は『開』ボタンを押したまま、お先にどうぞ、というように顎をしゃくった。

見覚えのある廊下に慎介は立った。考えてみれば、今朝ここを脱出したばかりなのだ。彼はいくつか並んでいる部屋のうち、４０１５の表示が出たドアの前に立った。少し遅れて木内が近づいてきた。

「一つ条件がある。部屋を見たら、何も訊かずに帰ってほしい」

「それは無理だよ。訊かなきゃならないことが、この部屋にはごまんと詰まっている」

「じゃあ、この部屋にあるものについての質問は認めよう。それ以外はノーコメントだ。いいな」

「いいだろう」

慎介の見ている前で、木内は鍵を外した。

ドアを開け、慎介は中を覗き込んだ。その途端、彼は大きく息を吸い込んでいた。

「こんな……馬鹿な」

部屋はすっかり片づけられていた。テーブルも椅子も、窓を覆っていたカーテンも消えていた。慎介は、例の岸中玲二が使っていた部屋のドアも開けた。やはりすっかり荷物はなくなっていた。

「いつの間に片づけたんだ」慎介は訊いた。

「ノーコメントといったはずだ。この部屋にあるものについての質問は認めるといったが、この部屋には何もない」

慎介は岸中が使っていた部屋のドアを見た。鍵の部分が壊されている。慎介と小塚がやったことだ。それが今朝まで彼がここにいたことの、唯一の痕跡といえた。

「さあ、外に出てくれ。この部屋を見たんだから、もう満足のはずだろ」

「彼女はどこにいる？」

慎介の質問に木内は答えない。「出るんだ」と、もう一度いった。

仕方なく慎介は部屋を出た。木内がきっちりと施錠した。

「ここへは二度と来るな」低い声で木内はいい、エレベータに向かって歩きだした。

32

腕時計を見ると日付が変わっていた。慎介はユニバーサル・タワーを出て、歩道に立ち、タクシーが通りかかるのを待っていた。

木内春彦の姿はすでにない。慎介よりも一足先にマンションを出た彼は、タイミングよく空車をつかまえられたらしい。

煙草を取り出し、使い捨てライターで火をつけた。思いきり煙を吸い込むと、脳の奥に痺れを感じた。神経が一瞬麻痺し、その後、覚醒が訪れた。感覚がとぎすまされたような気がする。もっと強いニコチンが欲しい。

さて、どうするか——。

煙を吐き出しながら慎介は考えた。もう関わるな、と木内はいった。彼のいうとおりにすべきなのか。たしかにこのまま日常に戻ってしまう手もないではない。そのようにしても、何ら支障はない。慎介は何も失っておらず、このまま帰ってゆっくり休めば、明日からはまた平凡な日常が始まるように思える。いくつかの件について、あれは一体何だったのだろうという疑問が残るだけだ。

不意に瑠璃子の顔が頭に浮かんだ。

慎介には彼女の考えが全く理解できなかった。何のために岸中美菜絵に変身したのか。慎介を監禁した理由は何なのか。何をしようとしているのか。そして今どこにいるのか。彼女の身体を抱いたことが、遠い昔のような感じがした。記憶はたしかにあるのだが、現実感が乏しかった。すべてが悪夢だったようにも思える。

そして岸中玲二が作った人形たち——。

人形の顔を思い出すと、背筋がぞくりと寒くなった。彼女たちは明らかに何かを訴えたがっていたように慎介には思えた。

ようやくタクシーと思われる車が現れた。空車の表示が出ている。慎介はほっとして手を上げた。

「どちらまで?」眼鏡をかけた運転手が訊いてきた。

門前仲町まで、と慎介はいおうとした。その時、運転席のすぐ横に目がいった。シートとサイドブレーキの境目に、本が一冊押し込まれていた。客待ちの時などに、退屈しのぎに読むのかもしれない。

その本のタイトルが慎介の関心をひいた。『家庭で楽しむカクテル』というものだ。この運転手は酒好きなのだろう。眠る前などに、自分で作ったカクテルを飲むのが、毎日の楽しみなのかもしれない。

カクテルという文字を見て、思いついたことがあった。慎介は運転手にいった。「四谷に行ってください」

運転手は無愛想な声で、「はい」といってハンドルを切った。

慎介はシートに深くもたれた。四谷には江島の自宅があるのだった。

タクシーを降りた時には午前二時近くになっていた。『シリウス』が店を閉める頃だ。

慎介は近くのコンビニエンスストアでサンドウィッチと缶コーヒーを買い、店の前で立ったまま食べた。そのコンビニの横の道を入った先に、江島の家はある。豪邸といってよい洋風家屋に、江島は妻と一人娘と三人で暮らしていた。彼の妻は茶道を教えているという。娘は今年女子大に入ったと慎介は聞いていた。

夜食を腹に流し込みながら、慎介は通り過ぎる車を睨んでいた。江島は自分の車で帰ってくるだろう。めったに寄り道はしないはずだから、二時半には彼のベンツが現れるはずだった。

午前二時二十五分に、ダークグレーのベンツが右折して入ってきた。運転しているのは江島に相違なかった。同乗者もいないようだ。それを確認して慎介は歩きだした。

家の前まで行くと、江島が車をバックで車庫に入れている最中だった。慎介は少し離れたところで、その様子を見た。江島はあまり運転がうまくない。慣れた車庫のはずなのに、二度切り返していた。

エンジンが停止し、ヘッドライトが消えた。ドアが開いて江島が降りてくる。彼が車庫から出てくるのを待って、慎介は近づいていった。

「江島さん」

胸を張り、背中をぴんと伸ばして歩いていた江島が、身構えるように立ち止まった。街灯の明かりが逆光になっているらしく、声をかけてきたのが誰なのか、すぐには気づかなかったようだ。

「慎介か」窺うような目をして彼は訊いた。

「はい」慎介は明かりの下に立った。

江島の警戒した表情は変わらない。「どうしたんだ、こんな時間に」

「どうしてもお尋ねしたいことがあって、待っていたんです」

「尋ねたいこと？」江島は怪訝そうに眉を寄せた。「待ち伏せまでしていたということは、かなり急用ということかな」

「まあそうですね」慎介は答えた。

ふむ、と江島は頷いた。慎介の顔をじっと見つめてくる。腹の中を探ろうとしている顔だった。

「じゃあ、家の中で聞こうか」

「奥さんやお嬢さんに御迷惑をかけたくありません。ここで結構です」

「立ち話で済むことなのか」

「立ち話に関することですから」

「何？」

「立ち話のことです」慎介は繰り返した。「先日、木内春彦と立ち話をしてたでしょう。『シリウス』のすぐそばで」

「きうち？　何のことをいってるんだ。何かの間違いじゃないのか」

「見たんですよ」慎介は笑いかけた。だが頰がひきつるのを自覚していた。「あれは木内春彦に間違いなかった。そうして、奴と話している相手は江島さんだった。ごまかさないでください」

それまでは口元に笑みを浮かべていた江島だったが、この瞬間顔つきが厳しくなった。目に酷薄そうな光が宿った。

「事故を起こしたもう一人のことを教えてほしいと俺がいった時、江島さんはその男のことはよく知らないとお答えになりましたよね。それで弁護士の湯口先生に問い合わせてみるとおっしゃったんです。実際、そのすぐ後に、木内の名前を教えてくださいました。だけど本当は、木内のことはよく知っていたんじゃないんですか」

「知っていたとしたら、どうなんだ。何か慎介にとって、都合の悪いことでもあるのか」

「どうして嘘をついたんですか」

「それについては何度もいったはずだ。君には早く過去の事故から立ち直ってほしいんだよ。いつまでも済んだことに拘ってもらいたくなかった。それだけのことだ」

「木内春彦とは、前から面識があったんですね」

「あったよ」

「どういう知り合いだったんですか」

「どういうもこういうもない。事故を通じての知り合いだ。それだけだ。忘れているかもしれないが、事故を起こしたのは君でも、その車の持ち主は私だったんだ。保険に関する手続きも、すべて私がしなければならなかった。そういった流れの中で、もう一方の加害者と顔を合わせることだってあったさ」

「あの夜は奴と何を話していたんですか」

「単なる挨拶だよ。彼とあんな場所で会うとは思わなかった。今はどうしているかとか、その程度の話だ。君も今いっただろ。立ち話だよ、ふつうの」

「俺の目には何やら密談を交わしているように見えましたけど」

「お互い顔を合わせて楽しい仲でもないから、単に挨拶を交わすにしても、晴れ晴れとした顔はできんよ。だからそんなふうに見えたんだろう」

江島の声には苛立ちが含まれていた。それを表に出さないよう努めているのがわかる。この説明を聞いても、慎介は全く納得できなかった。あの夜、江島と木内が話していた様子は、とてもただの立ち話とは思えなかった。

しかし江島は、今ここで本当のことを話すつもりはないようだった。彼に真実を語らせる術を慎介は持ってはいなかった。ただ両手を握りしめて立っているだけだ。

「話というのは、以上かな」

「江島さんは」慎介は唇を舐めて続けた。「帝都建設を知っていますか」

「帝都建設？　ああ、名前ぐらいなら知っているよ」江島の表情に動揺は見られない。

「社長令嬢のことは？」

「社長の娘？　さあ」江島は苦笑して首を傾げた。「生憎《あいにく》、社長の名前も知らないな」

「上原という名字ですよ。社長令嬢の名前はミドリ」

「全く聞いたことがない」江島は断言した。「それが何か？　私や君と関係があるのかね」

「木内春彦の元婚約者です。本当に御存じなかったんですか」

「木内さんの？　ふうん、いや知らなかったよ。今もいったように、あの時の事故で面識があるだけだ。私生活のことまでは知らない」

慎介は黙り込んだ。すると江島がふっと笑みを浮かべた。

「なあ慎介。本当にもう終わりにしろよ。ちょっと考えすぎだぞ。一体いつまで過去を引きずっているつもりなんだ。そんなことよりも、ほかにもっとやらなきゃならないことがあるだろう。カクテルの勉強はどうした？」

「今、俺がやらなきゃならないことは、納得できないことを納得のいくようにすることです」

やれやれ、というように江島は頭を振った。

「私が木内さんと一体どんなことを企むというんだ。そんなことをして、何の得がある。少し頭を冷やせ。家まで送ってやる。冷静になったら、もう一度会いに来い。それからゆっくり話そう」

「俺は冷静ですよ」

「酔っぱらいの台詞と同じだな。奴等はいつもこういう。俺は酔ってない――」江島は車庫に戻り、ベンツのドアを開けた。

「結構です。自分で帰れますから」

「まあ、遠慮するな」江島は乗り込み、エンジンをかけた。ヘッドライトの眩しさに慎介は顔をしかめた。

ベンツが車庫から出てきて、慎介のすぐ前で止まった。仕方なく、彼は助手席のドアに手をかけた。するとガラスの向こうで江島が後部座席を指差していた。慎介は後部座席のドアを開けて乗り込んだ。

「先日女房がジュースをこぼしたとかで、シートが汚れたままなんだ」

「奥さんも運転されるんですね」

「めったにしない。仲間うちでゴルフに行くのに使ったんだ。久しぶりに運転するというから、事故を起こさないかと冷や冷やしていた。まあ、シートが汚れたぐらいで済んで助かった」江島は軽口を叩いた。完全に余裕が戻っていた。

慎介はゆったりとしたシートにもたれかかり、足を組んだ。こんなふうに江島の車に乗せてもらうのは、いつ以来だろうと考えた。『シリウス』で働いていた頃は、何度か家まで送ってもらったこともある。

江島の顔を斜め後ろから眺めるうちに、奇妙な感覚が訪れた。またしてもデジャ・ビュだ。以前にも、これと同じことがあったような気がする。こんなふうに江島の後ろ姿を見ていた。しかしそんなことはないはずだった。乗せてもらったことは何度かあるが、いつも慎介は助手席に座っていた。

フロントガラス越しに夜の街が見えた。対向車のヘッドライトが次々に流れていく。それらをじっと見つめていると、意識がぼんやりとしてくるようだった。まるで催眠術にかけられているようだ。

催眠術——。

その言葉を思いついた時、なぜか瑠璃子の目を思い出した。あの超高層マンションの一室で彼女に見つめられた時、身体が全く動かなくなった。あれこそ催眠術だったのか。

「なあ慎介、以前こういう話をしてやったことがあるだろう。一年間に交通事故で死ぬ人間の数の話だ。覚えてるか」江島が問いかけてきた。

「どういう話でしたっけ」慎介は答えた。

「約一万人が死んでいるという話だよ。人口を一億人とすれば一万人に一人だ。四十秒に一件事故が起き、五十分に一人の割合で死んでいる。しかもこれは平均値だ。車に接する頻度は人によって違う。極端な話、毎晩ジョギングをしている人間が交通事故に遭う確率は、生まれたばかりの赤ん坊が事故に遭う確率よりは、はるかに高い。住んでいる地域によっても違う。例年事故が一番多いのは北海道で、二番手は愛知県らしい。東京も当然上位だ。こうしたところに住んでいて、外に出ることが多い人間となると、二十秒だとか三十秒に一人ぐらいのペースで死んでいるかもしれないな」

「車、多いですからね」慎介はいった。いいながら、こんなふうに他人事みたいに話す権利は俺にはない、と思った。しかし、どう受け答えしていいかわからない。

「被害者には言い分はあるだろうさ。だけどなあ慎介、そんなのはサイコロの目みたいなものなんだ。たまたまそういう悪い目が出てしまったというだけのことだ。運転免許を持っている人間が、今は約七千万人いるらしい。車両保有台数は、バイクを含めれば八千万台だそうだ。それだけの数の車が、日本中の道路を走り回っているわけだ。そんな状態なんだから、そりゃあ事故だって起きるさ。洗面器の中にビー玉を何十個と入れたようなものだ。当たらないほうがおかしい。ぶつかって当然なんだ。ぶつかることもあれば、ぶつけられることもある。慎介の場合は、たまたまぶつけるほうに回ってしまった。それだけのことだ」

「被害者や遺族にしてみれば、それでは納得できないでしょう」

「私は客観的事実をいっているだけだ。一億円の宝くじが年に一万人に当たるとすれば、日本中は大混乱になる。ところが交通事故の場合は、そうならない。それぐらい、ありきたりのことなんだ」

慎介は何とも答えなかった。事故のことを早く忘れるようにこういうことをいっているのだろうが、何の意味もないと思った。そもそも彼自身はよく覚えていないのだ。江島がハンドルを大きくきった。遠心力で慎介の身体が傾いた。彼は右手をシートについて身体を支えた。

その時だ。掌に何かが当たった。ちくりとした痛みがある。彼はそれをつまみ上げた。長さ一センチ、幅五ミリ程度の何かの破片だった。厚みは一ミリもないだろう。材質はプラスチックのようだ。

慎介の目をひいたのは、その色だった。紫がかった銀色をしている。どこかでこの色を見たと思った。さほど昔ではない。どこでだったか。

掌の上で転がしているうちに、はっとした。突然それが何であるかを思い出した。

これは、爪だ――。

しかも付け爪だ。ある女が、これと同じものを付けていたのだ。

成美だった。間違いない。慎介は、この爪にいろいろな色を塗っていた彼女の姿を、明瞭に思い出すことができた。この紫がかった銀色は、彼女のお気に入りだったのだ。

成美がこの車に乗ったということか。だがそれはいつのことなのか。なぜ乗ったのか。

江島と成美は面識がないわけではない。だがそれはあくまでも慎介を通じての話だ。成美が彼の知らないところで江島と会うことなど考えられなかった。

成美と会ったんですか――そう訊こうとした時、またしても車が大きくカーブした。その瞬間、慎介は掌に載せていた爪を落としてしまった。

彼はあわてて屈み込み、シートの足元を調べた。暗くてよくわからない。

「何をしているんだ」後部座席での奇妙な気配を察知したらしく、江島がちらりと振り返って訊いた。

「いえ、何でも」そういいながら慎介は爪を探し続けた。身体は完全にシートからずり落ちている。やがて前の座席の下に落ちているのを見つけた。

彼はそれを拾い上げた。そして体勢を立て直そうとした。

その時だった。突然、ある声が慎介の耳に蘇った。

それは女の悲鳴だった。

33

まるで、たった今その声を聞いたような錯覚を、慎介は抱いた。それほどその記憶の再生は唐突であり、劇的であり、鮮明なものだった。

慎介は、かつてこうした状態でその声を聞いたことを思い出した。つまり、その時彼は後部座席にいた。いや、ふつうにいたのではない。今の体勢のように、シートからずり落ちていた。なぜそんなことになったのか。

急ブレーキだ——。

車が急ブレーキをかけたために、身体が前方に投げ出されたのだ。

タイヤの軋む音、何かが潰れる音、そうしたものが慎介の鼓膜に蘇った。続いて、その時の光景がありありと脳裏に映し出された。

そうだ、あの時も——。

慎介は唾を飲み込もうとした。だが口の中には、ほんのわずかな湿り気さえない。彼は思い出していた。あの時も自分は後部座席にいたのだ。後部座席から、すべての出来事を見ていた。

全身に鳥肌が立った。汗がじわりと滲み出る。呼吸が荒くなり、鼓動が速くなった。体温が少し上昇するのを自覚した。

周りの景色は見慣れたものになっていた。よく知っている街の中を走っている。だが異次元にいるような錯覚を慎介は抱いた。すべては現実ではないような気さえした。

江島が車のスピードを落とした。慎介のマンションがすぐ目の前にあった。ベンツは静かに停止した。

「さあ、着いたぞ。今度またゆっくり話をしよう。出来れば昼間がいいな。そのほうが、慎介の頭も冷静だろう」江島が軽口を叩いた。ルームミラーに映った目は、慎介を見て、意味ありげに笑っていた。

慎介はシートに座ったままだった。様々な考えが頭の中で渦巻いていた。

「どうした？」江島が怪訝そうに訊いた。「降りないのか？」

「江島さん」慎介は相手の後頭部を見つめながらいった。「成美をどうしたんですか」

後ろから見たかぎりでは、江島には何の反応もなかった。一瞬、慎介は自分の声が届かなかったのだろうかと思った。だがそんなはずはなかった。

右膝の上に置かれた江島の指先が動きだした。リズムをとるように人差し指が膝頭を叩いている。

その動きが止まった。同時に江島は少し身体を後ろに捻った。だが顔の表情までは慎介には見えなかった。

「成美……さん。君の恋人の成美さんのことかな」

「ええ」

「どういう意味かな。彼女をどうしたのか、とは」

「成美をこの車に乗せたでしょ？　つい最近」

「何のことをいってるのかわからないな。彼女がどうしてこの車に乗るはずがあるんだ。

彼女がそういってるのかい」

「成美はいません。ずっと行方不明です」

「本当かい？　それは知らなかった」

「江島さん」慎介は声を少し大きくした。「ごまかそうとしても無駄です。成美は江島さんに会いに来たんでしょう？　そうして何か取引を持ちかけてきた。違いますか」

「頭がおかしいんじゃないか。どうして私が――」

江島の言葉の途中で、慎介は左手を前に出した。その上には例の爪が載っている。

「成美の爪ですよ。付け爪ですけどね。これがシートの上に落ちていました」

江島がその爪を手に取ろうとした。その前に慎介は左手を引っ込めた。

「大切な証拠ですからね、渡すわけにはいきません」

「全く覚えがないんだがね」江島はいった。「成美さんを乗せたことなど全くない。その爪は女房か娘のものじゃないかな。彼女たちも、ネイルサロンとかいうところに行っているようだしな」

「だったら警察で指紋を調べてもらいましょう。そうすればはっきりする」そういって慎介はハンカチを取り出して膝の上に広げ、そこに爪を置いた。さらに丁寧に包む。「明日、早速警察に連絡します。たぶんすぐに刑事が江島さんのところにも行くと思いますから、何か話したいことがあるなら、その時に話してください」

さらに慎介は車のドアを開き、今にも出ていきそうな格好をして見せた。

「待てよ」江島がいった。「まるで私が成美さんをどうにかしたみたいな言い方じゃないか」

「違うんですか」

「なぜ私がそんなことをしなきゃならないんだ」

「だから今もいったじゃないですか。成美は取引を持ちかけたんじゃないんですか」

「どういう取引だ」

「そりゃあもちろん、口止め料のことでしょ。例の事故に関しての、ね」

慎介がこういった瞬間、江島の耳のうしろがぴくりと動いた。慎介は身構えた。二人を包む空気が、ずっしりと重たくなったような気がした。

ふうーっと江島が息を吐き出した。首を小さく縦に動かした。その動きは次第に大きくなっていった。

「そういうことか」江島は首の動きを止めた。「事故のことを思い出したわけだ」

「たった今ね」

「何もかもか」

「ええ、何もかも」

「そうか。思い出しちまったか」江島は上着の内ポケットから煙草の箱を取り出した。一本をくわえ、ダンヒルのライターで火をつけた。車内の空気が白っぽくなった。

「成美のやつ、江島さんに会いにきたんでしょ」

「さあね。そういう記憶はない、としかいいようがないね。それとも私がここで何か告白めいたことでもするのを、君は期待しているのかな」江島は煙草を吸い続ける。

「成美はいくら要求しました？　一千万ですか、二千万ですか。あいつは俺のところから出ていく時、例の三千万を持ち出しているから、合算してきりのいい五千万になるよう、二千万をふっかけたかもしれないな」

これについて江島は答えなかった。図星なのかもしれない。

「江島さん、取引をやり直しましょうよ。まるっきりゼロからのスタートだ。といっても、成美から取った三千万を戻してくれるだけじゃあ済みませんよ。その成美をあなたがどうしたかということまで、黙っていてやるわけですからね。口止め内容が倍になったわけだ。でも安心してください。だからといって、口止め料を倍にしろとはいわない。五千万円で手を打ちますよ。それでどうですか」

慎介の言葉が耳に入っていないように、江島は変わらぬリズムで煙草を吸っていた。その目はフロントガラスの前方に向けられている。

「気に入りませんか」慎介は訊いた。「だけど、そう悪い取引でもないと思いますよ。あなたにとっては五千万なんて、大した金じゃないでしょう。しかもそのうちの三千万は、一度手放した金じゃないですか。もしどうしても話に乗れないというのなら、残念だけど、俺としては明日の朝一番に警察に連絡しなきゃならない。いや、もう日が変わっているから、今日の朝ってことになるな」

どうしますか、と彼は江島の背中に向かっていった。

江島は灰皿を引き出し、その中で煙草を消した。

「いいだろう」彼はいった。「明日、じゃなくて今日か。今日の午後、こちらから改めて連絡する。それでいいかい」

「その時までに金を用意しておくという意味ですね」

「そういうことだ」

「わかりました。連絡を待っています」慎介は改めてドアを開けた。だが降りる前に訊いた。「江島さん、俺のことを騙《だま》そうと思ってませんよね」

江島は低く笑った。

「私は無駄なことはしない主義だよ」

「それを聞いて安心しました」

車から降り、慎介はドアを閉めた。間髪を入れず、ベンツはエンジンを響かせて急発進した。テールランプが完全に消え去るのを、慎介は見送った。見送りながら、あの事故の夜のことを思い出していた。

その夜、由佳は閉店間際まで飲んでいた。その様子を慎介はカウンターの内側から窺っていた。しかし彼女が何杯のドライマティーニを飲み干したかまでは覚えていない。やがて由佳はカウンターに突っ伏した。『シリウス』に来る客は大抵飲み方を知っているが、彼女は時折そういう無茶をした。

後片づけが終わり、殆どの従業員が帰った後も、彼女は動かなかった。やがて店に残っているのは、慎介と江島だけになった。

「仕方がない。送っていこう」江島がため息まじりにいった。

「家、わかりますか」

「うん、わかる」

車を取ってきてくれ、と慎介は江島からいわれた。それでキーを受け取り、車をビルの前まで移動させてから店に戻った。ところが目に飛び込んできたのは、由佳に抱きつかれている江島の姿だった。

由佳は泣きながら、うそつきだとか、捨てないでといった言葉を繰り返していた。その光景を見て慎介は事情を察知した。なぜ彼女がいつも一人で『シリウス』に来るのかも理解した。

慎介に醜態を目撃され、江島は気まずそうな顔をした。しかしその場では言い訳めいたことは口にせず、「すまないが、彼女を車に乗せるのを手伝ってくれ」とだけいった。苦労して彼女をベンツの助手席に乗せた後、慎介はキーを江島に渡した。「じゃあ、気をつけて」

ところが江島がいった。

「一緒に乗れよ。彼女の家は慎介のところと同じ方向だ。ついでに送ってやるよ」

「いいんですか」邪魔ではないのか、という意味で訊いた。

「いいんだよ」江島は苦々しい顔で頷いた。

「じゃあ、遠慮なく」

慎介はベンツの後部座席に座った。この時点では、先に自分が降りるのだろうと思い込んでいた。

ところが江島は、まず由佳のマンションに向かった。慎介は戸惑いながら江島の運転する姿を見ていた。由佳は半分眠った状態で、首をぐらぐらさせながら座っていた。

やがて由佳のマンションの前に到着した。その頃には彼女もかなり正気を取り戻していた。しかし車を降りた後の足取りはおぼつかなかった。

「部屋まで送ってくる。すぐ戻るから、待っててくれ」江島は慎介にいった。

わかりました、と慎介は答えた。

すぐ戻るといったが、結局それから江島が戻ってくるまでに十五分以上かかった。運転席に座った江島は少し不機嫌な様子だった。

「待たせたな」

「いえ」

「いろいろと厄介なことがあってね」

「わかります」

ついさっきまで締められていたはずのネクタイが外されていたが、慎介は何も尋ねなかった。

「由佳のことは、ほんの一時期だけ面倒を見てやったことがある。まあしかし、いろいろあって別れた。その後はいい友人のはずだった。ところが女というのは、やっぱり難しい。すました顔して飲みに来るかと思えば、急に昔のことを思い出して子供のようにむずかることもある。扱いにくいよ、まったく」

慎介は、なぜ江島が彼のことまで送っていくといいだしたのかを理解した。二人きりだと、帰らないでくれと由佳がごねると予想したのだろう。

「このことは内緒だ」江島は人差し指を立てて、唇に当てた。

ええもちろん、と慎介はいった。

その後で江島が舌打ちをした。助手席から何かを拾い上げた。

「あいつ……しょうがないやつだな」

「何ですか」

「ケータイだ。落としてやがる」

「あ、じゃあ届けないと。どうぞ、行ってきてください」

江島はため息をついた。

「すまんが、行ってきてくれないか。俺が行くと、また話が面倒になる」

慎介は、しかめっ面になるのを堪《こら》えた。邪魔くさいと思ったが、たしかに江島のいう通りだ。さらにまた車の中で待たされるのは御免だった。

わかりました、といって慎介は携帯電話を受け取った。

マンションに入り、江島から聞いた由佳の部屋に行った。もしかすると眠っているのではないかと思ったが、チャイムを鳴らすとすぐに反応があった。鍵が外されたので、彼はドアを開けた。由佳がネグリジェ姿で立っていた。

「やっぱりね」彼女は口元を曲げた。

「何ですか」

「ケータイでしょ」

「そうです。気がついたんですか」慎介は携帯電話を彼女に渡した。

「そうじゃなくて、たぶんあなたに届けさせるだろうと思ってたってこと」

この言葉で慎介は事情を察した。由佳は、わざと携帯電話を落としたのだ。

だって」

「あの人にいっといて。後始末がきちんと出来ない子供は、玩具遊びをしちゃいけないん

慎介は口元を緩め、おやすみなさい、といって部屋を出た。

車に戻ると、江島が心配そうな顔を向けてきた。「どうだった？」

「無事、届けてきました」

慎介は後部座席に乗った。江島の隣にいるのは気詰まりだったからだ。

「そうか。御苦労だったな」江島がエンジンをかけた。

「わざとだったみたいですよ」

「何？」

「わざとケータイを落としたんだそうです」

「……ふうん」

江島は車を発進させた。かなり乱暴な動かし方だった。

慎介は後部座席に座ったままだった。ぼんやりと外を眺めていた。車は裏道を走ってい

た。殆ど車の通らない道ばかりだ。信号も少ない。車のスピードは、かなり出ていた。運

転手の苛立ちが伝わってくるようだった。前方に自転車が走っていた。

小雨が降り、路面が光っていた。江島は煙草をくわえた。車のシガーライターを使わず、

店にいる時と同じようなしぐさでダンヒルのライターを取り出し、火をつけようとした。

その火が一度でつかなかった。二度目でもつかなかった。三度目に挑もうとした瞬間、江島の視線は前方ではなくライターに注がれたようだ。後ろにいた慎介でさえ、その手許に目をやっていた。

視界に何かが入ったのは、その直後だった。たぶんそれは江島にしても同じだっただろう。あっという声を彼は漏らした。

その直後、衝撃があった。ただし、ほんの軽い衝撃だ。空き缶を踏んだ時のショックのほうが大きいのではないかと思えるほどのものだ。だが江島は急ブレーキを踏んだ。何に当たったのかを、当然彼は認識していたわけだ。急ブレーキの弾みで慎介はシートから転がり落ちたが、彼にしても、車の前方にあったものをしっかりと目撃していた。

やばい、と慎介は思った。見間違いでなければ、彼等の乗ったベンツが当たった相手は、女性が乗っている自転車だった。

だがその直後、さらに衝撃的なことが起きた。どこかで何かが激しくぶつかる音がしたのだ。慎介は車の窓から外を見て、思わず目を剝いた。

赤い車がそばの建物に激突していた。それだけでなく、壁と車の間に人が挟まれていた。ぐったりとし、全く動かなかった。死んでいる、と慎介はすぐに思った。

江島が車を降り、赤い車に近づいていった。その時初めて、それがフェラーリであることに慎介は気づいた。運転席は見えなかった。

慎介は周りを見回した。倉庫のような建物ばかりで民家は見当たらない。ここで事故が起きていることは、彼等以外には、まだ誰も知らないようだった。

さらに慎介は自分たちの車の位置に気づいた。大きく対向車線にはみ出していた。どうやら赤いフェラーリは、このベンツをよけようとしてハンドルをきりそこねたようだった。路面が濡れているのも悪条件の一つだった。

江島が戻ってきた。ところが彼は運転席には座らず、後部ドアを開けた。眉間を寄せたまま、慎介の横に座った。

「まずいことになった」呻くように彼はいった。

「あの人……だめでしょうね」

「たぶんな」

「あっちの車の運転手は？」

「それは大丈夫みたいだ。生きている」

「警察に電話したほうがいいですね。いや、その前に救急車かな」慎介はポケットをまさぐり、携帯電話を取り出した。1、1、9と押したところで、「ちょっと待て」と江島が制してきた。

どうしてですか、と慎介は訊いた。

江島はすぐには答えず、何事かを考えている様子だった。十数秒して、慎介の目を見つめてきた。

「慎介、取引しないか」

「はあ？」あまりにも意外な言葉だったので、その意味が咄嗟にはわからなかった。「取引って、どういうことですか」

「時間がないから、かいつまんでいう。この車を運転していたのは慎介だったということにしてほしい。店から私の車を使って由佳をマンションまで送った。ただし私は乗ってはいなかった」

「えっ、だってそれじゃあ俺が……」

「もちろん礼はする」江島の目には必死の色があった。「一千万出そう。キャッシュでだ。それだけあれば店を持つことだって夢じゃなくなるだろう」

慎介は相手の顔をしげしげと見返した。「江島さん、マジでいってるんですか」

「早く決断してくれ。遅くなればなるほど、ごまかしがきかなくなる。誰かに通りかかられたらおしまいだ」

「ちょっと待ってください。いくら金をもらっても、刑務所にぶちこまれたらどうしようもないですよ」

「大丈夫だ。状況はわかってるだろう。たしかにこの車が先に接触したが、決定的な事故を起こしたのはあっちの車だ。実刑が下ったりはしないさ」

「だけどあっちの車がハンドルをきりそこねたのは、こっちの進路妨害が原因ですよ」

「だからといって、こっちが百パーセント悪いなんてことには絶対ならんさ。安心しろ。いい弁護士だって知っている。ちょっと面倒なことに耐えてくれるだけでいいんだ。それで一千万だ。悪くないだろ」

江島の目は血走っていた。余裕のかけらもなかった。それを見ているうちに、不思議に慎介のほうは落ち着いてきた。

一つの考えが芽生えてきた。これは千載一遇のチャンスじゃないか——。

慎介は江島の顔を見た。そして指を五本出した。

「何のまねだ」

「五千万。それで手を打ちます」

江島は顔を歪めた。「正気でいってるのか」

「正気ですよ。一千万じゃ、とても合わない」

「五千は出せない」

「じゃあ、いくらまで出せます」

「ここで時間を食ってると、お互いのためにならないぞ」

「だから俺もあわててます。いってください。いくらまで出せますか」

江島は慎介を睨みつけてきた。憎悪が滲んでいた。「三千万」

「いいでしょう」慎介は頷いた。「ただし、出し渋ったりしたら、本当のことを警察にいいますからね」

「わかった」

「由佳さんのことはどうしますか。俺がここまで来た経路を警察に話したら、警官が彼女のところに確認しに行くかもしれませんよ」

「私から彼女に連絡しておく。だけどたぶん朝までは警察も動かないはずだ」

「だといいですけど」

そういった時、とうとう一台の車が近づいてきた。軽トラックだった。慎介たちの車を追い越し、二十メートルほど行ったところで止まった。事故に気づいたようだ。

「慎介、頼んだぞ」

「三千万ですよ」そういってから慎介は、前のシートの背もたれを乗り越えて、運転席に移動した。そしてドアを開けて出ていった。

軽トラックから一人の男が降りてきた。作業服を着た、小柄な中年男だった。

「おうい、大丈夫かあ」男は訊いてきた。

慎介は手を上げた。大丈夫だ、という意思表示だった。

「警察とか救急車とか呼んでやろうか」

「自分たちでやりますから」慎介は大声で答えた。

「怪我人、いるんだろ。早く何とかしたほうがいいぞ」

男はどうやら世話好きのようだ。慎介としては鬱陶しかった。警察相手にごまかしをする以上は、なるべく目撃者は少ないほうがよかった。

「本当に大丈夫です。大したことじゃありませんから」慎介は男にいった。男を現場に近づけたくなかった。死体に気づけば、こういうタイプの男は一気に野次馬に変貌すると思われた。

「電話、あるのかい」作業服の男が尋ねてきた。尋ねながら近づいてくる。

「ええ、あります」慎介は携帯電話を取り出して見せた。

その時、フェラーリのドアが開いた。窮屈そうな格好をして、男が出てきた。大きな怪我はしていないようだった。

軽トラックの運転手は、それを見てようやく納得したらしい。「たしかに大したことないみたいだな」というと、踵を返し、トラックに戻っていった。

慎介はフェラーリに近づいていった。降りてきた男は慎介と同年輩に見えた。濃い焦げ茶色のスーツを着ていた。男は彼のほうをちらりと見た後、何もいわずに上着のポケットから携帯電話を取り出した。

「怪我は？」慎介は訊いた。

男はそれには答えず、逆に訊き返してきた。「警察への連絡は？」

「まだしてない」

「じゃ、おたくが連絡して」そういうなり男は携帯電話の番号ボタンを押し始めた。

「あんたはどこに電話をしているんだ」

「こっちはこっちで連絡しなきゃならないところがある」男はぶっきらぼうにいった。

慎介は男から離れた。その時、フェラーリによって潰された死体が目に入った。長い髪が前に垂れ下がって、顔は見えなかった。だが何かがその口から吐き出されているのはわかった。その粘っこそうな液体はフェラーリのボンネットを汚していた。

吐き気をこらえながら、慎介は自分の携帯電話を操作した。1、1、0と押す。

呼び出し音を聞きながら、ベンツのほうを見た。江島の姿はもう消えていた。

以上が事故の真相なのだ――。

34

慎介は自分の部屋に戻ると、まずベッドに身体を投げ出した。そのまま手足を伸ばし、深呼吸を一つした。

五千万円か――。

悪くない、と思った。それだけあれば、何かできるだろう。奇妙な出来事が続いたが、そのおかげで三千万が五千万に化けた。

俺はついている、つきが回ってきた――それが慎介の実感だった。あの事故が運命の分かれ道だったということだ。あそこで臆病になっていたら、今の幸運はない。人間、やっぱり勝負する時には思いきっていかなきゃあな、と思った。

担当の係官は、慎介の供述には殆ど疑いを抱かなかった。不自然な点が全くといっていいほどなかったし、そもそも人身事故の罪を肩代わりしようとする人間がいるとは思わなかったのだろう。

賠償問題については、江島の知り合いである湯口弁護士がすべて話をつけてくれたので、慎介としては何もすることがなかった。意外だったのは、もう一方の事故加害者との話し合いも、特にもめることなくスムーズに進んだことだった。事故の発端は慎介側にあるのだから、もっと強気に何かいってくると思われたが、実際にはそういうことはなかった。長引くのを嫌ったのだろうというのが湯口弁護士の見解だった。

また刑事裁判のほうもすんなりと結審した。江島が予想した通り、実刑判決は下りなかった。

三千万円は、事故直後に江島から受け取っていた。慎介はそれを洗面所の鏡の裏に隠した。成美にはすべての事情を話してあったが、金の隠し場所については黙っていた。「今すぐに金を使ったら、てきめんに怪しまれる。一年か二年待って、ほとぼりが冷めたら、その金で店を始めよう」彼女にはそういってあった。

成美は金のありかをしつこく尋ねたりはしなかった。ただ、三千万円という額には不満を持っていたようだ。

「相手は『シリウス』の社長だよ。五千万どころか、一億だって取れたかもしれない。きっと江島さんには、事故を起こしちゃいけない何か大きな理由があるんだよ。勿体なかったなあ」

彼女はしばしば、もう一度交渉してみたらどうかといった。そのたびに慎介は、「人間、欲張るとろくなことがないんだよ」といってなだめた。

それから少しして、成美のいっていたことが当たっていたことを知った。江島は昔、人身事故を起こしていたのだ。過去に前歴のある人間の場合だと、執行猶予がつかなくなる可能性は高い。江島はそれを恐れたのだ。

慎介はベッドから身体を起こした。成美のドレッサーを見た。その鏡に彼女の顔が映っている様子を思い浮かべた。彼女が化粧するのを、よくこうして眺めたものだ。

馬鹿な女だ、と思った。おとなしくしていればよかったのだ。時期が来れば、二人であの三千万円を使えたものを。

結局のところ成美という女は、三千万円をすべて自分のものにしたかったのだろう。もしかするとその金で、別の男と新しい生活を始めたかったのかもしれない。だから慎介が岸中玲二に襲われ、記憶を失ってしまったことは、彼女にとって大きなチャンスだった。三千万円のことも忘れているのだから、盗まれたとしても慎介が騒ぐ心配がない。

彼が入院している間に、彼女は部屋中を探し回った。この部屋のどこかにあるはずだと確信していたのだろう。彼が退院してからも、その作業は密かに行われていたに違いない。そして彼女はついに洗面台の鏡に行き着いた。

そこでその三千万円だけを自分のものにしようと思ったなら、何の問題もなかった。何か適当な理由をつけて慎介と別れ、誰にも怪しまれない形で、新生活を始めることもできた。ところが彼女は、もっと多くの金を手に入れようとした。江島に会い、口止め料の追加を要求したのだ。

その取引に江島が応じたかどうかは明白だった。

慎介はポケットからハンカチを取り出した。それを開き、中に包んであった爪を眺めた。慎重な手つきでマニキュアを塗っていた成美の姿が浮かぶ。

唾が苦くなったような気がした。その唾を彼は飲み込んだ。

慎介は江島という男を知っている。ただ寛容なだけの男ではない。そんなことではあそこまでのし上がれない。あの男が持つ底知れぬ狡猾さと酷薄さを、慎介はこれまでに何度も見ている。小娘に口止め料の追加を要求されて、素直に出すほど甘い人間ではない。

「馬鹿なやつだ」慎介は口に出した。

成美に対して愛情といえるほどのものを持っていたわけではない。しかし着古したジーンズ程度の愛着は持っていた。それを失ったことが明らかになった以上、それなりの感傷が胸に去来した。

慎介は立ち上がり、押入を開けた。大型の旅行バッグが一つ入っている。成美がハワイで買ってきたというブランド品だ。それを取り出し、床の上に置いた。

室内をさっと見回し、まずブティックハンガーに近づいた。掛けてあるのは殆どが成美の服だった。申し訳程度に混じっている彼の服の中から、機能的で尚且《なおか》つ比較的新しいと思えるものを選び、バッグの中に放り込んだ。

江島が五千万円をあっさりと出すかどうかはわからなかった。下手をすれば、成美の二の舞になる。それを防ぐためには、こちらの行動を相手に読まれないことだと思った。

朝になれば部屋を出るつもりだった。江島からの連絡は、どうせ携帯電話に入るはずだ。慎介の居場所がわからないとなれば、江島がよからぬことを企む可能性も低くなる。取引は慎重にやらねばならない。そして無事現金を手にしたなら、しばらく行方をくらまそうと考えていた。

五千万円。

その金額を思うと心が躍った。それだけあれば、勝負らしいことの一つや二つはできるはずだった。

慎介は身の回り品をバッグに詰めながら、十八で東京に出てきた時のことを思い出していた。物置のように狭い1Kの部屋、アルバイトに明け暮れる毎日、その中で少しずつ夢をなくしていった。

すべてを挽回するチャンスだと思った。ポーカーのカードを初めから配り直したようなものだ。しかも今度の手にはAがずらりと並んでいる。

やってやるぜ、と彼は口の中で呟いた。

その時だった。玄関のチャイムが鳴らされた。バッグに洗面具を入れようとしていた慎介は、その手を止めた。

ベッドのそばの目覚まし時計を見る。午前四時になろうとしていた。

一体誰だ、こんな時間に。

慎介は腰を上げると、物音をたてぬように、ゆっくりと玄関に向かった。チャイムがもう一度鳴らされる。相手はドアの前に立ったままのようだ。

江島か、という考えが頭に浮かんだ。だがすぐに、まさか、と打ち消した。どんな企みを持っているにせよ、江島がこんなふうに訪ねてくるメリットはない。もし慎介の命を狙うのであれば、不意をつくはずだ。

慎介はドアに近づいた。覗き窓に目を寄せていく。物音をたててはならない。レンズ越しに外が見えた。そこに立っている人物を見て、彼は危うく声をあげそうになった。心臓が大きく跳ねた。

瑠璃子だった。あの相手を引き込むような目を、じっとレンズに向けている。まるで彼が覗いているのを知っているようだ。

慎介は凍りついた。どうしていいかわからず、その場に立ち尽くしていた。なぜだ。なぜこの女がここへやってきたのだ――。

彼女は再びチャイムを鳴らした。その音は慎介の心臓を内側からえぐった。背骨に電気が走るような恐怖を感じた。

開けてはいけない、と彼は思った。全身の警報機が鳴りだしていた。あの女を中に入れてはならない。

ところが次の瞬間、驚くべきことが起きた。ドアの向こうで女の動く気配がしたと思ったら、鍵穴に何かを差し込む音が聞こえたのだ。

慎介が凝視する中、錠がかちゃりと外された。

35

ドアノブが回転を始めるのを、慎介は呆然とした思いで眺めていた。あの高層マンションの一室に閉じこめられている間に、この部屋の合い鍵を作られていたらしいと悟った。この女は一体何のために、これほどまで俺のことを追ってくるのか――早く何らかの対応をせねばならないと思いながら、慎介はそんなことを考えていた。一瞬周りのすべてが現実から遊離しているように感じられた。

ドアが開くのを目にし、彼は我に返った。せき止められていた危機感が、一気に胸に流れ込んできた。

慎介は後ずさりをし、部屋の中央に立って身構えた。彼は腕っ節に特別自信があるわけではなかったが、自分のことをふつうの人間よりは暴力に慣れているほうだと思っていた。本気を出せば、仮に瑠璃子が刃物を持っていたとしても、組み敷くことはたやすいはずだった。ところが今の彼は彼女に対して、異常なほどの恐怖を覚えていた。息苦しくなるほどに心臓の鼓動が速い。

瑠璃子が入ってきた。

黒いニットを着て、足首までもあるスカートを穿いていた。スカートも黒だった。

「どうして……」慎介はいった。「どうしてここへ来た」

瑠璃子は何もいわず、慎介の顔を見つめ、意味不明の微笑を浮かべた。そのまま部屋に上がり込んできた。彼女は歩いても、身体が殆ど上下動をしなかった。足元がスカートで隠されているせいもあり、まるで滑るように彼に近づいてくる。

「こっちへ来るな」慎介は両手を前に突き出した。彼女を睨みつけた。

瑠璃子の唇が少し動いた。何かいったようだ。「えっ？」と慎介は訊いた。

「……いったでしょ」彼女はもう一度いった。小さな声だった。

「何だって？」

「前に、いったでしょ。あなたはあたしからは離れられない。この運命には逆らえない」

例のフルートのような声でいった。あれほど魅惑的に聞こえた声が、今は慎介に鳥肌を立たせた。

「ふざけるな。こっちへ来るなといってるだろ」

彼は蝿《はえ》を振り払うように腕を振った。さらに後ずさりしようとした。だが足がうまく動かない。もつれたようになり、尻餅をついていた。

急いで立ち上がろうとしたが、足に全く力が入らなかった。筋肉が自分のものでなくなっているようだった。

そんな彼の前に瑠璃子は立った。慎介は彼女を見上げた。彼女と目が合った。

その瞬間、下半身全体が完璧に麻痺した。上体を起こしていることも困難になり、彼は仰向けになった。辛うじて腕は動く。だが懸命に床を押してみても、背中は接着剤でくっつけたように離れなかった。

瑠璃子は慎介の足を跨ぐように立った後、ゆっくりとしゃがみこんだ。それから彼のシャツのボタンを徐《おもむろ》に外す。さらに、露わになった胸と腹に唇を這わせてくる。

「やめろ」慎介は叫んだ。瑠璃子の両肩を摑み、振りほどこうとした。

彼女は唇を慎介の身体から離すと、改めて彼の顔を見つめてきた。獲物を狙っている目に見えた。その身体のくねらせ方は、猫を連想させた。

瑠璃子の手が彼のズボンのホックにかかった。それを外し、ファスナーを下ろした。そして下着もずらし、彼の陰部を露出させた。彼は全く勃起していなかった。その気配もなかった。

瑠璃子の目が光った。蛇のように唇から赤い舌が覗いた。彼女は動物が餌をむさぼるように、慎介のものを口にくわえた。その状態で、再び彼を上目遣いに見た。

彼女の口の中で、舌が陰部に絡みついていた。最も敏感な部分を、最も官能的な動きで刺激していた。

狂っている——慎介は思った。だがそう思いながら、痺れるような快感が下半身を支配していくのを止められなかった。金縛りにあったような状態で、ただ一点にだけ快感が与えられているという異常性が、それに拍車をかけていた。彼は瞬く間に勃起した。

瑠璃子の口が、それを解放した。彼女は頭を大きく振り、顔にかかっていた髪を後ろに流した。それから彼女は慎介を見下ろしたまま、長いスカートに包まれた腰を少しずつ前に移動させていった。

その動きが止まった。彼女はスカートの中に手を入れ、慎介のものを握った。この直後、慎介は彼女が下着をつけていないことを知った。ペニスの先に生暖かいものが触れた。そこには潤いもあった。

彼女が腰を沈めていくと、彼のものが彼女の体内に呑み込まれていった。ぶるると慎介は身体を震わせた。どういう震えなのか、自分でもよくわからなかった。

瑠璃子がゆっくりと腰を上下させ始めた。男を征服したという悦びが、その顔に浮かんでいた。唇からは相変わらず赤い舌が見え隠れしている。

「やめろ」うめき声と共に慎介はいった。身体を揺すろうとするが、やはり力が全く入らない。

「どうしてやめるの?」女は訊いた。「あたしの中に出して。そうすれば、きっとあたしは妊娠する。あなたの子供を宿すの」

「馬鹿なことというな。やめろっ」

「やめさせたいなら」瑠璃子は慎介の両手を取った。それを持ち上げ、自分の首のところへあてがった。「あたしを殺して。それ以外にあなたの逃げる道はない」

「やめるんだっ」

「二人で地獄へ行きましょう」

瑠璃子はそういうと、猫が喉を鳴らすような奇妙な声で笑った。

快感の波が慎介の全身に押し寄せてきた。尋常でない事態にも拘わらず、彼のものは一向に萎える気配を見せなかった。疼きが増していく。

だめだ、と彼は思った。もう間もなく果ててしまうと自覚した。

慎介は両手で瑠璃子の首を摑んだ。少し力を込める。女の顔に歓喜の色が浮かんだ。

「そうよ。あたしを殺しなさい。あの時のように」

「あの時……」

「あたしを殺したでしょ。あなたのおかげで、あたしは粘土細工みたいにぺしゃんこに潰れた。あなたはあの時、あたしを殺したのよ。思い出しなさい」

違う、俺じゃない――そう叫ぼうとした。

その時電話が鳴り出した。携帯電話だ。慎介のズボンのポケットの中で鳴っている。

瑠璃子が、はっとした顔になり、動きを止めた。その瞬間、慎介の身体を支配していた呪縛が解けた。すべての筋肉が覚醒した。

彼は全身のバネを使い、跨っている女をはねのけた。素早く立ち上がると、急いで玄関に向かった。ドアを開け、外に飛び出し、再びドアを閉めた。そのドアを背中で押さえながら、衣服を元に戻した。携帯電話は鳴り続けている。しかし出ている余裕はなかった。ドアから離れると同時に、そばの階段を駆け下りた。

一階に下りると、マンションの裏口から外に出た。瑠璃子が追ってきている気配はなかった。それでも彼は走り続けた。足を止めたのは、マンションから三区画ほど遠ざかってからだった。材木会社の倉庫らしきものがあり、その前にトラックが二台止まっていた。彼はその間に身を潜めた。

息を整えながら、マンションのほうを窺った。瑠璃子の姿は見えない。

思わず太いため息が漏れた。この時になって、肺が痛むのを感じた。このところ運動らしいことを全くしていない。全力で走ったのは数年ぶりだった。

シャツの胸ポケットに手を入れ、煙草と使い捨てライターを取り出した。煙草は一本しか残っていなかった。それをくわえ、火をつけた。大きく煙を吸い込むと、胸の痛みが増した。

携帯電話は鳴りやんでいた。慎介は街灯の明かりで液晶画面を照らし、目をこらした。発信元の電話番号が表示されている。それを見ただけでは、誰からかかってきたものかわからなかった。だがたぶん江島だろうと慎介は思った。ほかに、この時間にかけてくる人間など思い当たらなかった。

彼は自分のほうからかけ直してみた。呼び出し音が三度鳴ったところで、電話が繋がった。

「はい」男の声が聞こえた。だが江島のものではなかった。聞き覚えはあるが、誰の声かはすぐに思い出せなかった。

「もしもし、あの……雨村ですけど」慎介は探りを入れるつもりでいった。

「ああ、君か。今、こちらから電話したところだったんだ」

この台詞を聞いて、慎介は声の主を思い出した。

「木内さん……おたくだったのか」

「こんな時間にすまなかった。眠ってたのか」

「いや、起きてたよ。一体何だ。もう関わるなといったのはそっちだぜ」

「こっちだって、もう君とは絡みたくない。だけど、そうもいってられない状況になってしまったんだ」

木内の口調には余裕が感じられなかった。瑠璃子のことだなと慎介は直感した。

「彼女のことか」慎介は訊いてみた。

図星だったからだろう、木内は少し沈黙した。それから低い声で訊いてきた。「まさか、何かあったんじゃないだろうな」

「そのまさかだよ」慎介はいった。「ついさっき、俺の部屋に来た」

電話の向こうで木内は唸った。舌打ちする音も聞こえた。

「それで、彼女は今もそこにいるのか」

「俺は今一人だ。一人で外にいる」慎介は続けた。「逃げてきたところだ」

「彼女はどこだ」

「知らない。もしかしたら、まだ俺の部屋にいるかもしれない」

木内はまた沈黙した。驚きで声が出せぬようであり、善後策を素早く練っているようでもあった。

「君は今どこにいる」木内は尋ねてきた。「マンションの近くかい」

「距離にして約百メートルというところだな。トラックの間に隠れて、小さくなっている」

「そうか」少し考えるような間があってから、木内はいった。「君のマンションは、門前仲町だったたな」

「よく知っているな」

「たしかファミレスが葛西橋通り沿いにあったはずだ」

「あるよ。その近くにいる」

「じゃあ、そこで待っていてくれないか。僕もすぐに、そっちへ行くから」

「事情を話してくれるわけかい」

「そのつもりだ」

「よし、いいだろう。どれぐらいかかる」

「わからない。だけど、なるべく早く行く」

「わかった。早く来いよ」

わかっている、といって木内は電話を切った。慎介は木内の番号をメモリーに記憶させてから携帯電話をポケットにしまった。

36

壁の時計は午前四時四十分を示していた。店内には慎介以外に三人の客がいた。一人はカウンターに座って新聞を読みながらコーヒーを飲み、あとの二人は一番奥のテーブルで食事をしながら、何やらひそひそと話をしていた。全員が男だった。

慎介はウインナーソーセージとフライドポテトとビールを注文した。それらをゆっくりと胃袋に収めながら、葛西橋通りを行き交う車を眺めた。

頭の中は先程の瑠璃子のことで占められている。

たぶん彼女はユニバーサル・タワーの部屋に行ってみて、慎介が逃げ出したことも知ったのだろう。だが瑠璃子の、いや上原ミドリの目的は一体何なのか。岸中美菜絵に成り代わって、慎介に復讐しようとしているらしいのはわかる。しかしどういうふうに復讐したいのかがわからなかった。殺したいならば、これまでにいくらでもチャンスはあった。彼女は不思議な力を持っている。相手を金縛りにする力だ。それによって、慎介は何度も身動きできない状態に陥った。先程もそうだ。ところが彼女はそんな彼に対して、少なくとも命を奪おうとはしない。なぜか。

そもそも、なぜ彼女が岸中美菜絵に変身しなければならなかったのか。なぜ恋人の木内春彦が事故で死なせた女に化けなければならなかったのか。そうすることが恋人の救いになるとでも思ったのか。まさか、と慎介は即座に否定する。木内の立場からすれば、自分が殺した女に恋人が化けてしまうなどという事態は、地獄以外の何物でもないだろう。

上原ミドリと岸中美菜絵、一体二人の間に、どういう繋がりがあるのか。

慎介はこれまでの出来事を可能なかぎり正確に思い出してみようと努めた。最初から一つずつ、些細なことも無視せずに検証し直してみようと思った。どこかにヒントがあるはずだと思った。

瑠璃子との出会い、彼女とのセックス、岸中美菜絵の幽霊――とても現実とは思えない事柄が、次々に脳裏に蘇った。俺は正常なのだろうか、と思った。じつは自分が狂っていて、何か幻想でも見ていたのかという気がしたのだ。もちろん、そうでない証拠はいくらでもあった。

グラスにビールが数センチ残っていた。慎介はそれを飲み干そうとした。だがグラスを口に運びかけたところで、その手を止めた。あることを思い出したからだ。

それは木内春彦と『シリウス』で初めて会った時のことだ。

木内が発した何気ない一言が、突然慎介の脳細胞を刺激したのだ。あの時には聞き流せたことだったが、今の慎介には重大な意味を暗示させる一言だった。

「まさか……」彼は呟いていた。カウンター席の客が、ちょっと振り向いた。

まさか、と今度は心の中で呟いた。そんなことがあるはずがない。

しかし心の中に芽生えた疑惑は、瞬く間に膨らんでいった。もはやそれ以外に答えはないとさえ彼は思った。

彼は腕時計を見た。一刻も早く確かめたかった。木内本人に問い質《ただ》したかった。

彼は時計を見た瞬間、別の疑念を抱いた。遅すぎる、ということだった。

木内の住んでいる日本橋浜町からだと、急げば車で十分とはかからないはずだった。なるべく早く行く、と木内はいった。ならばとっくの昔に現れていてもおかしくなかった。

やがて慎介は全く別の可能性に思い当たった。彼はテーブルの上の伝票を摑み、勢いよく立ち上がった。

支払いを済ませ、店を出た。自分のマンションに向かって駆け出した。

迂闊だった、と慎介は走りながら悔やんだ。木内が電話をかけてきた目的は、上原ミドリがいなくなったからなのだ。それで居場所を探すうちに、慎介のところへ行っているかもしれないと考えたのだろう。

ファミレスで待ち合わせをしたのは、慎介に用があったからではない。彼をマンションから遠ざけるのが目的だったのだ。

慎介がマンションの前に着くと、一台の外国車が止まっていた。そのそばに三人の男が立っていた。その中の一人が木内春彦だった。

慎介は真っ直ぐ彼に近づいていった。まず他の二人が彼に気づき、最後に木内が彼のほうに目を向けた。弱ったような、ふてくされたような表情を作った。

慎介は二メートルほどの距離を保って立ち止まった。

「どういうことだい、木内さんよ」慎介はいった。「これは一体、何の真似なんだ」

木内は顔をそむけ、顎をこすった。ほかの二人はじろじろと慎介を見ている。

「説明してくれよ」慎介はさらにいった。

「後で説明する」木内はぶっきらぼうにいった。「今は、彼女を見つけることが先決だ」

やはり彼女を探しに来たらしい。

「見つからないのか」

「ああ」

「俺の部屋も見たんだろうな」

「鍵がかかってなかったんでね」

もちろん、鍵がかかっていたら、壊すつもりだったのだろう。

「彼女は、明るくなったらどこかに消える」慎介は少し上を見ていった。空が白みかけている。「いつもそうだった」

「そうなんだろうな」木内はいった。

「あんたに話がある。大事な話だ」

慎介の言葉に、木内はようやく目を合わせてきた。慎介は真っ直ぐに見返した。何をいいたいのかはこれだけで理解できるはずだと思った。

木内さん、と男の一人がいった。何かの判断を仰ぐような呼びかけだった。

木内は男に向かって頷きかけた。「社長のところに戻っていてくれ」

男たちは彼に向かって一礼し、車に乗り込んだ。低いエンジン音を響かせ、走り去った。

車のテールランプを見送った後、慎介は木内を見た。

「社長というと、彼女の父親だな」

答えるまでもないと思ったか、木内はこれには返事しなかった。その代わりに、「タクシーを拾おう」といって歩きだした。

通りに出ると、すぐに空車が通りかかった。木内は手を上げて止めた。乗り込んでから、「浜町駅のほうへ」と運転手に指示した。

「あんたのマンションに行くのか」慎介は訊いた。

「もしかしたら彼女が戻っているかもしれない」

「じゃあ、彼女はふだん、あんたのマンションにいたのか」

木内は答えなかった。外を眺めているだけだった。夜は完全に明けようとしている。車の通行も活発になりつつあった。

タクシーが浜町公園のそばに着いた。ここでいい、と木内はいった。道路が一方通行のため、マンションのすぐ前には入っていけないのだ。

慎介が先に降り、支払いを済ませて木内も降り立った。

木内は無言で歩き始めた。慎介は彼の後に続いた。

ガーデンパレス・マンションが近づいてきた。木内は歩きながらズボンのポケットに手を入れ、鍵を取り出した。

「木内さん、一つ訊いていいかな」慎介は後ろからいってみた。

「質問は後にしてくれ」

「簡単に済むことだ。イエスかノーでいい」慎介は続けていった。「あんたも身代わりだったんだろ？」

木内が足を止めた。振り返り、慎介を見つめてきた。真剣な光が目に宿っていた。

「記憶を取り戻したのか」

「ほんの数時間前にね。だけど」慎介は首を振った。「あんたも身代わりをやらされたってことは、俺は元々知らなかったんだ。いろいろと考えて、それしかないと思いついたわけさ。『シリウス』で会った時、あんたは俺にこういったよな。罪の意識は薄い、あんただってそうだろってな。その意味を考えると答えは一つしかなかった」

「なるほど」木内は頷いた。顔をこすり、首を前後左右に曲げた。関節の鳴る音が聞こえた。

「俺の推理、当たってるのかな」慎介は訊いてみた。

「まあね」木内は答えた。「そのとおりだよ。僕も身代わりだ」

37

ガーデンパレス・マンションのエレベータの壁面は銀色に鈍く光っていた。慎介はその光を見つめながら、木内と共に五階に上がった。５０５号室が木内の部屋だった。

木内は部屋のドアを開けると、慎介に待っているようにいい、一人で中に入っていった。
二、三分して再びドアが開き、木内が顔を見せた。
「オーケー。入ってくれ」

「彼女は？」

「いない」

慎介は室内に足を踏み入れた。廊下が真っ直ぐに延びており、その突き当たりにガラスの入ったドアがある。ガラスの向こうは薄暗くてよく見えない。

木内は玄関を入ってすぐ左にある部屋のドアを開けた。

「狭いけど、我慢してくれ。客を通せる部屋はここしかない」

たしかにその部屋の中は比較的片づいていた。本棚と小さな机があり、隅にはオーディオセットとテレビが置かれている。

「あっちは？」慎介は廊下の奥のドアを指した。

木内は一瞬眉をひそめた。それから慎介の顔をしげしげと眺めた。

「見たいのか」

「できれば」慎介は答えた。

木内は少し迷ったようだが、最後にはため息をつき、頷いた。「仕方がないな」

彼は廊下の奥のドアを開けた。中に入り、明かりをつけた。

「いいぞ。入ってこいよ」

その声を聞き、慎介も中に入った。室内の様子を見て、彼は言葉を失った。

そこはまるで芝居小屋の舞台裏のようだった。膨大な数の衣類をかけたブティックハンガーが乱雑に置かれている。テーブルの上には化粧品が放置されている。そして壁際には姿見がいくつも並んでいた。

「なんだ、ここは」しばらくして、ようやく彼は声を発した。

「彼女が変身する部屋だ」木内は答えた。「岸中美菜絵に変身するための部屋だ」

「ここで……」

慎介はかけてあるドレスの一枚に手を触れた。見覚えのある服だった。初めて『茗荷』に現れた時、彼女が着ていた。

慎介は木内を見た。

「あの時、フェラーリを運転していたのは彼女だったんだな」

「そうだ」木内はダイニングチェアを引き寄せると、そこに腰を下ろした。

「俺が車に駆け寄った時、もう彼女の姿はなかった」

「事故直後に逃がしたからだ」木内は足を組んだ。「といっても、彼女は遠くに逃げたわけじゃない。じつをいうと、そばの倉庫の陰に隠れていた。ずっとね」

「あんたが身代わりになったのは、恋人を前科者にしたくないという愛情からかい」

「それもある。だけど、もっと大きな事情があった。状況から考えて、僕が運転していたことにすれば執行猶予もつくと思われたが、彼女の場合だと、それが認められないおそれがあった」

「前に重大な交通違反を起こしていたとか？」

「いや」木内は首を振ってからいった。「あの日、僕たちは『シーガル』からの帰りだったんだよ」

「飲酒運転か」

「まあ、そういうことだ」木内は鼻の横を掻いた。「店にいる時は、帰りは僕が運転するということで話がついていた。だから僕のほうは一滴もアルコールを飲まなかった。ところが実際に帰る時になって、彼女は自分が運転するといってきかなかった。あの程度の酒で酔っぱらってなんかいないと主張した。実際、彼女は酒に強かったし、たしかに酔っているようには見えなかった。まあいいか、と僕は思い、車のキーを渡してしまった。それがすべての間違いだ。僕は断じて彼女に運転させるべきじゃなかった」

しかし強くいえるほどの立場ではなかったのだろうと慎介は想像した。恋人同士とはいえ、上原ミドリは社長令嬢だった。イニシアティブを握っていたのは、常に彼女のほうだったのだろう。

「彼女は運転に自信を持っていた。少しばかりの酒で、その腕が鈍ると思われるのが癪《しゃく》だったらしい。彼女はいつも以上にスピードを出していた。そういう時、迂闊に注意をすると、火に油を注ぐ結果になる。僕は両足を踏ん張って、様子を見守っているしかなかった」

「ところが案の定、事故を起こした」

「いっておくが、あれはやっぱりそっちの車の責任だぜ」木内はいった。「あのタイミングで反対車線に入ってこられたら、スピードを出しすぎていなくてもよけきれない」

「俺が運転していたんじゃない」

「知ってるよ」そういって木内は頷いた。

しばらく二人は沈黙した。それぞれの思いに沈んでいた。

慎介のほうから訊いてみた。

「身代わりになることは、あんたのほうからいいだしたのか」

「もちろんだ。ミドリはパニックに陥っていた。何も考えられない状態だった」

「身代わりになることを思いついたのは愛情からかい。それとも、打算からかい」

「打算？」

「だって、恩を売れるじゃないか。彼女に対しても、彼女の実家に対しても」

「ああ」木内は肩をすくめた。「正直なところ、自分でもよくわからない。とにかく僕が考えたことは、このまま彼女を警察に渡してはいけないということだけだった。愛情からだといえば格好いいんだろうが、それだけではなかったように思う。だけど、君のいうような打算が、あの瞬間に働いたという記憶もない。強いていえば習性かな」

「習性？」

「雇われ人の、だ」

「なるほど」慎介は頷いた。わかるような気がした。

「ついていたことが一つだけある。それはもう一方の加害者が、君たちだったということだ」

意味がわからず慎介が首を傾げると、木内は続けていった。

「事故直後、すぐにあの人がこっちに来た。あの、江島という人だ」

「覚えてる。そうだった」

赤いフェラーリの様子を見に行った江島の後ろ姿が、慎介の脳裏に蘇った。

「あの人が来た時、運転席にはまだミドリが座っていたんだ。あの人は覗き込んできて、大丈夫ですか、と尋ねてきた。僕はその瞬間、決意したんだ。身代わりになることをね」

「江島さんにそういったのか」

「運転していたのは、私だったことにしてほしい。いろいろと事情があるから——そういった。あの人は怪訝そうにしていたが、こっちに不利にならないのならばそれでいいといった。ついていたといったのは、そこのところだ。頭の固い相手だったら、あんな取引は成立しなかった」

「あんたにそんなことをいわれて、江島さんも身代わりを立てることを思いついたんだ」

「そうらしいな。そのことは後で知ったよ」

慎介は、あれほど厄介な状況だったにもかかわらず、事故責任に関する話し合いがさほど泥仕合にならなかった理由を、今ようやく理解した。どちらも、臑《すね》に疵《きず》を持つ身だったのだ。

「事故の直後、俺が近づいていくと、あんたはどこかに電話をかけていた。相手は誰だったんだ」慎介は訊いた。

「社長のところだ。事情を話し、すぐにミドリを引き取りに来てもらえるよう頼んだ」

「彼女の父親は、あんたの忠誠心に泣いて喜んだんだろうな」

「さあね。あの時は、その程度のことは当然だと思ってたんじゃないか。何しろ、かわいい一人娘を一介のサラリーマンにくれてやるわけだからな」

「あの時は、ということは、その後で事情が変わったということかい」

「まあ、そういうことだ」木内は頷いた。「まさか、彼女がつかれているとは思いもよらなかったんだろう」

「つかれている?」

「そう」木内は慎介の目を見て、静かにいった。「とり憑かれていたんだよ、岸中美菜絵にね」

38

「冗談だろ」慎介はいった。頬が少しひきつったようになった。

「もちろん、比喩的に、だよ。だけど、そう表現したほうがいいようなことが続いている、と進行形で話したほうがいいかな」

「意味がよくわからない」

「そうか」木内は椅子から立ち上がった。ブティックハンガーに近寄り、かけてあるドレスの袖を触った。「君に質問したいんだがね、事故のことをどの程度覚えている？」

「どの程度って、まあわりと覚えてるよ。忘れてたけど、殆ど全部思い出した」

「事故の瞬間のことは？」

「覚えている。何かが当たったと思ったら、次にすごい音がして、気がついた時にはおたくらの車が壁にぶつかっていた」

「そうしてよく見ると、壁と車の間に人が挟まれていた？」

「まあそうだ」

「だろうな」木内は吐息をついた。「君たちが見たものは、せいぜいその程度のものだったんだろうな」

「何がいいたいんだ」

「僕たちは」木内は慎介のほうに向き直った。「全く違うものを見た。見せられた、というべきかもしれない。何しろ、最終的に岸中美菜絵の命を奪ったのは、こっちの車だったんだからな」

「その時のこと、覚えてるのか」

「夢に見るほどにね」木内はかすかに笑った。だがその作り笑いもすぐに消えた。「車が相手の女性の身体にめりこんでいく感覚を、今もありありと思い出せるよ。ほんの一瞬の出来事だったはずなのに、まるでスローモーションのように覚えている。身体が少しずつ潰され、生きている人間が少しずつ死体に変わっていった。出来れば一刻も早く忘れたい。だけど、たぶん一生忘れることはないだろう」

背中に寒気が走るのを慎介は覚えた。同時に、口の中がからからに渇いているのを自覚した。水が飲みたくなった。

「特に、網膜に焼き付いて離れないものがある。何だと思う？」

わからない、と答える代わりに慎介はかぶりを振った。

「目だ」木内は答えた。

「目？」

「そう。この目、だ」木内は自分の目を指差した。「岸中美菜絵が死んでいく時の目だ。命が消える直前まで、彼女の目は執念の光を放っていた。生への執着の光、死を迎えなければならない無念の光、自分をこんな目に遭わせた相手に対する憎悪の光だった。これまで、あんなに恐ろしい目を見たことはただの一度もない」

木内の話を聞くうちに、その目に覚えがあることを慎介は思い出した。あの目だ、と思った。瑠璃子が時折見せる、底知れぬ深さを持った目だ。岸中玲二によって作られた人形たちが持っていた不気味な目だ。

「不公平だと思わないか。あの事故に関して、僕たちと君たちとは、殆ど同程度の罪の重さだと判定されている。ところが君たちのほうには人を死なせたという自覚があるわけではない。だがこっちは、被害者が死んでいくのを目の当たりにしている」

返す言葉がなく、慎介は黙って立っていた。

「だけど僕はまだましだった。岸中美菜絵の目は、僕には向けられていなかったからだ。彼女が見ていたのはミドリのほうだった。ミドリは自分の運転する車が女性の身体を潰していくのを体感しながら、その女性と最後まで目を合わせてしまったんだ」

慎介は拳をきつく握りしめ、全身に力を入れていた。そうしないと身体が震えてきそうだった。その時のミドリの心境を想像することさえ恐ろしかった。

「あの目はミドリのすべてを奪った。心を完全に殺したといってもいい。事故以来、ミドリは廃人同様になった。生きていながら死んでいる、という状態だよ。たぶんあの目が持つ憎悪だとか怒りの力に支配されてしまったんだろう」

「医学の力ではどうにもならなかったのか」

「もちろん彼女の父親はあらゆる解決策を試みたさ。だけどどれも失敗に終わった。結局得られた答えは、しばらく静かなところで療養させようという、ごくありきたりなものだった。とはいえ、目の届かないところに置いておくわけにはいかない。そこで選ばれた場所が——」

「ユニバーサル・タワー」

慎介の答えに、木内は頷いた。

「そういうことだ。あの高層マンションの一室が彼女の療養所となった」

「あそこは人を監禁できる構造になっていた」

「たしかに監禁の目的もあった。彼女は時折暴れたからな。いつどこにいても、岸中美菜絵の目が自分を見つめているように感じてしまうらしい。その恐怖とプレッシャーに耐えきれなくなった時、発作を起こすようだった」

あの部屋の様々な構造を慎介は思い出した。自動ロックシステム、塞がれた窓、すべては彼女のために施されたものだったのだ。

「しかしいつまで経っても状況は好転しなかった。その時、こんな提案がなされた。おそらく人を死なせてしまったという良心の呵責《かしやく》が彼女を苦しめているのだろうから、何らかの形で死者の供養をする機会を与えてみてはどうか、というものだった。ミドリの父親はその意見を受け入れた。そこで僕に、その手配を命じた」

「どんな供養を？」

「まずは平凡なものだ。岸中玲二に連絡を取り、仏壇に線香をあげさせてもらえないかと交渉した。彼にとって僕は憎い殺人者だ。強硬に断ってきた。そこで僕はこういうふうに頼んでみた。ならば、自分の代わりに婚約者を行かせたいが、それでもだめか、と」

「岸中の返事は？」

「無論、すぐにオーケーとはいかなかった。とにかく彼は、我々と接触すること自体が不愉快のようだった。まあ無理もないがね。だけど何度か連絡するうちに、それほどいうなら一度だけ認めるということになった」

「それで彼女に線香をあげに行かせたわけか。岸中のところへ、一人で」

「不安はあったさ。言葉ではいい表せないほどの不安がね。岸中美菜絵の写真を目にした途端にパニックに陥るんじゃないかとか、岸中玲二に余計なことを口走るんじゃないかとかな。しかし彼女を救えそうな道がほかに見つからない以上、不安がってばかりはいられなかった。解決策となりそうなものなら、どんなことでもやってみるほかなかった」

「で、その結果は？」

「想像以上だった、というべきかな」

木内はキッチンに入った。大型冷蔵庫を開け、コーヒーの粉が入っていると思われる缶を取り出した。この大型冷蔵庫も、ミドリとの新婚生活のために買ったものなのだろうなと慎介は想像した。

「コーヒーを飲むかい」木内は訊いた。

「ああ、もらおうかな」

木内はコーヒーメーカーに水を入れ、ペーパーフィルターをセットして粉を入れた。

「ミドリはコーヒーが好きだった。それで、かなり本格的なコーヒーをいれられる機械を買う予定だった。だけど、ある時期から全く飲まなくなってね、コーヒーメーカーもこういうお粗末なもので間に合わせているわけだ」

「ある時期からって？」

「岸中美菜絵に変身し始めた頃からだ」木内は前髪をかきあげた。そのまま首の後ろを揉んだ。顔には疲れの色が滲んでいた。「彼女はコーヒーが好きではなかったらしい。専ら紅茶党だったそうだ。特に好きなのはミルクをたっぷり入れたシナモンティーだった。だからミドリもそれを飲むようになった」

「話が少し飛んでいるみたいだけどな」

「ああ、そうだな。さっきはどこまで話したかな」

「彼女が一人で線香をあげに行ったところまでだ。結果は良好だったみたいだな」

「良好すぎる、といってもいいぐらいだった。岸中のマンションから戻ってきたミドリを見て、僕は目を疑った。なんと彼女は微笑んでいたんだ。狂気の笑いなんかじゃない。本当に幸せそうに見えた。そんな表情を見るのは久しぶりだった。僕は一体何があったのかと思い、彼女に尋ねてみた。別に何もない、美菜絵さんに会えてよかった、と彼女は答えた。まさか本当に彼女が岸中美菜絵に会ったとは思わなかった。線香をあげて仏壇に手を合わせることで、そういう気になったのだろうと解釈した」それから木内は慎介を見て訊いた。「そう思うのが当然じゃないか？」

当然だろうな、と慎介は答えた。

「ところがそれが、大きな間違いだったんだよ」と木内はいった。

39

「その後ミドリは、頻繁に岸中の部屋に通うようになった。さすがに僕も、部屋で何をしているのかが気になるようになってきた。だけどやめさせるのもためらわれた。ミドリは誰の目から見ても、明るさと元気を取り戻しつつあったからだ。彼女の父親は、もうしばらく好きにさせておけと僕に命じた。僕は従うしかなかった」

木内はコーヒーメーカーのほうに目を転じ、サーバーに黒い液体が溜まっていくのを見つめた。慎介も同じようにした。コーヒーメーカーからは湯気が出ていた。

「彼等の秘密を知ったのは、ミドリが岸中の部屋に通い始めて二か月ほどが経った頃だ。突然、引っ越し業者が彼女の部屋にやってきて、大量の荷物を置いていった。もちろんそれはミドリが依頼したことだった。僕が部屋を訪ねていった時、それらの荷物はきちんとしかるべき位置に納められていた。それを見て僕がどれほど驚いたかは、君にならわかるはずだ」

木内のいった意味が、慎介はすぐには理解できなかった。だがあの超高層マンションの一室を思い浮かべた時、答えが見えた。

「人形か……」慎介は呟いた。

木内はゆっくりと頷いた。

「岸中美菜絵に似せて作られたマネキンが、君も見たように、ずらりと並べられていた。さらに岸中が引き続き人形作りに勤《いそ》しめるよう、様々な設備や道具も運びこまれていた」

「どういうつもりでそんな……」

「ミドリに訊いてみたよ。どういうつもりなのかとね。美菜絵さんを蘇らせるのよ――彼女の答えはこうだった。それを聞いた瞬間、僕は本当のことを知った。ミドリは岸中の部屋で、本当に岸中美菜絵と会ったんだ。岸中が作り出す美菜絵の人形を見て、魂が救われたような気になっていたんだ」

「やめさせなかったのか」

「やめさせようとしたさ。人形なんかすべて片づけようとした。ところがそうすると彼女は狂ったように怒りだした。手がつけられない。僕に対しても、見境なくナイフを振ってくる」

「ナイフ？」

木内は右手の袖をまくり、慎介のほうに見せた。「彼女にやられたものだ」

彼の腕には五センチほど縫った跡があった。まださほど古くないように見えた。

「彼女の親父さん……上原社長はどう決断したんだ」

「何とも決断しなかった。しばらく様子を見よう——またそれさ。そのうちに人形遊びにも飽きてくるに違いないってね」

「でも彼女は飽きなかったんだ」

「飽きなかった。じつは我々にとっての本当の事件は、それから始まった」

木内は備え付けの食器棚からマグカップを二つ取り出すと、コーヒーサーバーに入ったコーヒーを丁寧に二等分していれた。ミルクか砂糖は、と尋ねてきたので、どちらもいらないと慎介は答えた。

「つまり」片方のマグカップを差し出して木内はいった。「彼女自身の変身だ」

「突然岸中美菜絵に化けたのか」

「いや、最初はゆっくりとした変化だった。だから気づかなかった。化粧のしかたが変わった、という程度のものだ。やがて体型の変化が顕著になった。ミドリは元々、少しぽっちゃりとしたタイプだった。だけど一か月足らずの間に、十キロ以上落ちた」

「でも、化粧やダイエット程度で、あれほどは似ないだろう」

「指摘の通りだよ。ある日、彼女は行方不明になった。全く連絡もなかった。そして何週間ぶりかで戻ってきた彼女は、全く別の顔を持っていた」

『MINA－1』の出来上がりか、と慎介は心の中で独り言をいった。

「じつをいうと、僕はこの時点で諦めることにした」

「諦める？　何を？」

「元のミドリを取り戻すことを、だよ。彼女はもう死んだと思うことにした。同時に、彼女の父親も匙《さじ》を投げた。頭がおかしくなり、顔も変わってしまった娘を、家に入れるわけにはいかない、ということだろう。だけど彼女の監視役は依然として必要だ。身の回りを世話する必要もある」

「そこであんたが引き続き、その大役を任されることになったというわけか。サラリーマン時代とは比べものにならないほどの破格の条件で」

「羨ましいのなら、いつでも代わってやるよ」木内はコーヒーを飲み、長いため息をついた。「心も姿も変わってしまった元の婚約者を見続けなければならないほど辛い仕事は、そうはないと思うからな」

「彼女はなぜ岸中美菜絵になろうとしたんだ。岸中玲二が完璧な人形を作れなかったからか」岸中玲二が残したノートの内容を思いだしながら慎介は訊いた。

「僕も最初はそう思っていた。だけど最近では、そうではなかったんじゃないかという気になっている」

「じゃあ、なぜなんだ」

慎介の問いに、木内はまずゆっくりとした動作でコーヒーを啜った。考えを整理しているように見えた。

やがて彼は訊いてきた。「君は彼女の目を見て、何か感じることはないか」

「何も感じなかったことなど一度もないな」慎介は正直に答えた。「初めて会った時からだ。彼女の目を見ていると、心が吸い込まれそうになる」

「僕もそうだ。そしてあの目には見覚えがある」木内はマグカップをキッチンの流し台に置いた。「岸中美菜絵の目だ。彼女が死ぬ間際に見せた目だ。いかにミドリが岸中美菜絵になりきろうとしても、あの目だけは再現できないと思う」

「岸中美菜絵の魂が宿っているとでもいうのかい。とり憑かれたというのは比喩だといったじゃないか」慎介は笑おうとした。しかし奇妙な具合に頬がひきつっただけだった。

「心霊現象めいたことをいう気はない。だけど、こういう言い方はしたほうがいいかもしれない。霊はとり憑いたりしていないが、思いは乗り移っている」

「思い？」

「催眠術だ」木内はいった。「ミドリは一種の催眠術にかかっているのではないかと思う」

「催眠術って、誰にかけられたんだ」慎介は訊きながら胸騒ぎを覚えていた。質問はしたが、その答えを彼自身が予想していた。

「もちろん、岸中美菜絵にかけられたんだよ。彼女のあの死の直前に発した眼光には、恐ろしい力が込められていたんだ」

40

まさか、と慎介は呟いた。そんなことがあるのだろうか。

だが催眠術といわれ、思い当たることがないわけではなかった。瑠璃子のあの目に見つめられ、身体が動かなくなったことが何度かある。岸中美菜絵に催眠術をかけられた彼女が、その力を他に発揮する能力を身に付けなかったとはかぎらないのだ。

「催眠術により、ミドリは自分のことを岸中美菜絵だと思い込むようになった。そう自己暗示をかけることで、心が救われたのかもしれない。彼女に関する知識を得て、姿も彼女に似せた」

「そんな彼女を岸中玲二はどんなふうに？」慎介は疑問を口にした。

木内は吐息をついた。

「さっき君もいっただろう。岸中は妻に似せた完璧な人形を作ろうとしたが、行き詰まっていた。そんなところへ彼女が現れたらどうなるか」

慎介は岸中玲二のノートの最終頁を思い出していた。たしか次のような内容だった。


『「おかえり」と僕はいってみた。

ただいま、と彼女は答えた。彼女の声が僕には聞こえる。

「もう、どこにも行かないでくれ」と僕はいった。

行かないわ、と彼女はいった。』


木内は再びマグカップを手にした。コーヒーを飲み、その唇に笑みを浮かべた。虚無的な笑いだった。

「人形師と人形の間にどういう種類の愛が芽生えたかは、知る由もないってところかな。まあ想像したくもないがね。だけどしばらく蜜月状態が続いたことは間違いない。彼女のことを監視し続けていた僕がいうんだからたしかだ」

「その蜜月が、どうして続かなくなったんだ」

「細かいことはわからないが、大雑把にいえば、人形師のほうが先に目が覚めたということになるだろうな」

「目が覚めた？」

「自分の目の前にいるのが妻でも妻に似せた人形でもなく、妻を殺した他人だと気づいたってことさ。もちろんそれまでだって、その事実を知らなかったわけじゃない。だけど、敢えて考えないようにしていたんだろう。それほどミドリは岸中美菜絵そのものだった。岸中玲二にとっては、幻の人形『ＭＩＮＡ－１』だった。だけど幻は所詮幻。夢は夢。いつか覚める」

「覚めてどうなった？」

「君も知っての通りだ。彼は妻を失ったことを改めて認識し、その妻を殺した人間を愛したことに気づいてショックを受け、悲しみと自己嫌悪に襲われた。やがて、自分も妻の後を追う決心をした。だけどその前にしておくことがあった」

「復讐か」

「そういうことになるだろうね」木内はコーヒーを飲み干し、マグカップを置いた。

慎介は自分もカップを持っていたことを思い出した。カップに目を落とすと、黒い液体がゆらゆらと揺れていた。岸中玲二が店に訪れた時に見せた、暗い表情を思い出した。

「彼女は岸中玲二の遺志を継いでいるということになるのかな。岸中に殺され損なった俺を、今度こそあの世に送ろうとしているわけか」

「今までの経過を見るかぎりではそうだね」そういって木内は頷いた。

慎介はマグカップを口に運び、すこしぬるくなったコーヒーを飲んだ。風味は乏しく、苦みだけが口中に広がった。

「だけど、腑に落ちないな」慎介はいった。

「何が？」

「もしも彼女が俺を殺す気なら、いつでもやれたはずだ。だけど、このとおり俺は生きている。なぜだ。彼女はなぜ俺を殺さない？」

それについて木内は少し考えようとしたらしいが、結局首を振った。

「わからない。もしかしたら、彼女なりに決めていることがあるのかもしれない」

「決めているって？」

「復讐の方法だ。単に殺すだけでは不十分ということかもしれない」

木内の答えに慎介は肩をすくめた。

「殺す以上のことって、一体何なんだろうな」

「僕に説明できるのは、ここまでだ。とにかく今は、彼女を見つけだすことが先決だ。見つけて、今度こそ完全に隔離する必要がある」

精神病院にでも入れるつもりかなと思ったが、慎介はそれについては訊かないことにした。まだコーヒーが半分以上残っているマグカップを、テーブルの上に置いた。

「一つ、説明してもらってないことがある」

「何かな」

「小塚刑事のことだ。あの人をどうした」

するとと木内は何かの痛みをこらえるように眉を寄せ、顎をこすった。

「そのことを訊いてどうするんだ。君には関係のないことだと思うがね」

「ちょっと推理してみていいかな」

「どうぞ。推理できるようなことがあるならね」意表をつかれた顔で木内は答えた。

「俺は、あの高層マンションで監禁されているところを、小塚刑事に助けられた。俺はすぐに逃げ出したけれど、小塚刑事はもう少し調べたいことがあるといって部屋に残った。その後、何度か刑事に電話してみたけれど、全く繋がらない。刑事のほうからも連絡がない。刑事に何かあったと考えるのが妥当だと思う」

ここで慎介は木内の反応を見た。木内はキッチンの流し台にもたれ、腕組みをした。どうぞ話を続けて、というように顎を動かした。

「そこで気になるのが、あの部屋が奇麗さっぱり片づけられちまったことだ。なぜあわててそんなことをする必要があったのか、大いに気になるところだね」

「で、君の推理は？」木内は訊いてきた。

「俺が、あの部屋を逃げ出した後、彼女が部屋に戻ったんじゃないか」

「だとすると、どうなるのかな」

「小塚刑事と鉢合わせすることになる。あの部屋は彼女にとって聖域みたいなもんだ。それを荒らした男を、ただで帰すとは思えないな」

「彼女が刑事に何かするというのかい？」木内は両手を広げて見せた。「か細い彼女が屈強な刑事に？」

「彼女のことを知らなきゃ、俺だってこんなことはいわない。だけど俺は知っている。彼女に不思議な力があることをね。さっきもいっただろ。彼女はいつだって俺を殺せたんだ」

慎介は木内を真っ直ぐに見た。その視線を受け止める木内の表情からは、すでに笑いは消えていた。

だが木内は首を振った。

「それは君の推理というよりも想像だな。たしかに聞かせてもらったよ。だけどそれに関してはノーコメントだ。他人の想像について、どうのこうのいっても始まらない」

「警察が動くぜ」

「動くだろうね。だけど我々には関係のないことだ」

「自信満々だな。ここにだって刑事が来るかもしれないんだぞ」

「さあ、それはどうかな」木内は首を傾げた。「彼等がここに至る手がかりを何か持っているだろうかね。唯一の手がかりといえば、君という証人だけだ」

「俺を消せばいいってことか」慎介は身構えた。

「まさか」木内は手を振った。「君のことは信用している。決して、我々のことは話さないと信じている。我々のことも、ミドリのことも」

「ずいぶん買われたものだな」

「君が本当のことをいっても、何のメリットもない。逆に、手に入れたものを失うことになるだけだ。君はそんなに馬鹿じゃない」

なるほど、と慎介は合点した。木内は、慎介が江島から身代わり料を受け取ったことを知っているのだ。もっとも、それを成美という女が持ち出し、そのおかげで三千万円が五千万円に化けたことまでは知らないだろうが。

「状況はこれで呑み込めたと思う」木内はいった。「今や君も僕も一蓮托生《いちれんたくしょう》ってわけだ。となると、まず何をしなければならないかはわかるよな」

「瑠璃子を見つけること」

「そういうことだ」木内は頷いた。

41

ガーデンパレス・マンションを出た後、慎介は喫茶店に入ったり、映画を見たりして時間を潰した。もっとも映画の筋などは全く頭に入っていなかった。木内から聞いた話のほうが、余程ショッキングだったからだ。彼はそれを何度も頭の中で反芻した。しばらくそれを繰り返した後は、疲れて映画館の中でうたた寝をしてしまった。

さてどうするか——映画館を出てから考えた。

腕時計は午前十一時三十分を示していた。本当はマンションに戻り、荷物のまとめの続きをやりたかった。だが数時間前の恐怖がまだ頭から消えない。

瑠璃子は一体どこへ消えてしまったのか。

部屋で彼女が待ち伏せしていた場合のことを考えた。彼女の不思議な力から逃れられる自信が慎介にはなかった。とはいえ、このまま部屋に戻らないわけにはいかない。どうすればいいのか——。

その時だった。携帯電話が鳴りだした。

「もしもし」

「慎介だな。私だ」

「ああ」声の主はすぐにわかった。江島だった。

「例の取引の件だが」江島は電話の向こうでいった。「金の用意ができた」

「さすがですね。すぐに大金が用意できる」

「冗談いうな。私だって、右から左というわけにはいかない。しかも、使途不明金とあってはな」こんな時でも江島の口調には余裕があった。「で、どこへ持っていけばいい。私としては、なるべく人目につかないところがいいんだがね」

「それは俺も同じです」

「じゃあ、これからいうところに来てくれ」

江島がいったのは、銀座の真ん中にある喫茶店だった。

「人目につかないところがいいんじゃなかったんですか」

「人目につかないじゃないか。それとも誰かが我々を見張ってるとでもいうのかい」江島は低く笑った。「時間は君が決めてくれ」

「じゃあ一時に」

「一時だな。わかった」

電話を切ってから、慎介は深呼吸を一つした。勝負の時だな、と思った。

待ち合わせの店には、約束の一時よりも十五分近く早く到着した。晴海通りを見下ろせる店で、店内にはサラリーマンらしき男の姿が多かった。たしかにここなら男二人で会っていても目立たない。

それから約五分後に江島が現れた。地味なジャケットを着ていた。荷物は持っていない。

「早いね」

「暇なもので」

ウェイトレスが近づいてきた。慎介はすでにレモンティーを飲んでいた。江島はコーヒーを注文した。彼がなるべく顔を上げないようにしていることに慎介は気づいた。

「手ぶらですか」慎介はいってみた。

江島は口元だけでにやりと笑い、ジャケットの内側に手を入れた。出してきたのは茶色の封筒だった。

「開けていいよ」

慎介はそれを手に取って中を見た。キーが一つ入っていた。コインロッカーのキーだ。

「新橋駅の地下のコインロッカーだ。そこに入れてある」

「中身をたしかめなきゃな」

「後でゆっくりと数えればいい」江島は煙草をくわえ、火をつけた。相変わらず、その余裕にはかすかな揺らぎもなかった。

コーヒーが運ばれてきた。江島はミルクを少し入れて飲んだ。そしてにっこり笑う。

「こんな時間に銀座でコーヒーを飲むなんてのは、何年ぶりかねえ。これからはこういう時間も大切にしないといけないな」

「江島さん」コインロッカーのキーをポケットにねじこみながら慎介は訊いた。「一万分の一の話ですけど、あれは本心なんですか」

「一万分の一の話?」

「交通事故で死ぬ確率の話です。江島さんがしてくれたじゃないですか」

「ああ、あの話か」江島は煙草の灰を灰皿の中に落とした。「あの話がどうかしたのか」

「江島さんはいいましたよね。交通事故なんてのは、サイコロの目みたいなものだって。被害者はたまたま悪い目が出ただけのことだって。あの言葉は、事故を起こしたのは自分だと思っていた俺を慰めるためにいっただけのことなんですか。それとも本気で思っていることなんですか」

江島は少し不思議そうな顔をした。質問の意図がわからないという表情に見えた。

「もちろん本気で思っているよ。いかんかね」

「車に潰されて死んだ岸中美菜絵のことを考えることはないんですか」

「考えてどうなる? 誰かが救われるのか」

「でも被害者は加害者を恨み続けているものですよ」

死んだ後も、という言葉は口には出さないでおいた。

「だから金を払っている」江島の口調は少しぶっきらぼうなものになった。「被害者の遺族には十分なだけの賠償金を支払ったし、加害者役を引き受けてもらう君にもこうして金を渡している。正直なところ、こっちだって被害者だ」

「でも被害者が求めているのは金ではないかもしれませんよ」

「じゃあ何を渡せばいい？　誠意か？　それだけでいいというのなら、いくらでも示してやるよ。頭を下げろというなら、何百回でも下げてやる。だけどそれで被害者や遺族が幸せになるか？　結局求められるのは金なんだ。だったら七面倒くさいことは抜きにして、ビジネスライクにことを進めればいい。そうは思わないか」

慎介は何とも答えようがなく黙っていた。

江島は立ち上がった。

「取引はこれで完了だな。いっておくが、これ以上、欲はかかないほうがいい。私だって金のなる木を持っているわけじゃない。私に無理をさせると、君にとってもよくないことが起きる」

「わかっています。これでおしまいにします」

それがいい、というように頷くと、江島は伝票を持って歩きだした。

店を出た後、慎介はそのまま新橋駅に向かった。昼間の銀座を歩くのは久しぶりだった。

これから五千万を取りに行くという実感が、全く湧いてこなかった。それよりも先程の江島の言葉によって胸に広がった不快感が、いつまでも消えなかった。

すべての記憶を取り戻した慎介は、自分が判決を下された時のことも思い出すことができる。懲役二年、執行猶予三年――。

それを聞いた時、二つのことを感じた。一つは、ああよかった、ということだ。必ず執行猶予がつくと弁護士からいわれてはいたが、万一そうならなかった場合のことを想像し、びくびくしていたのだ。

そしてもう一つは、それとは全く正反対のことだった。

軽いものだな――そう思ったのである。

慎介の女友達に渋谷のアクセサリー店でアルバイトをしていた者がいる。ある時彼女は小遣いに困って、店の品物十万円分を勝手に持ち出し、知り合いに安く売っていた。店長に対しては、万引きされたらしいと説明していた。その彼女が犯行がばれて店から訴えられた時、彼女に下された判決は懲役一年二か月、執行猶予三年というものだった。つまり慎介に下されたものと大差ないのである。

江島の身代わりになってはいるが、慎介は人間を一人死に至らしめたことに対して罪を問われたのである。それがアクセサリー十万円分の窃盗と同等だということになる。

助かったと思いながらも、これでは被害者の遺族は到底納得できないだろうと彼は想像した。

だがたぶん、あらゆる交通事故に対して、同じことが繰り返されているのだ。だから江島のように、加害者も、「自分だって運が悪い」程度の認識しか持たない。年間一万人の交通事故死者がいるということは、それに近い数の加害者も存在するはずだ。彼等はたぶん意外に軽い量刑にほっとしながらも、ただひたすら自分に起きた災いを忘れようとしているのだろう。そして加害者が忘れることで、被害者は二重に傷つけられる。

不意に慎介は、岸中玲二が『茗荷』にやってきた夜のことを思い出した。あの時、彼は一つの質問をしてきた。いやなことがあった時にはどうやって忘れるのか。そういう質問だった。

なるべく楽しいことを考えるようにする、気持ちが前向きになるようなことを――慎介はこんなふうに答えた。

「たとえば?」

「たとえば……そう、自分の店を持った時のことを想像するとかね」

「ああ、そうか。それが夢なんだ」

「まあ一応」

もしかするとあの瞬間、岸中玲二は復讐を決断したのではないか。最初は幾分迷いながら、加害者が働くバーを覗いてみたのかもしれない。だが加害者は、嫌なことはすっかり忘れているように見えた。なるべく楽しいことを考えるようにする――その台詞をどんな気持ちで聞いていただろう。

被害者のほうは永遠に忘れないのだということを、彼はいいたかったに違いない。彼がぽつりぽつりとしゃべっていた姿が、慎介の脳裏に蘇る。

「じつは、忘れたいことがあってね。いや、忘れることなんかは絶対にできないようなことなんだけどね、少しでも気持ちを楽にさせたいと思っていたんだよ。そんなふうに考えながら、ぼんやり歩いていたら、何となくこの店の看板に目が留まってね。ほら、この店の名前、『茗荷』っていうでしょ?」

たぶん本当は『茗荷』という店名すら、彼には忌々しかったことだろう。

新橋駅に着いた。慎介は地下に下りると、番号を確かめながらロッカーを探した。該当のロッカーは、ジュースの自動販売機のそばにあった。

慎介はキーを鍵穴に差し込み、回した。扉を開ける時、少し鼓動が速くなった。

ロッカーの中には黒い革のバッグが入っていた。彼はそれを取り出し、周りを見回した。トイレを探すためだった。

トイレを見つけると、個室に入って鍵をかけた。バッグのファスナーを開ける手がわずかに震える。

バッグの中には札束が無造作にほうりこんであった。紙幣特有の臭いがする。慎介はその一つ一つを大雑把にチェックしていった。だが、偽物の札束を入れておくような無意味なことを、あの江島がするとは最初から思っていなかった。

札束は全部で五十個あった。慎介は右の拳を小さく振った。

午後二時半、慎介はマンションの前まで戻ってきた。金を入れたバッグは、もう一度コインロッカーに預け直した。今はそこのキーがポケットに入っている。

夜にならないうちに荷物をまとめたほうがいいと彼は考えていた。暗くなると瑠璃子がまたやってきそうな気がした。

エレベータで上がり、自分の部屋の前に立った。おそるおそるドアのノブを回し、引いてみる。やはり鍵はかかっていなかった。今朝のままなのだ。

ドアを開け、中の様子を窺った。薄暗くてよく見えない。

もう一歩前に進んだ時だ。背後に気配を感じた。

しまった、と思った時にはすでに遅かった。

衝撃と共に頭の中で何かがスパークし、意識が急速に遠のいていった。

42

喉が焼けるように痛かった。気管に液体が入ってむせた。だがうまくせき込むことができない。口に何かが入っている。取ろうとする。ところが手足も動かせない。びくともしない。

慎介は目を開けた。天井が見えた。部屋の天井だ。

「やっぱり気がついたか。まあそうだろうな。気付け薬を飲ませているようなものだからな」すぐそばで声がした。そちらのほうに首を捻る。後頭部が割れるように痛かった。殴られたのだということを自覚した。

江島が隣に座っていた。慎介は自分が床に寝かされていることに気づいた。しかも手足を何かで縛られている。紐ではない。感触からするとガムテープのようだ。

声が出せないのは、口に何かをくわえさせられているからだ。太い筒のようなものだ。

「何をくわえているのか、わからないみたいだな。なあに、珍しいものじゃない。どこの家にもあるものさ。ここにもあった。掃除機のパイプだよ」江島が楽しそうにいった。

慎介は身をよじらせた。さらにパイプを舌で押し出そうとした。

「おっと暴れないでくれないか。暴れられると仕事を急がなきゃならなくなる」そういうと江島は傍らから何かを持ち上げた。それはテキーラの瓶だった。彼はそれをパイプの口に添えると、ゆっくりと傾けた。

慎介の口の中にテキーラが流れ込んできた。慎介はそれを飲み込むまいとこらえたが、呼吸を続けるには飲むよりほかなかった。鼻が何かで塞がれているのだ。

「私が愛する酒たちをこんなふうに扱いたくはないんだけれど、まあ仕方がない。警察に怪しまれないための工夫だよ」いいながらも江島は酒を流し込んでくる。慎介はもがいたが、パイプは全く外れない。

再び彼は激しくむせた。胸が苦しい。鼻と目の奥が痛くなる。涙がぼろぼろと出た。

「抵抗するから、かえって苦しくなるんだ。おとなしくしたほうがいい。どうせ君は死ぬんだからな」江島の声は少し弾んでいた。

慎介は息を整え、下から見上げた。目に憎悪をこめた。

「何だい？　何かいいたそうだな。察するところ、自分がどのようにして死ぬのかわからないようだな。なあに難しくはない。たっぷりと酒を飲み、十分に酔っぱらったところで、こいつを注射する」江島は使い捨ての注射器を見せた。透明な液体が入っている。「睡眠薬の一種だよ。アルコールを十分に摂取した上で、これだけの量を一気に注射すれば、箇単にショック死する。しかも見かけ上、アルコール中毒によるショック死と変わらない。女に逃げられたバーテンが、酒の飲み過ぎでくたばったと思われるだけさ。だけど、まだもう少し飲んでもらったほうがよさそうだな」

江島はさらにテキーラをパイプに流し込んだ。慎介は食道や胃が熱くなるのを感じた。呼吸が苦しく、心臓の鼓動も激しい。急速にアルコールが体内に回っていく。

「全くわからんよ、君たちの考えることは。三千万円で、なぜ納得しておかないんだ。それだけの金だって、君たちにとっては大金のはずだ。それとも、三千万をぽんと出すぐらいだから、あと二千万ぐらいはどうってことないとでも思ったのかね。たしかに私にとっては、何とかできない金ではない。しかし、君たちは肝心なことを忘れている。これはビジネスだということだ。君は私の代わりに交通事故の罪を背負った。その報酬が三千万円だ。そこには脅迫も恐喝もない。ビジネスだ。そしてビジネスには信頼関係が必要だ。一旦三千万円で手を打っておきながら、何だかんだと理由をつけては追加料金を要求する人間を相手に、信頼関係などは築けない。わかるかい?」

テキーラが気管に入り、慎介は激しくむせた。そのたびに全身が痙攣するように跳ねた。全身はすでに熱い。頭の中がぼんやりし始めているのを慎介は感じた。

「さあ、そろそろよさそうかな」江島の目がぎらりと光った。

慎介はもがいた。だが先程までよりも全身に力が入らなくなっていた。目が回り始めている。吐き気がする。頭痛が、耳鳴りがする。

江島は慎介のズボンを脱がし始めた。どうやら下半身のどこかに注射するつもりらしい。

「暴れるなよ。大丈夫だ、さほど苦しくはない。夢見るようにあの世に行けるさ」

江島が注射器を構えた時だった。慎介の視界の端で何かが動いた。

43

動いたのは押入の戸だった。それが開き、何か黒いものが這い出てきた。その正体が、慎介にはすぐにわかった。

瑠璃子はゆっくりと立ち上がった。髪は乱れ、顔は真っ白だった。

「なんだ、この女……どこにいたんだっ」江島は物音で振り返り、そこに立っている女を見て目を剝いた。

「あなた……だったの?」瑠璃子がいった。

「なに?」

「あなた、だったのね。あたしを殺したのは。自転車に乗っているあたしに、後ろからぶつかってきたのは、あなただったのね」

「何をいってる。頭がおかしいのか」江島は蠅を振り払うようなしぐさをした。そのくせ彼は少しずつ後ずさっていた。明らかに彼は彼女を恐れていた。

「許さない」彼女は呟きながら江島に近づいていった。「決して許さない」

江島はテキーラの瓶を拾い上げると、瑠璃子に向かって投げつけた。それは彼女の額に当たった。だが彼女は全く表情を変えない。ゆっくりと近づいていく。

「こっちに来るなっ」江島は怒鳴った。

瑠璃子の額から血が流れ始めていた。先程の瓶が当たった拍子に額が割れたらしい。血は彼女のこめかみから頬、そして顎へと流れた。赤黒い血だった。

「近寄るなっ」江島は瑠璃子を力任せに突き飛ばした。彼女の身体は掃き出し窓まで飛んでいった。

はあはあという江島の荒い息遣いだけが聞こえた。彼女はしばらく動かなかったが、やがてゆっくりと立ち上がった。そして何を思ったか窓の錠を外し、窓を開けた。

江島と慎介の見つめる中、瑠璃子はベランダに出た。さらに部屋のほうを向くと、手すりにもたれるように立った。

「あたしを殺しなさい」瑠璃子はいった。「そうして今度こそ忘れないで。あなたがあたしを殺したということを。あなたが殺した女の顔を、女の目を」

彼女の目は真っ直ぐに江島を捉えていた。あの、何度となく慎介の心を支配した目だ。江島が彼女に近づいていった。それが彼自身の意思によるものなのか、彼女が発する何かに操られているのか、慎介にはわからなかった。

やがて江島はベランダに出て、瑠璃子の前に立った。彼の両手が彼女の首にかかった。瑠璃子は抵抗せず、彼を見つめ続けている。

突然江島が叫び声をあげた。獣の咆哮《ほうこう》にも似た声だった。その声と共に、彼の両腕は彼女を一気に押し上げた。

両手の親指が彼女の細い首に食い込んでいるのを慎介は見た。だがそれも数秒のことだった。瑠璃子の身体は手すりの向こうに消えていた。何かの潰れるような鈍い音が下から聞こえた。

瑠璃子はどうなったのか、慎介は確かめようとした。だが身体は動かなかった。意識も遠ざかりつつある。それに確かめるまでもないのかもしれなかった。

江島は背を向けたまま立ち尽くしていた。下で誰かが悲鳴を上げても、大勢の人々が駆け付ける物音が聞こえても、動こうとはしなかった。

慎介は薄れゆく意識の中で、パトカーのサイレン音が近づくのを聞いていた。

エピローグ

こつこつ、と机を指先で叩く音が響いていた。その音が止まると同時にため息。狭い室内が一層窮屈に感じられる。

取調官は坂巻《さかまき》という名の警部補だった。眉間に縦皺が刻まれたままの、神経質そうな顔つきの男だ。黒々とした髪をオールバックにしている。むき出しになった額には、うっすらと脂が浮かんでいた。

「どうにも、信じがたい話だな」坂巻は腕組みをして慎介を見た。「あんたの話は何から何まで異常すぎる。どれ一つを取ってみても、現実に起きたことだとは思えない」

「それは俺自身が感じていることです」慎介は答えた。「あれから何日も経つけれど、悪い夢を見ていたようにしか思えない。でも、事実なんだ。あの事件があったから、何人も死んだし、俺も入院する羽目になっちまった」

「体調はどうなんだ」

「もう大丈夫です。二日間ほど頭が痛かったですけど」

「それはよかった」坂巻は、明らかに気持ちの入っていない声でいった。たぶんほかのことで頭がいっぱいなのだろう。

事件から四日が経っていた。慎介は昨日まで病院にいた。脳の検査などで時間がかかったからだ。

すでに江島は逮捕されている。慎介が聞いたところでは、警察官に捕らえられるまで、彼はベランダに立ち尽くしたままだったという。連行しようとしても全く抵抗せず、まるで夢遊病患者のようだったらしい。

病院で事情聴取を受けることになった慎介は、木内春彦の名前を出した。詳しい話なら彼に訊いてくれと刑事にいった。

その言葉に従って、警察では木内に対して事情聴取を行ったらしい。瑠璃子、つまり上原ミドリの死を知った彼は、もはや隠していても意味がないと思ったか、すべてを告白したという話だった。

小塚刑事の死体は、軽井沢にある帝都建設保養所の敷地内で見つかった。木箱に入れられ、セメントで固められていた。その件で、同社の上原社長が事情聴取された。だが同社長は、娘の監視を木内春彦に依頼したことは認めたが、死体処理については全く知らなかったといっている。

木内もまた、自分の判断でやったことだと主張しているようだ。ある朝ミドリが手に血をつけて彼のマンションにきたので、心配になってユニバーサル・タワーへ行ったところ、胸を刺されて死んでいる小塚刑事を発見したというのだ。

木内はまた身代わりになる気なのだなと慎介は思った。前はミドリに代わって交通事故の罪をかぶったが、今度はその父親を助けようとしている。単に金が目当てなのか、ミドリに対する愛情からなのかは、慎介にはわからなかった。

交通事故の身代わりに関しては、すでに慎介も告白を終えていた。五千万円入りのバッグは警察に押収されている。何のための身代わりだったのかと慎介は何度か自虐的に笑った。

成美の死体については、慎介は何ひとつ情報を得られなかった。少なくとも、見つかったという話は聞いていない。とにかく江島がどのような供述をしているのか、察する術がないのだった。

「よくわからんのだがね」坂巻がいった。「あんたは上原ミドリに対して、どうしてそうも無抵抗だったんだ。警戒していながらあっさりと監禁されるなんてのは、どうも納得しにくい話だ」

「だからそれは何度もいっているじゃないですか。彼女の目には不思議な力があったんです。あの目に見つめられると、身体が思うように動かなくなるんです。小塚刑事が殺されたのだって、たぶんあの力にやられたんだ」

慎介はいったが、坂巻は理解した表情にはならなかった。頬杖をつき、首を傾げる。

「江島が上原ミドリを殺したのも、その力に操られてのことだったといったな」

「俺にはそう見えました」慎介は思ったままをいった。

「で、その目は岸中美菜絵から受け継いだものだというんだな。岸中美菜絵の怨念《おんねん》が宿ったのだと」

「催眠術だと木内さんはいってましたけどね」

「催眠術ねえ……」

「でもあれは、ふつうの目じゃなかったですよ。まあ、俺がいくらいっても信じちゃもらえないでしょうがね」

だが坂巻は、彼の話を軽く聞き流すというふうでもなかった。何となく、この点に拘《こだわ》っているように見えた。

「どうかしたんですか」慎介は訊いてみた。

坂巻は黙っていた。何かを迷っているようだった。やがて彼は慎介を見た。

「じつはね、あんたと入れ違いに江島が病院に担ぎ込まれた」

「病院に？　どこか身体を壊したんですか」

坂巻はちらりと後ろを見た。記録係の刑事が座っている。その刑事も坂巻のほうを見たが、すぐにうつむいた。

「逮捕された時、江島は放心状態だった。その状態から抜けると、今度はひどく怯えだした。女の目がいつも自分を見ているといってな」

「女の目？」

「殺した女の目らしい。瞼を開けていると、いつもそれが見えるんだそうだ。怯えてばかりで、取り調べどころじゃなかった。まずは精神科医に見せたほうがいいんじゃないか、我々はそんなふうに話していた。ところが一昨日の夜中――」坂巻は唾を飲み込んだ。

「何かあったんですか」

「奴はとうとう自分の目を潰したんだ。両目共だ。発作的に指を無理矢理突っ込んだ。看守が駆け付けた時、奴は叫び声をあげながら、のたうちまわっていたそうだ」

ずきん、と心臓が大きく跳ねた。慎介は全身から冷や汗が出るのを感じた。

「それで……」

「両目共、失明だそうだ」坂巻はいった。

全身から体温が奪われていくような感覚に慎介は襲われた。手足が痺れ、身体が震え始めた。それを止められなかった。

彼の脳裏に、岸中美菜絵に模したマネキンの顔が浮かんだ。

二〇〇七年十一月　光文社刊

光文社文庫

ダイイング・アイ
著者　東《ひがし》野《の》圭《けい》吾《ご》

2011年1月20日　初版1刷発行
2011年2月10日　4刷発行

発行者　駒井　稔
印刷　慶昌堂印刷
製本　ナショナル製本

発行所　株式会社　光文社
〒112-8011　東京都文京区音羽1-16-6
電話　(03)5395-8149　編集部
8113　書籍販売部
8125　業務部

ISBN978-4-334-74896-8　Printed in Japan

組版　慶昌堂印刷

お願い　光文社文庫をお読みになって、いかがでございましたか。「読後の感想」を編集部あてに、ぜひお送りください。

このほか光文社文庫では、どんな本をお読みになりましたか。これから、どういう本をご希望ですか。どの本も、誤植がないようつとめていますが、もしお気づきの点がございましたら、お教えください。ご職業、ご年齢などもお書きそえいただければ幸いです。当社の規定により本来の目的以外に使用せず、大切に扱わせていただきます。

光文社文庫編集部